世界名著名译文库

柳鸣九 主编

泰戈尔集　倪培耕 编选

沉船

〔印度〕泰戈尔 著　彬　仁 译

上海三联书店

“世界名著名译文库”总序

柳鸣九

我们面前的这个文库，其前身是“外国文学名家精选书系”，或者说，现今的这个文库相当大的程度上是以前一个书系为基础的，对此，有必要略作说明。

原来的“外国文学名家精选书系”，是明确以社会文化积累为目的的一个外国文学编选出版项目，该书系的每一种，皆以一位经典作家为对象，全面编选译介其主要的文学作品及相关的资料，再加上生平年表与带研究性的编选者序，力求展示出该作家的全部文学精华，成为该作家整体的一个最佳缩影，使读者一书在手，一个特定作家的整个精神风貌的方方面面尽收眼底。“书系”这种做法的明显特点，是讲究编选中的学术含量，因此呈现在一本书里，自然是多了一层全面性、总结性、综合性，比一般仅以某个具体作品为对象的译介上了一个台阶，是外国文学的译介进行到一定层次，社会需要所促成的一种境界，因为精选集是社会文化积累的最佳而又是最简便有效的一种形式，它可以同时满足阅读欣赏、文化教育以至学术研究等广泛的社会需要。

我之所以有创办精选书系的想法，一方面是因为自己的专业是搞文学史研究的，而搞研究工作的人对综合与总结总有一种癖好。另一方面，则是受法国伽利玛出版社“七星丛书”的直接启发，这套书其实就是一套规模宏大的精选集丛书，已经成为世界上文学编选与文化积累的具有经典示范意义的大型出版事业，标志着法国人文研究的令人仰视的高超水平。

“书系”于1997年问世后，逐渐得到了外国文学界一些在各自领域里都享有声誉的学者、翻译家的支持与合作，多年坚持，惨淡经营，经过长达十五年的努力，总算做到了出版七十种，编选完成八十种的规模，在外国文学领域里成为一项举足轻重、令人瞩目的巨型工程。

这样一套大规模的书，首尾时间相距如此之远，前与后存在某种程度的不平衡、不完全一致、不尽如人意是在所难免的，需要在再版重印中加以解决。事实上，作为一套以“名家、名著、名译、名编选”为特点的文化积累文库，在一个十几亿人口大国的社会文化需求面前，也的确存在着再版重印的必要。然而，这样一个数千万字的大文库要再版重印谈何容易，特别是在人文书籍市场萎缩的近几年，更是如此。几乎所有的出版家都会在这样一个大项目面前望而却步，裹足不前，尽管欣赏有加者、啧啧称道者皆颇多其人。出乎意料，正是在这种令人感慨的氛围中，北京凤凰壹力文化发展有限公司的老总贺鹏飞先生却以当前罕见的人文热情，更以真正出版家才有的雄大气魄与坚定决心，将这个文库接手过去，准备加以承续、延伸、修缮与装潢，甚至一定程度的扩建……与此同时，上海三联书店得悉“文库”出版计划，则主动提出由其承担“文库”的出版任务，以期为优质文化的积累贡献一份力量。眼见又有这样一家有理想追求的知名出版社，积极参与“文库”的建设，颇呈现“珠联璧合”、“强强联手”之势，我倍感欣喜。

于是，这套“世界名著名译文库”就开始出现在读者的面前。

当然，人文图书市场已经大为萎缩的客观现实必须清醒应对。不论对此现实有哪些高妙的辩析与解释，其中的关键就是读经典高雅人文书籍的人已大为减少了，影视媒介大量传播的低俗文化、恶搞文化、打闹文化、看图识字文化已经大行其道，深入人心，而在大为缩减的外国文学阅读中，则是对故事性、对“好看好玩”的兴趣超过了对知性悟性的兴趣，对具体性内容的兴趣超过了对综合性、总体性内容的兴趣，对诉诸感官的内容的兴趣超出了对诉诸理性的内容的兴趣，读书的品位从上一个层次滑向下一个层次，对此，较之于原来的“精选书系”，“文库”不能不做出一些相应的调整与变通，最主要的是增加具体作品的分量，而减少总体性、综合性、概括性内容的分量，在这一点上，似乎是较前有了一定程度的后退，但是，列宁尚可“退一步进两步”，何况我等乎？至于增加作品的分量，就是突出一部部经典名著与读者青睐的佳作，只不过仍力求保持一定的系列性与综合性，把原来的一卷卷“精选集”，变通为一个个小的“系列”，每个“系列”在出版上，则保持自己的开放性，从这个意义上，文库又有了一定程度的增容与拓展。而且，有这么一个平台，把一个个经典作家作为一个个单元、一个个系列，集中展示其文化创作的精华，也不失为社会文化积累的一桩盛举，众人合力的盛举。

面对上述的客观现实，我们的文库会有什么样的前景？我想一个拥有十三亿人口的社会主义大国，一个自称继承了世界优秀文化遗产，并已在世界各地设立孔子学院的中华大国，一个城镇化正在大力发展的社会，一个中产阶级正在日益成长、发展、壮大的社会，是完全需要这样一个巨型的文化积累“文库”的。这是我真挚的信念。如果覆盖面极大的新闻媒介多宣传一些优秀文化、典雅情趣；如果政府从盈富的财库中略微多拨点儿款在全国各地修建更多的图书馆，多给它们增加一点儿购书经费；如果我们的中产阶级宽敞豪华的家宅里多几个人文书架（即使只是为了装饰）；如果我们国民每逢佳节不是提着“黄金月饼”与高档香烟走家串户，而是以人文经典名著馈赠亲友的话，那么，别说一个巨大的“文库”，哪怕有十个八个巨型的“文库”，也会洛阳纸贵、供不应求。这就是我的愿景，一个并不奢求的愿景。

2013 年元月

一

谁都不怀疑，罗梅锡这次准能通过法律考试。职掌大学的智慧女神，从一开始就从自己的金色莲花座上，不断撒下缤纷的花瓣，变作奖章，赐给罗梅锡，而他也从未错过获得奖学金的任何一次机缘。

现在考试完毕，罗梅锡该回家了。可迄今未见他收拾行装，整理箱箧。他父亲曾来信，催他快些回家。他复信道，待考试成绩公布，马上起程回家。

安纳达老爷的儿子约庚德拉，是罗梅锡的同窗好友，住在隔壁。安纳达老爷是梵社成员。他的女儿海敏丽妮刚通过文科大学考试。罗梅锡是安纳达老爷家的常客，每到吃午茶时，他几乎总在座。即使不喝茶，他也常去那儿走动。

海敏丽妮洗完澡，习惯喜欢去屋顶平台上，一边晾干头发，一边温习功课。恰在这时，罗梅锡也走上自家的屋顶平台，找个僻静处，独自坐下，胡乱翻书。自然，这个僻静处是个读书用功的好地方。不过，细细观察，略加想象，谁都不难理解，这里的干扰还真不少，令人心烦意乱。

迄今，任何一方都没有提及婚姻大事。安纳达老爷闭口不谈此事，自有理由。他有个年轻朋友，去英国攻读法律。安纳达老爷希望他成为自己的乘龙佳婿，因而内心不免偏向他。

那日茶桌边，发生了一场激烈的争论。阿克希耶没有几门功课能考及格，但他并未因此减弱茶瘾和其他一些无伤大雅的嗜好，因而他也是海敏丽妮茶桌旁的常客。争论是由他挑起的。他大发议论说，男人的才智好比一把利剑，不用磨得很犀利，仅凭自身的分量就管大用；而女人的机智却似一把修鹅毛的小刀，不论磨得何等锋利，终究无甚大用处，等等。

海敏丽妮懒得理睬阿克希耶那套荒谬议论。不过，当她哥哥约庚德拉竟也随声附和，举例菲薄女人智力低下时，罗梅锡再也耐不住了。他慷慨陈词，百般赞颂女性的品行。

这样，罗梅锡在对女性崇拜的激烈辩护的驱使下，竟比往日多喝了两杯茶。正在这时，一位仆役探身进屋，把一封便信交到罗梅锡的手里，信封上他的姓名是由他父亲亲笔写的。他匆匆拆开信，浏览了一下，就匆忙结束了自己的辩护，准备起身退席。

众人诧异，问道："什么事？"

罗梅锡慌忙答道："我老父亲从老家来这儿了。"

海敏丽妮便忙对约庚德拉说："哥哥，为何不请罗梅锡先生的父亲进屋？奶茶和点心都是现成的。"

罗梅锡连忙阻拦道："不，今日别麻烦啦。改日再说，就此告辞。"

阿克希耶不禁心中窃喜，用不无嘲讽的口吻说道："老先生也许忌讳在这里喝茶用饭。"这番话暗示着，安纳达先生是梵社社员，而罗梅锡的父亲则是正统的印度教教徒。

罗梅锡的父亲巴拉吉·莫罕一见儿子的面，劈头就说："你明儿跟我一起赶头班车回家！"

"有什么紧要的事？"罗梅锡抓着头皮，问道。

"没有什么紧要的事。"巴拉吉·莫罕说。

"那又何必催我回去。"罗梅锡想知道个究竟，目光狐疑地望着父亲。然而父亲并不认为有回答儿子无声提问的必要。

傍晚时分，巴拉吉·莫罕出户拜访他在加尔各答的一些朋友。罗梅锡借机想给他父亲写封信。但刚写完"尊敬的父亲大人阁下"，他就不晓得从何处落笔了。他暗自思忖："我与海敏丽妮已经有一种未经言明的、以身相许的誓言，如果现在还把未经公开的婚约瞒着父亲，从任何角度来说都将是不合适的。"他试了几种写法，用了不少信纸，最后他又都撕掉了它们。

巴拉吉·莫罕吃饱喝足，舒舒服服地睡着了。罗梅锡却悄悄地爬到屋顶平台上，翘首望着邻家的屋子，像夜游神似的不停地踯躅。

晚上九点，阿克希耶才从安纳达老爷家中离去。约莫九点半光景，这家的大门上了闩。十点左右，客厅的灯全灭掉。大概十点半，这家的人像是都沉沉入睡了。

翌日清晨，罗梅锡百般无奈，只得随父亲坐火车起程，离开了魂牵梦萦的加尔各答。巴拉吉·莫罕办事十分周到缜密，罗梅锡连改换车次的机会都捞不到。

二

一回故里，罗梅锡恍然大悟，家里已经为他物色了一位新娘，订下了结婚日期。他父亲巴拉吉·莫罕童年时代的朋友伊香钱德拉当律师时，巴拉吉·莫罕穷困潦倒。多亏他这位朋友的提携，巴拉吉·莫罕才时来运转，发迹起来。

但是，那位伊香钱德拉不幸过早谢世，不仅身无遗物，还欠了一大笔债务。他孀居的妻子带着幼女，陷入贫苦无依的境地。如今，那个女孩正值豆蔻年华，到了该婚嫁的时候。于是，巴拉吉·莫罕决定提亲，让罗梅锡与她结成伉俪。

罗梅锡的亲朋中，有人反对这门亲事："听说，那女孩长相不漂亮。"巴拉吉·莫罕听后嗤之以鼻，说："我不懂这些论调，人又不是花朵或彩蝶，一谈起对象就先提及'标致好看'诸如此类的问题。那位女孩若是像她妈妈那般忠贞守节，罗梅锡就应该庆幸自己的好运！"

罗梅锡被"美好婚姻"的沸沸扬扬的议论弄得心烦意乱，成天东窜西窜，希望找出一个口实，推掉这门亲事，但他设想了各种各样的计谋，没有一个经得住推敲。最终他鼓足了勇气，向父亲挑明："爸爸，我无法答应这门亲事。我已和别的姑娘立下誓约。"

巴拉吉·莫罕感到意外，说："你胡诌什么！女方为你举行过点红痣仪式了？"

"没有，没有点过红痣，但……"

"跟女方亲家谈了，一切都已经敲定了吗？"

"没有。还没有和她家提及，这已经是水到渠成的事，不过……"

"哦，没谈过？那好办。既然这么多日子你都没有开口，日后你更可以保持缄口不语。"

罗梅锡沉默片刻，又说："但是和另外一个姑娘结婚，我做得太缺德了。"

"不与这个女孩成婚，你恐怕做得更不仗义了。"

罗梅锡再也无言对答。他暗自祈愿，这桩婚事能因某件突发事件而被推掉。

已请算命先生选定了举办婚礼的良辰吉日，这以后整整一年再也找不出第二个吉祥日期。罗梅锡心里盘算，要是因意外之事能敷衍过去那一天，婚礼至少可往后推缓一年。

亲家住得很遥远，又只有水路相通，迎亲队伍只得坐船去。途中，船只需要穿行两三条大小不等的江河，约莫有三四天行程。

巴拉吉·莫罕老爷怕有意外耽搁，宁可把时间打得宽裕，于是，提前一周选定一个黄道吉日，老大爷带着全班人马驾船出发了。

路途上一帆风顺。迎亲队不到三天抵达赛默尔码头。距正式举办婚礼日期尚有四天时间。

巴拉吉·莫罕老爷原本打算提前两三天到达目的地。他未来的亲家在赛默尔过着十分凄苦的生活。他早有意把她接到自己村子，让她过上舒坦日子，以聊尽朋友之道。过去两家还没有结成亲家，他不便贸然启齿提出这种建议。这次趁操办婚礼时机，他说服了亲家。老太太在家乡除女儿外没有别的亲戚，因而，她没有理由拒绝去女婿家与女儿生活在一起，况且，她还乐意给丧母的女婿以母亲般的关怀。于是，她毫不犹豫地说："谁爱饶舌，就去饶舌吧，我认定了，女儿女婿的居住地就是我的家。"

于是，巴拉吉·莫罕提前几天来赛默尔，为老太太收拾清点，以便把她的杂物一起搬到她新居去。最后商定，待婚礼结束，大伙一起动身起程。所以，他特意从家乡带来几位女眷，以便途中有个照顾。

婚礼上，罗梅锡没有正确地念诵神圣的咒辞，而行“吉瞻礼”（新郎新娘互相对望，互讨吉祥之礼）时，他却故意低垂眼帘，露出沮丧的神情；洞房之夜，他始终不欢不言，听凭妯娌姑嫂说笑戏谑，闹着新房。通宵，他背向新娘睡在另一床头。次日天蒙蒙亮，他起身悄然步出新房。

完婚后，迎亲队踏上归程。女眷们坐一条船，男性长辈坐另一条船，新郎和年轻男宾坐第三条船；第四条船载着一班鼓乐手，时不时闹哄哄地摆弄乐器，吹奏一些小曲，供人消遣解闷。

烈日当空，异常闷热。天空没有云丝，但远处四周，弥漫着一种离奇的雾霭。沿河两岸的树木，一片灰蒙蒙，树叶纹丝不动。船工们汗流浃背，叫苦不迭。天色尚未全暗，船工们恳求：“老爷，现在最好靠岸停泊——前面好大一段路没有个泊船的好地方。”

但是巴拉吉·莫罕不愿在路上多耽搁时日。

“我们决不能在这里靠岸停泊。”他执拗地说，“今日上半夜会有月亮的，趁着月光，船驶到巴罗码头，再靠岸歇息。到时我会赏钱给你们的，继续行驶吧！”

船队离开村落，继续向前驶去。河岸一边，沙石闪闪泛光，另一边是陡峻的岸壁，随时都有下塌的危险。月儿钻出雾霭，但月光却像一双醉眼，朦朦胧胧的。

天空，没有一点云丝，但蓦然间，不知从何方，传来一阵似雷鸣般的低沉轰隆声，打破了天地间的寂静。大家回头一望，只见一股如柱的狂暴旋风，挟带着残枝败叶，卷席着黑黑魆魆的沙尘，树皮草根像被一把巨帚扫起似的，向他们扑将过来。

“停船，快停船！不要慌，稳住！糟了，天哪！救命啊！”人们疯狂地喊叫，但谁都没有明白过来，转瞬间所发生的一切。

正如人们所常见的一样，一股强暴旋风，在横扫一切的道路上，向前滚出，滚过那些船只，将它卷起又摔下，把挡在它道上的一切摧毁无遗；顷刻间，一支小船队已荡然无存。

三

风消云散，氤氲消失，银色的月光，犹如一位寡妇身穿白得耀眼的丧服，覆盖着伸展到远处的沙滩。河心河岸，万籁俱寂，浩淼的河面，不见一条船影，没有一丝涟漪，仿佛死神给备受痼疾折磨的病人赐予奇特的安宁。

罗梅锡苏醒过来，发现自己躺在沙滩上。他费力地回忆，究竟发生了什么事，紧接着，刚刚发生的恐怖情景，像一场噩梦重新浮现在他的脑际。父亲和其他人究竟怎样了——他霍地跳将起身，欲想探个明白。他环顾四周，见不到半个人影！连蛛丝马迹也寻觅不到！他艰难地在沙滩挪步，竭力探寻他人的下落。

帕德玛河中间，有一条狭长条的沙洲，他正在这沙洲上举步。两边浸漫水，这条白茫茫的沙洲位居中间，恰似一个裸体卧着的皮肤白净的男孩。

罗梅锡从沙洲的一端走到另一端，不断搜寻着。猛然，他发现前方不远处，像是一件红色的衣服。他疾步走上前一看，却原来是穿着结婚红装的新娘，好像已经死去，卧躺在沙洲上。

罗梅锡曾学过人工呼吸的急救方法，能使溺水濒死的人复活。他一下又一下不停地将新娘的双臂，反复地举过头顶，然后又把双臂放在她的腹部上。好长一会儿工夫，新娘才缓过气来，微微地睁开了双眼。

这时，罗梅锡早已精疲力尽，瘫坐在地上，一言不发，连与新娘搭话的力气都没有了。

新娘还没有完全苏醒，眼睛睁开了一下，复又合上。罗梅锡不由仔细端详了一番，见她能够呼吸了。于是，他静坐在水陆之间的荒无人烟的沙洲上，在生死未卜的情形下，凭借朦胧的月色，久久地打量着她。

谁说苏希娜姿色平常！展现在他面前，这个睡眼紧合的姑娘的脸孔，虽说娇嫩瘦小些，但在这广袤的天空下，无边无际的溶溶月色里，唯有这漂亮的脸庞，才是值得欣赏且可以引以自豪的生命。对此，罗梅锡深信不疑。

罗梅锡暂时忘掉了一切，暗自遐想着："我在婚礼的嘈杂喧闹中，一直没有瞧她一眼，还真做对了。要不然，我决不可能在别的场合，以如此心情，瞥见她眼前那副娇态。我救活了她，我比依婚礼仪式念诵几句颂词，更有幸地获得了她。念颂词获得她，只不过是像获取一件应归属于我的东西罢了；而此时此地，我拥有她，却犹如获得仁慈上帝的特殊恩泽。"

新娘徐徐地恢复了知觉。她坐起身，整整衣服，把纱丽一端拉起来，遮住脸孔。

罗梅锡问她："你知道不知道你船上的其他人在哪儿？"

她只是摇了摇头，什么话也没说。

罗梅锡又吩咐道："你就坐在这儿别动，我再去转转，查看一下就来。"

新娘没有应声，但身子却瑟瑟蜷缩，分明在说："你别把我一人撂在这儿。"

罗梅锡完全理解她这种无言的恳求。他站起身，细细地向四周张望搜寻，泛着惨白微光的荒凉的沙滩上，哪儿都见不到人影儿。他一遍又一遍地提高嗓子，呼喊着自己父亲和亲友的名字，浩渺天宇间没有任何回音。

罗梅锡放弃徒劳的搜寻，颓然地坐下。这时，他发现，妻子双手捂住脸，竭力想忍住哭泣，但她无法遏制，抽搐着的胸脯不停地起伏。罗梅锡没有说什么空洞的宽慰言辞，只默不作声地走近她身旁，紧偎她坐下，轻轻地用手摩挲她后背和头颈。这下，她再也噙不住自己的眼泪，心灵深处的悲哀，顿时化作有声无语的低诉，倾泻着。罗梅锡也不由自主，泪如雨注。

当疲惫的心灵停止哭泣，月亮早已没落。从黑暗中望去，这块荒凉的沙洲，变得像一个变幻莫测的梦境；银白色的沙滩失去了光泽，更显得鬼影幢幢，狰狞可怖；闪烁的星光下，帕德玛河像一条巨蟒黝黑的滑腻鳞皮，处处闪泛着光点。

罗梅锡伸出双手，紧紧握住由于恐惧而发冷的小巧纤手，缓缓地将她拉向自己身边。被眼前的景象吓坏了的妻子，没有忸怩作态，她早就渴望有男人与她厮守在一起。在这密不可透的寂静里，她呼吸急促地偎依在罗梅锡那颗跳动着温暖的心的胸前，似乎获得了巨大的安宁。眼下不是害羞的时刻，她心安理得地投入到罗梅锡那宽大的怀抱里。

天色微明，金星渐渐隐去。东方，蓝湛湛河水上空，开始泛起鱼肚白，继而绮霞升起。罗梅锡依然躺在沙洲上酣睡，新娘亲昵地紧依在他身旁，头枕在他胳膊上沉睡着。当柔和的晨曦轻抚他们的睡眼，俩人才从睡梦中惊醒坐起；眼刚睁开，愕然回顾。过了好长一会儿，俩人才恍然大悟：他们并非在自己家里，昨晚在船上，狂风恶浪把他们冲卷到这里——举目无亲的沙洲上。

四

天刚放亮，河面上百舸就开始争流，扬起点点白色的轻帆。罗梅锡叫来一艘渔船，仗着渔夫的帮助，雇到一支大划子。先上警察局报案，请求帮助搜寻失散亲人的下落。待警察出动，他才带着新娘驱船回故里。

船只刚靠上乡村岸埠，罗梅锡立即获悉，警察已从河里打捞上他父亲、岳母以及好几位亲戚的尸体。除几名船夫，谁也不指望其余人能幸免于难了。

罗梅锡年迈体弱的奶奶一见到他携带新娘回到家里，放声号啕大哭起来。凡家中有人去参加迎亲的左邻右舍，诸亲好友无不哭成泪人似的。

罗梅锡携带新娘归来了，但故里没有吹奏起唢呐，没有一丝喜庆氛围，更无人依照礼仪习俗，将新娘迎接进闺房，甚至无人抬头瞧她一眼。

罗梅锡心中早已敲定，待操办完丧事，便携带妻子，远走他乡。但不料理好父亲家产之类的事务，他是无法脱身远走高飞的；更何况他本家那些在这场灾难中变成孤寡的女子，因悲哀看破红尘，纷纷欲去圣地朝拜留住，他为此也须做一番安排。

尽管冗务缠身，罗梅锡仍忙里偷闲，与爱妻调情说爱。村里早有流言蜚语，说他娇妻早已破了身子，更有长舌村妇斥责，她早已过了婚嫁年龄。街谈巷议，沸沸扬扬，他却始终理智地坚持，这一切罪名加在她头上是荒谬的，是莫须有的。但这位获得学士学位的年轻人，至今没有从书本中学到爱怜妻子的知识，尽管没有书本知识，然而，他那颗受过高等教育熏陶的心，竟令人惊讶地充满着一种本能的莫名欢愉，不由自主地热恋起那个少女。

于是，在他自己想象的荧幕上，那位少女凸显着“贤内助”形象；在他迷惘的眼中，那位新娘变幻成各种角色——可爱的新婚妻室，年轻漂亮的恋人，贤慧的家庭主妇，为孩子们忙碌的慈母……画家把自己尚未问世的画作，诗人将自己尚在酝酿中的诗品，奉献在自己内心的祭台上，为之献出自己无限的热忱，罗梅锡欣喜若狂地把自己的年轻娇妻，视作自己未来的意中人，供奉在自己心灵的殿堂里。

五

不知不觉间，差不多有三个月过去了。父亲的土地财产事务的料理，已接近尾声；为孤寡老妇去圣地定居已做好安排。相邻一些妇女也开始去罗梅锡家走动，企望与新媳妇增加接触了解；罗梅锡与新媳妇之间的爱情之链，也慢慢地被扣紧了。

这一对年轻夫妇开始喜欢登上寂静的屋顶平台，铺上草席，在空旷的天幕下相对而坐，甜蜜地消磨黄昏。罗梅锡已不再那么拘谨了。有时他会从背后突然蒙住妻子的眼睛，将她贴近自己的胸口；而当爱妻熬不住夜，不吃饭就躺下睡觉，罗梅锡百般地捉弄她醒来，故意说些烦人发火的话。

一天黄昏，罗梅锡顽皮地打开妻子的发髻说："苏希娜，今天你的发髻扎得不好。"

妻子立刻坐起身子，冷不丁地问道："嗳，您干吗总叫我苏希娜？"

罗梅锡惊愕地注视着她的脸，她的问话，使他堕入五里云雾之中。

新媳妇接着说："难道改了我的名字就能改变我的命运？我自幼多灾多难，往后至死，我也难以逃脱厄运。"

蓦然间，罗梅锡的心狂跳不已，面如土色。他马上意识到，这里面定有阴差阳错的地方。

"你怎么自幼就遭遇不幸呢？"罗梅锡追问道。

媳妇答道："我从娘肚子呱呱落地之前，爹就离开了人间；我不满六个月，妈又不幸亡故。于是，我在外公家寄人篱下，过着苦不堪言的日子。突然间，您不知从哪儿冒出来，相中了我。不出两天，拜堂结亲。以后，您瞧，灾难接踵而来。"

罗梅锡一仰头，在枕头上木然地躺下。夜空里，月色溶溶，然而在他眼里，所有月光失却了原有的光泽。罗梅锡不敢再追问下去。就眼前所获知的，已不啻是一场灾难、一个噩梦，他竭力想把它从自己脑海里驱逐走。一股温煦的南风拂拂吹来，像刚从睡梦中醒来的人发出的叹息声。多么美好的月夜啊！夜莺正宛转鸣啼着，近处河埠停泊的渔船甲板上，传来渔民的歌声。

新媳妇好长时间不见他言语，仿佛忘记她的存在，便轻轻地推了罗梅锡一把，柔声问道："睡着了？"

"没有。"罗梅锡说，此后，他依然沉默无语。姑娘困乏极了，倒头睡去。罗梅锡坐起身，细细端详她熟睡的脸庞。她命运多舛，脸上竟无一丝愁云，这无比姣美的面容，如何竟能掩藏住这般巨大的不幸！

六

罗梅锡终于明白了，这个女子不是他的新婚妻子。然而，她是谁的妻子呢？搞清这一点绝非易事。有一次，罗梅锡试探地问她：“在婚礼上，第一次见我，你觉得我怎个模样？”

“我没有看你，当时我低着脑袋坐着，不敢动弹。”

“你连我的名字，也从未听说过？”

“头天我听说要把我嫁出去，次日就拜堂成亲。我来不及打听你姓甚名谁。舅妈急急打发我走，好卸掉一个包袱。”

“嗯，听说你是识字的，把你的名字写给我看看，行吗？”

罗梅锡递给她一张纸和一支铅笔。

“敢情我连自己的名字，都不会写？”妻子嗔怒道，“好吧，我写给你看。”说罢，她刷刷几笔，写下了“格姆娜·黛维”几个字。

“哦，你舅舅的名字也能写吧。”

“达利尼·恰兰·恰道巴梯亚耶。”她天真地问道，“你看看有什么错没有？”

“没有错，”罗梅锡趁势说，“现在干脆把你村子的名字，也写给我瞧瞧！”

“托比波卡尔。”

罗梅锡小心翼翼地从她嘴里，套出了事情的真相，而她却丝毫没有觉察。

罗梅锡开始思索起自己应负的职责。他寻思，她丈夫十有八九已淹死在河中。她娘家的地址倒是探听出来了，倘若把她送回舅父家，他们会收留她吗？谁都说不准。再说如今把她送回去，也欠公平。这些天来，她又自居为另一个人的妻子，和他住在一起。倘若一旦说出真相，社会上一般见识的人，会对她抱有什么看法呢？她到哪儿寻觅到安身立命之地呢？如果她丈夫还活着，他有胆量将她留在自己家中吗？现在，这姑娘不管被送到哪儿，其结果都等于是把她抛进茫茫无际的大海，任其漂泊吞没，毫无生路可言。

眼下，罗梅锡既不能把她留在自己身边，而不承认她为自己的妻子；又不能送往别处，委托给他人。罗梅锡反复寻思，什么都可以承担，就是不能真和她过夫妻生活。罗梅锡曾以爱情调制出来的五光十色的鲜艳色彩，为这个女子勾勒出一幅家庭主妇的肖像，如今他不得不匆匆地将它一笔勾销。

罗梅锡再也不能在村里住下去了。他思忖，隐没在加尔各答的拥挤人群里，那里谁也不会注意他们，兴许可以找到一条出路。于是，他带着格姆娜来到了加尔各答，在离原住宅相当远的地方，租了一寓所，安顿住下。

新的迁徙使格姆娜感到异常兴奋，她十分渴望游览加尔各答。在到达加尔各答的第一天，刚搬进新的住处，她就急不可待地走到窗口坐下，痴呆地望着熙熙攘攘的行人、穿梭来往的车辆。瞧着这一切情景，一种奇异的喜悦充盈她的心。

家中雇了一位单身女仆，她对加尔各答熟视无睹，毫无新鲜感，看到格姆娜那种惊异发痴的神态，觉得她简直疯了。她不以为然地抱怨说："老盯着外面，有什么好看！天色这么暗了，你还不洗澡？"

眼下，他们找不到愿在他们家住宿的用人，这个女仆白天在这里工作，晚上仍回到自己家里去。

"我如今再也不能和格姆娜睡在一起了，"罗梅锡心里嘀咕着，"但在夜晚，又怎能让孤身女孩在陌生的地方过夜呢？"

晚上，女仆侍候他们用罢晚餐，便回家了。

罗梅锡指着床，对格姆娜说："你先去睡，我要看一会儿书再睡。"

他捧着一本书，装模作样地看，格姆娜实在疲倦之极，不一会儿眼皮打架，挨着枕头睡着了。

头一晚就这样打发过去了。第二天晚上，罗梅锡依然照葫芦画瓢，找个借口，让格姆娜一人独自先睡。那一夜，天气异常炎热。罗梅锡在卧室外小露台上，铺了一条线毯，躺在那里。他边胡思乱想边不停地扇扇子，后半夜方才睡去。

半夜两三点钟光景，罗梅锡睡得迷迷糊糊，隐隐约约觉得，露台上不只他一人躺在那儿，还有人躺在他身旁，轻轻地给他扇风。他似醒非醒，一把将她拉过来，咕哝道："苏希娜，你睡吧！别给我摇扇了。"格姆娜天生害怕黑暗，于是偎依着他，紧贴着他的胸脯，安然地进入了梦乡。

天明时，罗梅锡醒来，不禁骇然。只见睡梦中的格姆娜用右手妩媚地搂着自己的脖子，毫无顾忌地行使着对罗梅锡完全信任的占有权利，把头枕在他胸口，睡得十分香甜。罗梅锡痴痴望着熟睡的格姆娜，一时不禁热泪盈眶。她如此无忧无虑地勾住他脖子睡觉，他怎能忍心将她温柔的纤手挪开呢？他现在才依稀记起，昨晚不知何时，她悄悄地过来为他打扇。

罗梅锡长叹了口气，轻轻地挪开格姆娜的玉臂，无奈地起身离去。

罗梅锡琢磨再三，决定将格姆娜送往可以寄宿的女子学校住读。这样，他可以在一段时间里少操些心。

他于是直截了当地对她说："格姆娜，你想念书吗？"

格姆娜目不转睛地望着他，脸上的表情似乎比语言更清楚地表明了她的意思："你的意见呢？"

罗梅锡向她反反复复讲明，读书的好处，书中的乐趣，其实，他不必费这番口舌，因为，格姆娜只是简单地说了一句："好吧！你教我读书吧！"

"你得上学校去读。"罗梅锡说。

"上学校！我一把年纪了，还要上学校！"格姆娜惊呼道。

罗梅锡对格姆娜俨然以成年人自居，对自己年岁如此敏感的神气，不觉有些好笑。他开导说："比你年纪大得多的女孩子，还在学校念书呢！"

格姆娜再也不吭声了。一天，格姆娜和罗梅锡坐马车去学校。这所学校规模很大，学校里有许许多多女孩子，有的比她大，有的比她小。

罗梅锡把格姆娜托付给校长，请予以关照，然后准备反身回家，此刻格姆娜也尾随他一道出来。罗梅锡阻拦她说：“你去哪儿？你得留住在这儿。”

“你不留住在这儿？”格姆娜惊恐地问道。

“我不能留住在这儿。”罗梅锡说。

格姆娜抓住他的手，苦苦哀求道：“我也不留住在这儿，带我一起回家吧！”

“不要胡闹了，格姆娜！”罗梅锡甩掉了她的手。

格姆娜听到他的责备，脑袋发蒙，不禁呆住了。她耷拉着脑袋，失魂落魄地站在那里。

罗梅锡怀着百般无奈且痛苦的心情，匆匆离开学校。但是，他忘不掉分手时的情景，格姆娜那惊恐不安、孤立无援的神情深深地镂刻在他的脑海里了。

七

罗梅锡原打算开业，在加尔各答阿里布尔法院当辩护律师，然而如今，他心烦意乱，对工作似乎失去了兴趣。他或许没有足够的信心，专心致志地从事律师这份工作，也没有决心排除摆在初出茅庐的律师面前的种种阻碍。

几天来，他漫无目的地在加尔各答的豪拉桥上和戈尔迪基河边踯躅。他甚至想去印度西部转悠几天。

恰在此时，他收到安纳达老爷寄来的一封信，老先生在信中写道：

> 甫从官报欣悉，你已安然结业。未获亲聆，深以为憾。久未闻言讯，体无恙乎？安抵加尔各答已有几时？务以信示，庶几得免牵挂！

这里不妨插一句。安纳达老爷原先偏爱的、选作乘龙佳婿的、赴美国留学的那位青年，已学成归国，当上了律师。现在正操办婚事，女方却另换了一个豪富之门庭。

罗梅锡心中始终迟疑不决：经历这番波折，再和海敏丽妮重建旧日的关系，是否符合情理。他同格姆娜目前的关系，对谁都不能透露，他不忍心无辜的格姆娜为此遭受世人的白眼。然而，不把真情和盘托出，他又怎能同海敏丽妮重叙旧情，行使往日一样的权利呢？

不管如何，他得赶紧给安纳达老爷复信，不然就失礼了。他在信中写道：

> 事务极为忙碌，使我无法分身，抽暇拜见您，敬请鉴谅。

但是，他没有写新寓所的地址。

信投入邮筒。次日，他便穿起黑袍，第一次去阿里布尔法院上班。

一天下班回家，步行几步，正与一马车夫讲车价，突然从身后传来一个熟悉的声音："爸爸，这不是罗梅锡先生吗？"说话者的口吻，像是专门来寻访他的，而竟然在此不期而遇。

"车夫，停车，停车！"一位老者的急切口吻。

还没等罗梅锡反应过来，马车已停在他身旁。原来安纳达老爷和女儿海敏丽妮那天参加阿里布尔动物园野餐活动，野餐结束坐车回家，竟没想到在路上与罗梅锡邂逅相遇。

花容月貌的海敏丽妮，坐在马车上，穿着独具风格的纱丽，梳着与众不同的新型发式，手腕戴着水晶玉镯，它的两边是镂金手镯，罗梅锡见状，不由心旌摇曳。

安纳达老爷欣喜地叫喊道："罗梅锡，竟然是你！遇到你真是高兴！我们正巧从这里经过。你现在连信都不愿写一封——纵然写了，也不填上地址。现在你去哪儿？有什么火急燃眉的事要办？"

"没有，我刚从法院里出来。"罗梅锡慌忙应道。

"那敢情好，到我们家喝杯茶，走！"安纳达老爷顺势接口说道。

罗梅锡眼下有满腹心事，但现在已不容他推托做过多考虑。他坐上了马车。为掩饰内心的不安，他不停地向海敏丽妮问长问短："你贵体无恙？"

海敏丽妮却回避有关自身安康的问题，单刀直入地反问道："你毕业后为何不给我们报个信儿？"

罗梅锡一时被问住了，刮肚搜肠，也找不出几句恰如其分的话，只好搪塞说："你也毕业了。我是从官报上获悉的。"

海敏丽妮不禁大笑道："噢，你还记着我们，那倒是值得欣慰的！"

"你现在住在何处？"安纳达老爷问道。

"达尔齐巴拉。"罗梅锡未假思索回答。

"你在戈尔胡多拉的老寓所并不错啊。"安纳达老爷不经意地说。

海敏丽妮用灼人的目光，逼视着罗梅锡，听他怎么回答。罗梅锡意识到，这目光是对自己的一种巨大责难。

罗梅锡含糊其辞地说："是的，近日我打算搬回去住。"

罗梅锡心里明白，海敏丽妮把他的换居之举，看成是一个不可饶恕的罪过，压根儿再不想听他的辩护言辞。这使他内心感到痛苦异常。没人再盘诘其他事。海敏丽妮装出一副若无其事的样子，冷冷地望着车外的街道。

罗梅锡不堪忍受如此冷落，自言自语道："我有个亲戚，她住在赫杜阿附近，为便于走动，我在达尔齐巴拉租了两间房。"

罗梅锡并不完全在撒谎，但听起来总给人以支吾搪塞的味道，仿佛戈尔胡多拉与赫杜阿之间的咫尺之距，妨碍他偶尔去探望亲戚似的！

海敏丽妮依然目不转睛地瞧着车外的街景。罗梅锡碰了一鼻子灰，不知说什么好。沉默了片刻，他搭讪道："约庚德拉近来怎么样了？"

"他法律考试没有及格，为散心他去西部旅游了。"

他们走下马车。罗梅锡又见到极其熟悉的房舍、陈设，不由得百感交集，喟然长叹。

罗梅锡一言不发，只低头自顾自喝茶。安纳达老爷冷不丁地问他一句："这次你去家乡多日，都办了些什么事？"

"家父去世了。"罗梅锡伤感地答道。

"啊，你说什么？令尊怎么突然仙逝了？发生了什么事？"

"我们正坐船从帕德玛河驶回家，行至途中，忽然遇到风暴，船被大浪掀翻，遭了难。"

好像一阵劲风蓦地吹来，顿时乌云四散，天被清扫得碧空如洗一般，不幸的消息似晴天霹雳，霎时间消除了罗梅锡与海敏丽妮之间的芥蒂。

海敏丽妮追悔莫及，暗自思忖："我错怪了罗梅锡。老父仙逝的悲痛使他心绪沮丧，心神不安。刚才见他一副郁郁寡欢的神态，原来是一个多么可怕的灾难降临到他头上所致的！他的心灵受到何等打击，我却不知情，还责难他。"

海敏丽妮开始对丧父的罗梅锡倾注了更大的同情，格外地关切。罗梅锡没有心思吃喝，她再三劝他多吃多喝："你消瘦多啦，可别对自己的身体健康掉以轻心。"她回头又对安纳达老爷说："爸，今天我们要尽力挽留罗梅锡在咱们家用晚餐！"

"当然，当然，不用多说。"安纳达老爷忙不迭地道。

恰巧，阿克希耶来了。多日以来，他一人独占安纳达老爷的茶桌，今日突然见到罗梅锡在场，颇感意外和不快。但他马上不失态地装出一副笑容道："噢！今天不知什么风把罗梅锡先生吹来，我还以为您早把我们遗忘了呢！"

罗梅锡没有答话，仅仅报以一笑。阿克希耶又道："那回见到您父亲揪您回去的情景，我心里就思忖，那次他不逼您成亲，是决不会放过您的。您逃脱了那场灾难了吗？恢复了自由了吗？"

海敏丽妮用愠怒的目光，盯了阿克希耶一眼，阿克希耶不得不闭上了嘴。

"阿克希耶，罗梅锡的父亲不幸去世了。"安纳达老爷说。

罗梅锡低垂着沮丧的脑袋，闷声不响地坐着。

海敏丽妮心里十分气愤，阿克希耶竟然拿罗梅锡的悲痛开玩笑。她连忙岔开他们的话题，对罗梅锡说："罗梅锡先生，我还没让您看我的相册呢！”说罢，取来相册，站在罗梅锡的身边，一一指着相片给他观赏。

说话间，她借机低声问道：“您大概独自一人，住在新房子里吧？”

“是的，”罗梅锡答道，“就我一个人。”

海敏丽妮关切地说：“您尽快搬到我们隔壁您从前住的老房子来吧！”

“好，我下星期一一定搬来。”

“您晓得，我正穷于应付学士学位的考试，我极希望您能抽出时间，指导我哲学课程的学习问题。”她极其机敏地道出心中所想的。

但是，罗梅锡听了并没有言语，没有显出特别的热情。

八

罗梅锡没隔几天，就搬回到老住所来了。

在这以前存在于罗梅锡和海敏丽妮之间的隔阂，早已不复存在。现在，罗梅锡好像成为她家中的一员，家人谈笑有他参加，遇有宴会少不了他在场。

许多日子以来，海敏丽妮因废寝忘食地复习功课，脸色苍白，异常瘦弱。她纤细的腰肢，给人有弱不禁风之感。平常，她少言寡语，家人也不敢与她多搭话，怕惹出是非。

可这短短几天，她的模样和神情大变，令人称奇。在她双颊上，一种娇艳的红晕，替换了旧日的苍白；说话间，眼里不时流露出无限喜悦的光芒。往日，她认为讲究穿着打扮是一种矫饰，甚至说是种非分之举；如今也没见她同谁争论，就改变了自己的陈腐之见。这究竟怎么了，恐怕除了先知之外，谁也无法猜度出她心中密不告人的心事。

往日，罗梅锡肩负着沉重的道义与责任。那时他经常殚精竭虑，不可自拔，以致身心交瘁。但尽管天上星转斗移，曼门迪尔天文台及其观象仪，却始终静静地屹立在一处；同样，不论人世生活，如何目不暇接地千转百回，令人目眩神迷，罗梅锡却始终静候在书斋，与书本和书中的哲学为伴。如今，不知是何种轻松魔棍，一扫他往日阴郁沮丧的神情。他对别人的嘲讽讥诮，不作任何反唇相讥的反击，豁达地开怀大笑了之。他依然衣冠不整，不梳头发，但他的披肩，不像往常那般邋遢了。他的身心又恢复了活力和生气。

九

爱情诗篇中，为青年情侣的活动所安排的幽静环境，在加尔各答这样的大都市里，哪儿能寻觅到呢？这里哪有藤蔓缠绕的小村子，可供恋人们安静小憩片刻，以稍微平息心中燃起的炽热的爱恋之火？这里哪儿有蔽天的林间幽径、繁花满枝的无忧树、开满红彤彤花朵的木芙蓉树？这里哪儿有夜莺、杜鹃甜美的鸣啭，使恋人们流连忘返，如痴如醉？然而，令人费解的是，在这座枯燥乏味、颓败衰微的城市里，神秘的爱神魔力依然经久不衰。在比肩接踵的人群、川流不息的车马、沸沸扬扬的市井里，一位永远年轻又年长的神——人们谓之爱神——手持弓箭，当着裹着红缠头的警察的面，日夜来回奔走，创造出了多少奇迹，谁也讲不出个子丑寅卯！

罗梅锡和海敏丽妮，虽寓居在戈尔胡多拉公寓分别租出的房子里，对面是皮货店，隔壁是杂粮店，然而决不能断言，他们的寓所不如诗篇中描绘的充满情意绵绵的林间小屋。安纳达老爷家那张满眼茶渍斑斑、龌龊破烂的小桌，尽管不是温馨的莲花湖畔，但罗梅锡并不因此觉得有什么缺憾。海敏丽妮豢养的猫儿，虽不是古代情郎抚弄的美丽而驯顺的小鹿，但罗梅锡却以无比热情和怜爱抚摩着猫儿。每天猫儿刚一醒，拱拱腰，低头舐身、举爪擦面、梳毛装扮时，罗梅锡如此醉心地望着它，仿佛在情郎眼里，再没有哪个披毛生物能与之相媲美！

海敏丽妮曾一心考取大学文凭，对针线活儿一窍不通。近来，她专心致志地向一个擅长于女红的女友学习裁剪缝纫、刺绣描红。

而罗梅锡却对女红嗤之以鼻。他与海敏丽妮在有关文学和哲学的话题上谈得投机融洽，但一遇到飞针走线之类的问题，他只好退避三舍了。

因此，罗梅锡常常气恼地说："你近来是否中了邪？怎么对缝缝补补竟抱着那么浓厚的兴趣！那是闲得无聊的人干的事。"

海敏丽妮笑而不语，依旧专心致志地往针眼里穿丝线。

阿克希耶往往自告奋勇，挺身而出，替她抱不平："在罗梅锡先生眼里，持家所必需的活计完全是多余的、琐碎的。但尊敬的阁下，不管您是多大的学问家和诗人，须臾也离不开细微琐碎的日常用品。"

当罗梅锡气冲冲，准备与他争辩时，海敏丽妮总拦住他："罗梅锡先生，您把每句话都当真，都想回敬吗？这个世界上，废话已经满天飞了，何必认真呢。"说罢，她仍然埋头数针脚，潜心织衣。

一天清晨，罗梅锡跨进自己的书房，发现桌上放着一只新做的黑布吸墨水滚台，上面一角用丝线绣着花草，另一角绣了个"罗"字，第三角上面是一朵金线绣成的荷花，而第四个角上面却什么图案也没有。罗梅锡顿时悟出其来历和含义，欣喜万分。看来飞针走线不是可有可无的，此刻他素日轻视女红的心理，已烟消云散。他手捧那只吸墨水滚台，甚至愿意向阿克希耶认输谢罪。

他摊开一张信纸，写道：

> 倘若我是个诗人，我一定赋诗答谢。但我没有那种天才，上帝没有赐予我那种本领，但领受毕竟也是一种命运。我意外地获得飞来的礼物，其心情只有无所不知的先知能够窥探。给予的礼物是可见的，有形的，但我的感激是无形的，埋于心间。
>
> 永远怀着感激之情的罗梅锡

这封信送到了海敏丽妮的手中，但此后两人再也没有提起这件事。

雨季莅临，在城里人眼里，雨似乎不是令人喜欢的恩泽，而在农村和林区，雨则是滋润大地的甘霖。在城里，人们为了防雨防潮，要花大力气关紧门窗，补修漏屋；行人张起雨伞，车子挂起窗帘。尽管如此，每逢大雨大风，人们仍通身湿透，满衣泥浆。但山川、树木、田野，却将如注的急雨视为上宾，同声欢呼，同声相邀。也只有在广袤的大自然里，雨水才具有雄伟气势，天地才会融合为一，迎接云雨。

热恋使得情侣变得像雨季里的山川、森林，喜悦激荡。下个不停的滂沱大雨，使得安纳达老爷的胃口大减，却丝毫未减少罗梅锡与海敏丽妮的浓厚雅兴。乌云、雷鸣、雨声，使两颗心靠得更近。连续几日淫雨，迫使罗梅锡无法去法院上班。有时清晨就下起了倾盆大雨，海敏丽妮总忧心忡忡唠叨道："罗梅锡先生，这么大的雨，您怎么回家？"

罗梅锡常常掩饰住内心的依恋之情，答道："雨不算大，几步路就到家了。"

海敏丽妮迫不及待地劝阻说："淋一身雨，还不着凉感冒？就留在这里，与我们一起用饭吧！"

罗梅锡身体还不那么娇弱，他根本不担心自己着凉受寒，亲朋好友中，谁也不曾见过他稍有不慎就伤风感冒。尽管如此，一逢雨天，罗梅锡便显出惊人的温顺，听从海敏丽妮的吩咐，留下享受海敏丽妮的悉心招待。他仿佛感到，自己一定要坚持冒雨赶几码远的路回家，那简直是一种莫大的罪行。有些日子，乌云还没蔽天，海敏丽妮就邀他进自己的房间，早晨喝杂米稀粥，晚上吃炸豆粉丸子，仿佛只有美味佳肴，才能笼络住罗梅锡的心。显然，他们只担心着凉感冒，而不怕消化不良。

情意缠绵的日子，一天天逝去。这种忘情的冲动，会带来什么样的结果，罗梅锡对此从未认真考虑过，而安纳达老爷却经常思考这个问题。更何况，安纳达老爷所在的梵社圈子里，已有不少人对此议论纷纷。纵然罗梅锡那么有学问，但他不明生活事理，在目前的痴迷状态，起码的处世之道，被他抛置脑后。每天，安纳达老爷都满怀着希望注视着他，但从他那儿竟得不到丝毫反应。

十

阿克希耶的嗓音并不很优美动听，但每当他边拉琴边哼唱时，除了行家里手会挑剔外，一般人都会喝彩叫好，请他再唱一段。安纳达老爷对唱歌弹琴无多大兴致，但他不愿承认这一点。有时他还会为阿克希耶辩护几句，比如有人纠缠阿克希耶唱个没完，安纳达老爷就会插嘴说：

“你们太过分了，阿克希耶会唱歌，但不意味着可以任人折磨。”

阿克希耶慌忙阻拦，谦逊地说：“不不，安纳达老爷，请您不必担心——到底谁折磨谁，真还值得斟酌几分。”

那时，请他唱歌的人，马上就会应道：“你先给我们再唱一个，我们再来探寻这个问题的究竟。”

一天，大雨滂沱。天色已暗，雨还不停地下个没完。阿克希耶被风雨所阻，不得不留下，海敏丽妮就提议说：“阿克希耶先生，你唱首歌吧。”

说毕，她就坐在风琴前，起了个音。阿克希耶调好提琴的音，就开始唱起一支印度斯坦语的民歌：

东风缓缓吹，相思恼绣帏，
不见情哥至，辗转难入眠。

歌词往往听不大懂，也不必要听懂每一句歌词。心中只要有着别离痛苦的愁绪，那么稍有暗示即能心领神会。这首歌的大致内容是不难明白的：风儿缓缓地吹着，远处传来孔雀的鸣啼；情哥不在身边，情妹辗转反侧，难成梦圆。

阿克希耶本想用歌声暗通情曲，抒发自己内心的痛楚，不曾料到这歌声竟触动了另外两个人的心。罗梅锡和海敏丽妮两个人的心，随着歌声的起伏，相互撞击着。在他们眼里，世上的一切，都不是微不足道的，整个世界，呈现在一片欣欣向荣的翠绿中，充满着欢乐；仿佛迄今所有人所享有的全部爱情，都注入到这两颗心中，它们为着一种不可名状的甘苦，一种奇特的追求和希冀而颤动着。

那晚，阴雨连绵，下个不停，阿克希耶的歌也唱个不停。海敏丽妮一次次恳求："阿克希耶先生，请再唱一首吧。"

阿克希耶有求必应，兴奋激动，一首接一首，唱个不停。歌声犹如越积越密的浓云，漆黑一团，从外面竟透不进一丝光亮，但又似乎其中不时划过闪电。被痛苦折磨的心，囚禁在这黑暗的浓云之中，对外部世界漠然无知。

阿克希耶夜深人静时，方才踏上归途。罗梅锡告辞时，仿佛透过不绝如缕的歌声，向海敏丽妮投去了默然且深情的一瞥。海敏丽妮以迷惘的眼神凝望着他；在她的眼神里，仿佛也飘落着情意缠绵的歌声。

罗梅锡回到自己的寓所。雨歇了一会儿，不久，天空仿佛捅了个窟窿，又下起倾盆大雨。那晚，罗梅锡辗转反侧，无法安睡。另一方，海敏丽妮也在黑夜里，久久地坐着，默默地谛听着风雨声，歌声仍在她耳畔萦回不已：

> 东风缓缓吹，相思恼绣帏，
> 不见情哥至，辗转难入眠。

次日清晨，罗梅锡长吁短叹，心里想道："要是能将自己的学识，去换唱歌的本领，那该多好呀！"不过，他有自知之明，不管什么样的训练，都不能把他培养成一位歌唱家。他可以学习一种乐器。从前有一天，他曾在安纳达老爷家里，见四下无人，抚弄起提琴，刚把弓子在琴弦上划过，音乐女神就对他发出斥责，使他毫无信心终身与小提琴打交道。自此以后，他放弃了学拉小提琴的念头，买回一架小风琴，搬到自己的房间里，关门闭户，小心翼翼地学起了弹琴。他觉得，弹风琴比学提琴容易百倍。

翌日上午，他刚踏进安纳达老爷家门，海敏丽妮劈头就问："昨日您房里怎么有风琴声？"

罗梅锡原以为，关上房门，就不会有人发现他弹琴的秘密了，不料还是有灵敏的耳朵，能从紧闭的房间里听到琴声。罗梅锡微微红着脸承认：他买了一架风琴，正在学弹奏。

海敏丽妮毫不掩饰自己的热情说："您独个儿关在屋里，勤学苦练，到头来会事倍功半，吃力不讨好的！不如到我家来学，我还略懂弹琴，我可以尽力帮助您学。"

"我笨手笨脚，一个新手，"罗梅锡说，"教我弹琴可是个难应付的差使。"

"我所掌握的，教您这个新手是绰绰有余的。"

这一点很快获得证实，罗梅锡自称是位笨手笨脚的新手并非是谦虚。遇到这样好的老师，耳提面命，循循诱导，他脑子里却仍灌不进任何乐理知识。不会游泳的人一跌落水里，就会像疯子似的手脚乱抓乱蹬。罗梅锡在风琴上的折腾，也酷似不会凫水的人，他仅仅在没过膝盖的音乐之水里乱蹦乱跳，胡乱地敲打着琴键。他的哪个手指该落在哪个琴键上，是没有准头的。音符一个接一个弹错，但他的耳朵竟毫无察觉。他不在意弹错弹对。他自得其乐地一股劲儿乱敲，在完全超然的境界里，破坏着一切音乐规律。

海敏丽妮嚷着："你弹的是什么？完全弹错了。"他就会俯首帖耳地重弹一遍，以弹出的第二个错音来改正第一个错音。性格稳重、勤奋好学的罗梅锡，可不是轻易服输的等闲之辈。一台压路机徐徐前行，全然不顾车轮下轧碎碾扁的是什么东西。罗梅锡就是这样坚持不懈地且又漫不经心地，用他的十指在倒霉的风琴的键盘上，移来移去。

海敏丽妮看到罗梅锡乱弹一通的笨拙举止，常常忍俊不禁，罗梅锡也每每跟着开怀大笑。海敏丽妮看到罗梅锡以错改错的执拗，不禁感到开心。只有热恋之中的人，才会对对方的错误和无能感到由衷快活。小孩刚学走路时，常常迈错步子，父母见了那种错乱的步伐，会笑逐颜开，罗梅锡在弹琴上所表现的愚笨之极，也使海敏丽妮开心之极。

罗梅锡偶尔说："好呀！您笑话我，当心笑掉您的牙。当初，您刚学弹琴时，就不犯错误？"

"当然也会出错，"海敏丽妮答道，"但说句实话，罗梅锡先生，您现在犯的错误，和我当初犯的错误，恐怕根本不能相提并论。"

罗梅锡毫不气馁，堆满笑容，重新开始弹奏。前面已说过，安纳达老爷对音乐是一窍不通的，有时也会装出一本正经的模样，竖起耳朵，洗耳恭听，然后，夸奖地评论一番："好！罗梅锡的技法日见娴熟，俨然是位音乐专家了。"

海敏丽妮则不客气地说："噪音专家，娴熟地弹错音符。"

安纳达老爷马上反驳道："不，不，弹得比原先好听多了。我认为，罗梅锡只要下苦功，是不会负有心人的，准能学成的。唱歌弹琴这玩意儿，没有什么深奥的窍门，只需经常不断地练习。只要记住音符，什么都迎刃而解了。"

他这番高谈阔论，是无可辩驳的，谁也没有这个胆量，老头的话在这个家就是法律，大家只得一声不响地恭顺地听着。

十一

印度的难近母节相当于英国的圣诞节。这期间，人们足有十来天的假日，可以停下所有的工作，与家人团聚，同诸亲好友相会。

每年秋天，在这个祭祀难近母的节假日里，铁路车站就发售减价的往返车票。安纳达老爷便利用这个机会，带上海敏丽妮去杰巴布尔的妹夫家玩上几日。安纳达老爷认为，每年外出一次，换换空气，这对增进食欲、治疗消化不良症是大有裨益的。

帕德拉月[1]已过去了一半，离难近母祭节不远了。安纳达老爷忙

---

① 帕德拉月，印历六月，相当于公历八至九月。

碌地准备行装。

罗梅锡知道，海敏丽妮一走，风琴的教学就得终止。于是，他在学琴上就多花些时间。

一天，大家正在闲聊，海敏丽妮突然说："罗梅锡先生，依我看，您应该出去换换空气。哪怕离开加尔各答一段短暂的时光，对您也会有好处的。是不是，爸？"

安纳达老爷思忖，此话不错。出去换换环境，可以消除罗梅锡新近丧父的悲痛。

"当然，"安纳达老爷颔首称道，"出去走几天，换一下环境，吸一下外面的空气，是一件再好不过的事。罗梅锡，去西部或别处游历几天，对身体定有裨益。开始几天你准会食欲旺盛，吃饭香甜。当然，几天后，慢慢又会恢复原样！过去压在胸口的郁闷又会复燃，烦心的事又会重新涌现，吃东西又会不香……"

海敏丽妮见父亲的话前言不搭后语，忙着打断他，说："罗梅锡先生，您游览过纳尔马达山溪吗？"

罗梅锡答道："没有，我从没有去那儿游览观光过。"

海敏丽妮急忙说："那您应该去那儿好生游览一番，那儿别有情趣。对不，爸？"

"当然当然，"安纳达老爷转向罗梅锡建议说，"你为何不跟我们一起去那儿呢？既可换换空气，又可游山玩水。"

换换空气和游山玩水，这个具有双重效用的建议，正中罗梅锡下怀，罗梅锡听了乐不可支，痛快地答应了。

那日，罗梅锡的肉体和心灵仿佛悬在空中漂浮着。为压抑住自己澎湃激荡的心潮，他关起房门，坐下抚琴。但此时此刻，他那飘飘然的心，早把尘俗的音乐技巧抛在九霄云外了，他的指头在风琴的键盘上疯狂地来回敲打，乱七八糟的谐音和噪音一齐轰鸣。几天来，他一想到海敏丽妮将去远方，心里就不痛快。今日，听到她正中下怀的提议，他激动得心花怒放。在这种忘乎所以的境地里，他仅有的那些自己正确或错误所领会的音乐知识，早已荡然无存了。

此时突然有人拍门："哎呀，今天怎么啦？看在老天爷的分儿上，您停一会儿吧，罗梅锡先生！"

罗梅锡羞愧难当，满脸通红，起身开门。阿克希耶撞进门槛，说："罗梅锡先生，您把门关得严严实实的，偷偷地干着罪恶勾当，难道您的刑法里，对此没有判罚的规定？"

罗梅锡莞尔一笑说："我甘心认罪。"

"罗梅锡先生，倘若您不在意的话，我想和您谈件事。"

罗梅锡摸不清来意，又急于想听他说些什么，于是默然地注视着他，等他开口。

阿克希耶不紧不慢地讲："这些日子里，您恐怕一定知道，我一直关心着海敏丽妮的幸福前途。"

问题提得这么突兀，罗梅锡不知所云，只能默默地听他讲下去。

阿克希耶继续讲下去："您对海敏丽妮究竟在打什么主意？我有问这个问题的权利，因为我是安纳达老爷的密友。"

罗梅锡对他的讲话及其腔调，极为反感。但罗梅锡既无兴趣又无能力与他正面交锋。他只是温和地问："我对她并没有不怀好意。请问您为什么对我产生这种怀疑？"

"您出身于一个印度教家庭，令尊是位虔诚的印度教徒。我得知，他怕您同一个梵社教徒的女儿结成伉俪，才接您回家去办婚事的。"

阿克希耶似乎对事情的原委了如指掌，个中自有原因，就是阿克希耶使罗梅锡的父亲心中产生这种疑虑。此时罗梅锡不敢正视阿克希耶。

"令尊突然谢世，您就认为自己已完全自由了？令尊的心愿难道——"阿克希耶接着说。

罗梅锡再也按捺不住，打断他的话说："听我一言，阿克希耶先生，纵使您在别的问题上有权教训我，给以忠告，悉听尊便，我一定洗耳恭听。但是，我与我父亲之间的关系，不需要您指手画脚！"

"好吧！姑且不谈这个！但您总得讲一讲，您是否有和海敏丽妮结婚的打算，您目前是否有资格这样做？"

阿克希耶那咄咄逼人的盛气凌人的气势，使得罗梅锡越来越激动，越来越无法忍受。

“阿克希耶先生，您可以是安纳达老爷的密友，可您和我的交往并不深，还不到那份儿交情上，让您这样对我训斥。请您闭上尊口，停止发表宏论！”

“假如我不提这件事，所有的问题会是子虚乌有，而您可以照样不顾及不堪设想的后果，随心所欲地享受生活，那倒也罢了，只怨我庸人自扰。但是，我们的社会不会给您那样的浪子以安身之地的。当然，您出身高贵，可以不拘小节，不把社会议论放在心上。但依我看，倘若照此行事的话，您最终会明白：像您那样任着性子玩弄一位绅士的女儿，您不能不受到别人的责难。您日前的所做所为，恰恰是使您所‘尊敬’的人丢尽脸面的再好不过的办法了。”

“我非常感激您的教诲，您话里的弦外之音我明白。我会尽快做出我应尽责任的抉择，并尽力去履行。您可以不用为此费心，也不必再喋喋不休、唠叨个没完没了。”罗梅锡语气坚定地说。

“您可救了我，罗梅锡先生！尽管晚了些，您终于讲了要思考和履行自己的责任的话，这样我就放心了。我也没有多大兴致与您争论不休。很抱歉，打断您的音乐功课，请您继续练习弹琴吧，告辞了。”

说毕，阿克希耶疾步走出户外。

这时，罗梅锡对于弹琴已兴趣索然，再也无法弹奏不合调的音乐了。

罗梅锡双手抱头，颓倒在床上。时间不知不觉地流逝过去。蓦地，钟“当当”敲了五下。他一骨碌坐了起来，他究竟做了何种抉择，只有天晓得。但眼下他得去邻居家喝茶——对于这个责任，他定是躬行无误，丝毫也不犹豫。

海敏丽妮见了罗梅锡的铁青脸色，大惊失色，问道：“罗梅锡先生，今天您不舒服吗？”

罗梅锡忙掩饰起内心的纷乱，答道：“没有，没有不舒服。”

安纳达老爷插嘴道：“没什么大事，肝火旺，胃口不大好罢了。

你吃一粒我常服的那种药丸看看……"

海敏丽妮微笑地说："爸爸，恐怕您的朋友没人没吃过您的药了，但我从未发现，谁吃了您的药会立即见效。"

安纳达老爷争辩说："谁吃了也没有什么坏处呀。我亲自尝试吃过许多药，吃过的药中唯有这贴药最管用。"

"爸爸，每逢您起初吃一种新药，就赞不绝口，称它为天下的灵丹妙药。以后……"

"你们对什么东西都不相信。好吧，你问问阿克希耶，吃了我的药有没有用。"

海敏丽妮唯恐父亲叫阿克希耶来做证，就不敢再深究下去。

但证人就在这时出庭做证了，他一见安纳达老爷，劈头第一句话就是："我恳求您把那种药丸再给我一粒，那药太见效了，今日我服了这种药，就感到无法形容的舒畅。"

安纳达老爷带着踌躇满志的神情瞥了女儿一眼。

十二

素来好客的安纳达老爷，不容阿克希耶吃下丸药就走，其实，阿克希耶自个儿也绝无意匆匆离去。他一副得意扬扬的模样，不时用眼角瞟着罗梅锡。罗梅锡平时有些木讷，但阿克希耶那种得意、鄙夷的神气，他还是能感觉到的。于是，他感到怏怏不快、闷闷不乐。

海敏丽妮今天兴致特别好，因为去杰巴布尔旅行的日期日益临近。她在心中描绘着，想象着出游时的情景，不由喜形于色。她早就盼望，若罗梅锡今日来得早，就可和他商议如何度假，两人得拟出一张需要阅读的书单。两人本来谈妥，罗梅锡今日早些来，因为喝茶时不是阿克希耶就是某位不速之客会突然闯进，这样就没有单独说话的机会了。

真想不到，罗梅锡竟比往日来得还要晚，且愁云满面，一副心事重重的样子。海敏丽妮见了大为扫兴。她趁人不注意，悄声问罗梅锡："今天您怎么来得这么晚？"

罗梅锡沉默片刻，心不在焉地答道："是来得晚了些。"

今天，海敏丽妮一早就起来梳妆打扮，换上了纱丽，真是光彩照人。她眼望着表，坐着等待。

她无数次瞧表，心中直嘀咕，是否自己的表快了，时间似乎没这么晚！后来当她无法再坚持自己的看法时，就拿起针线活，坐到窗前守候。直至那时，她还若无其事，尽可能压住内心的烦恼。但眼下见到罗梅锡板着脸，说话有气无力，而且来晚了，也不说说个中原因，仿佛他们俩人事先根本没有说好要早些来似的，她心里憋闷极了。

海敏丽妮难以忍受今天的茶会，她勉勉强强喝完茶，站起身走近墙边，从墙角里的一个凳子上的书堆中，抽出几本书，故意弄出响动，她想借此打破罗梅锡心不在焉的神态。她拿了书正欲离去，罗梅锡终于从茫然若失的神态中猛醒过来，慌忙走到她身旁："这些书您拿到哪里去？咱们不是说好今天挑一挑书，准备带走阅读吗？"

海敏丽妮双唇哆嗦，强忍住盈眶的眼泪，声音发颤地说："算了吧！挑书干什么？"说毕，气急败坏地离开客厅，回到楼上自己的卧房里，将所有捧在怀里的书，狠狠地、一股脑儿地摔到地上。

看到她这样急匆匆地离去，罗梅锡内心感到很不是滋味，这更增添了他心中的郁闷。

阿克希耶暗中窃喜，嘴上却说："罗梅锡先生，看上去您今天不大舒服？"

罗梅锡咕哝了几句，但谁也听不清他讲的是什么。

一听到舒服不舒服的话题，安纳达老爷就提起精神，兴奋地说："我方才见到罗梅锡，就这么说的嘛。"

阿克希耶不放弃任何挖苦讽刺的机会，说："罗梅锡先生是位特殊的人物，他对关心身体健康这类区区小事，是不屑一顾的。他整天生活在精神世界里，视增进食欲那种琐事为粗俗之举。检查一下自己的消化不良症，仿佛会掉他的身价似的。"

安纳达老爷却很认真，滔滔不绝地讲述了重精神生活的人，也需要有一副健壮的肠胃，需要有旺盛的食欲。

罗梅锡一声不响地在他们两人之间，听着一方教诲，一方讥讽，心中生着闷气。

阿克希耶装出一副关心人的面孔，说："罗梅锡先生，请听我一句忠告，赶紧吞服一颗安纳达老爷的药丸，早点上床睡觉。"

罗梅锡却说："我与安纳达老爷有话要讲，所以坐着，等待启齿机会。"

阿克希耶立刻离座起身，叫道："嘿，这话早说不就完了！罗梅锡先生总把话憋在肚子里，等到时间晚了才着急，把责任砸在别人头上。"说毕，阿克希耶向主人告辞离去。

阿克希耶走后，罗梅锡双眼盯着自己的鞋尖，慢条斯理地说："老伯，您一贯把我当作您家里人，任我自由出入。对此，我感到莫大的荣幸，我的感激之情是无法用言辞表达的。"

安纳达老爷答道："这不值一提！你是我家约庚的挚友，又是他的同窗。我把你当成自己的孩子，这毫不足怪。"

开场白讲完之后，罗梅锡一时想不出再说些什么，好比一个跳舞的人，跳了上一步，不知下一步该如何跳。

为了打消他的顾虑，安纳达老爷说："罗梅锡，我们若能把像你这样有为的年轻人，看成我家里人，常来常往，这又何尝不是我家的幸运呢？"罗梅锡依然木讷讷地不答话。

安纳达老爷继续往下说："你一定知道，外面对你与海敏丽妮的关系议论纷纷，说海敏丽妮岁数不小了，该出嫁了；给她物色夫婿需谨慎行事。我告诉他们，我完全信任罗梅锡，他决不会糊弄我们，做出对我们负心的事。"

"老伯，我的情况您是了如指掌的。若是您认为我适合做海敏丽妮夫婿的话，那么——"

"这就不用多说啰！其实，我早已拿定了这个主意。只是你一直为令尊的不幸遇难而悲伤，我就不好启齿提你们的婚事。当然，眼下再拖延就有些不妥了。梵社里人们对此说三道四，闲言碎语很多。越早决定，就能越早让他们闭嘴。你打算怎样呢？”

“我一切从命。当然最好先听取您女儿的意见。”罗梅锡答道。

“这主意不错。不过，她的意见我十拿九稳掌握。当然，我明天一早问问她，那时，我们就可以做出最后的决定了。”

“我待得太晚了，恐怕耽误您休息，我就此告辞。”罗梅锡如释重负地舒了口气。

“等等。依我看，倘若在去杰巴布尔之前你们俩完婚，那是最好的。你看呢？”

“剩下没几天了，时间相当紧迫。”

“不，还有十来天呢！就算是下星期一举行婚礼，那还有两三天的时间可做旅行前的准备。罗梅锡，你要明白，我本不喜欢匆忙从事，催逼你。但我没法子，我担心我的身体健康。”

罗梅锡最终同意了，咽下安纳达老爷的一粒药丸后起身告辞，径直回自己的住处去了。

十三

格姆娜所在的学校也快放假了。罗梅锡事先就跟女校长谈定，放假期间仍让她住在宿舍里。

第二天一清早，罗梅锡就起身到户外散步，他选择了加尔各答最大的一个广场——古堡广场附近的行人稀少的幽静小径散步。他边溜达边思考，最终打定主意：结婚后把有关格姆娜的情况，通通向海敏丽妮说清楚；之后再找机会将真相向格姆娜说明白。这样可消除一些误解，省去许多麻烦，格姆娜与海敏丽妮一定会成为知心朋友，她也会愿意和他们俩一块过日子，而海敏丽妮也一定会对格姆娜真诚相待的。他还想到，这些事定会成为人们茶余饭后的谈资，于是，他决定婚后搬迁到赫扎利巴格去开业，当律师。

散步回来，罗梅锡路过安纳达老爷的寓所，向里张望，楼梯边，他与海敏丽妮不期而遇。要在平时，他们俩碰见时总要聊上几句，但今日海敏丽妮见了罗梅锡，心突突乱跳，脸上飞起了红晕。透过红云升起了朝霞似的粲然笑容，然后她低下头匆匆地走开了。

罗梅锡回到自己的住所，坐在风琴边，用力敲打，演奏从海敏丽妮那儿学来的一首曲子。但仅仅一首曲子总不能弹一整天吧？他找出本诗集，高声朗读。他恍惚觉得，爱情的音调已拔得很高，任何一首诗歌都无法与之相匹敌。

那边，海敏丽妮同样兴奋得神魂不定，兴致勃勃地做着家务。大中午她就把自己关在屋里，做起了针线活。她脸上洋溢着一种如愿以偿的兴奋和恬静的神情，仿佛一种心满意足的幸福感笼罩着她的全身。

离喝茶的时间尚早，罗梅锡就把诗集和风琴扔在一旁，兴冲冲地赶到安纳达老爷家。平日，海敏丽妮到客厅从来不晚，但今天，当他走进客厅，发现大厅阒无一人，海敏丽妮仍躲在自己闺房里，没有下楼。安纳达老爷却准点走进客厅，在茶桌边的椅子上坐下。罗梅锡焦灼地不时朝门外望去。

门外传来了脚步声，但跨进门槛的却是阿克希耶。他装出一副极其亲热的样子，与罗梅锡打招呼："嘿！您在这里。我刚去贵所找您了。"

罗梅锡一听，言语中有弦外之音，脸上露出了紧张不安的神情。

阿克希耶笑吟吟地说："惊怕什么，罗梅锡先生？我不是向您寻衅去的，贺喜是朋友责无旁贷的义务，我是去尽这个义务的。"

安纳达老爷听了这话，才猛然想起，海敏丽妮还没下楼。他喊了几声："海敏，海敏！"但没有回音。他于是亲自上楼去，催促道："海敏！怎么回事，还做着针线活！茶都准备好了，罗梅锡和阿克希耶在楼下客厅等候着你哪。"

蓦然间，海敏丽妮的脸上绽出一朵红云："爸爸，差人把茶给我送上来。我想今天把这针线活做完。"

安纳达老爷嗔怪道："你就是这个怪脾气，海敏！拿起什么活，就只知干什么活，其他什么也不顾。一读书，手中的书就放不下；一拿起针线活，其他什么事都不管。不行，走，到楼下去喝茶。”安纳达老爷简直是将她硬拽到楼下去的。

她一进客厅，就径直走向茶桌边。她没抬头与客人打招呼，只全神贯注地沏起茶来。

安纳达老爷急得叫喊起来：“海敏！你这是干什么？干吗往我杯里放糖？我向来是不吃糖的呀！”

阿克希耶嘴角一歪，冷笑道：“今天海敏丽妮好慷慨哪！也算是分发喜糖吧，让咱们分享她的甜蜜！”

罗梅锡讨厌他对海敏丽妮的恶意嘲弄，心里直想，他们结婚后，无论如何也要断绝与阿克希耶的任何来往。

过了两三天，有一日傍晚喝茶时，阿克希耶冷不丁地冒出一句：“罗梅锡先生，请您把自己的尊姓大名改了吧！”

对阿克希耶的这种玩笑，罗梅锡极其恼火，问：“我为什么要改名字？”

阿克希耶打开一张报纸：“您请看，与您同名的一个人请别人顶替自己参加考试，结果被捉住了。”

海敏丽妮深知，罗梅锡不擅长与人争辩，所以每当阿克希耶攻击罗梅锡，她总是挺身而出，进行反击。今日她又看不下去，强压住怒火，装出一副笑容，反唇相讥道：“不知有多少叫阿克希耶的人被关进大牢里受罪呢。”

阿克希耶叫喊起来：“嘿嘿，好心没有好报，我出于朋友情谊，向你们提个建议，你们却大为光火。如此看来，我得把事情的来龙去脉讲清楚。你们知道，我妹妹夏尔达在女子学校念书。她昨晚对我说：‘哥哥，您的朋友罗梅锡的妻子在我们学校里读书。’当时我就手一挥说：‘去去，小疯子，除了我们的罗梅锡先生，难道世上没有第二位叫罗梅锡的了？’她说：‘就算有同名同姓的人吧，可那个罗梅锡对自己的妻子也太狠心了，放假期间所有的女生都回家度假，可他却让自己的妻子留在学生宿舍里。可怜的她整天抱着头痛哭流涕。’听了我当然就想，这可能是个有趣的巧合。夏尔达所犯的那种错误，别人也会重蹈覆辙的。”

安纳达老爷哈哈大笑：“阿克希耶，你怎么会像疯子似的胡说八道。也不知天下哪个罗梅锡的妻子，在什么学校宿舍里大声痛哭，而我们的罗梅锡要为此改换姓名！真是滑天下之大稽！”

倏忽，罗梅锡脸色煞白，起身离座。阿克希耶见状忙道：“罗梅锡先生，这是怎么说的。您生气了？您瞧，也许您误以为我在怀疑您。”他边唠叨边跟随着罗梅锡走出去。

安纳达老爷丈二和尚摸不着头脑，说：“究竟怎么回事？”

这时，海敏丽妮哭了起来。安纳达老爷忙不迭地说：“海敏，干吗哭呢？”

她抽抽搭搭呜咽道：“爸，阿克希耶先生太气人了。他凭什么到我们家来如此侮辱一位心地善良的好人？”

安纳达老爷安慰她说：“阿克希耶只不过讲了一个不相适宜的笑话，你干吗当真，为此惊慌不安，大为光火呢？”

“这种笑话叫人受不了。”说罢，海敏丽妮蹭蹭地上了楼。

此次重回加尔各答，罗梅锡始终想方设法探听格姆娜丈夫的下落。他费尽九牛二虎之力，终于打听清楚托比波卡尔在何方，属于哪个县，哪个邮局管辖。于是，他给格姆娜的舅舅达利尼·恰兰去了一封信。

上述事情发生的翌日，罗梅锡收到了回信。达利尼·恰兰在信中写道，自从翻船事故发生后，他一直没有听到过关于他外甥女婿纳利纳克希的任何消息。纳利纳克希原本在伦加布尔行医。他曾亲自前往那里打听过，但谁也不知道纳利纳克希的下落。而外甥女婿的老家究竟在哪里，他也无从知晓。

罗梅锡原指望格姆娜的丈夫还活着，今天的来信，彻底打碎了他这一希望。

上午，他还收到许多别的信。好几位朋友获知他即将成亲的消息，纷纷来信道贺。有的讨喜糖吃，有的要他设宴请客，有的抱怨他不该将如此般喜讯瞒着他们。

罗梅锡正在自己房里拆读信件，安纳达老爷家的一个男仆来了，交给他一封信札。一见信封上的字迹，罗梅锡的心就扑通扑通乱跳起来。那是海敏丽妮写给他的信。罗梅锡心里猜度："海敏丽妮听了阿克希耶讲的事，心中升起了疑团。此信定为澄清疑问而写的。"

但是，他小心翼翼地拆开信一看，如释重负。信中写道：

> 阿克希耶先生昨天对您太无礼了。我还以为，您今天一大早就会来我家。您为什么不来呢？对阿克希耶先生的那些话，您何必如此当真呢？他的话毫无意思，我丝毫不放在心里，今天下午您一定早点儿过来，我什么事也不干，专门盼候着您。

这简短的言辞，使罗梅锡感受到海敏丽妮那饱含同情和温柔的心灵创痛，禁不住热泪盈眶。他意识到，海敏丽妮为安抚他被刺伤的心，自昨日起就焦急不安地等待他过去。她在忐忑不安的心境里挨过了一个晚上和一个上午。现在她实在忍不住了，才写了这封信，差人送来。

罗梅锡自那天晚上起就考虑，应该毫不迟疑地向海敏丽妮说明事实真相。然而，昨日发生的事，又使他进退维谷。他若这样做，会使人觉得是因西洋镜被人戳穿才徒然地辩解；不仅如此，阿克希耶也会因此而占据上风，沾沾自喜，加速进攻。

他仔细酌量，阿克希耶准以为格姆娜的丈夫罗梅锡是另外一个人，否则，他决不会就此善罢干休，而会闹得天翻地覆、家喻户晓。想到这里，罗梅锡决定不急于去解释，暂把它束之高阁。

正当罗梅锡左思右想，举棋不定时，邮差送来了一封信。罗梅锡拆开信，知道信是女子学校校长写来的。她在信里写道：

格姆娜整天惊恐不安，感到在学校里度假，是件无法忍受的事。这样，校方无法负责照看她，假日里再让她留在宿舍里是不妥当的。下星期六上午上完课后马上放假，那时，你一定要把她接回家。

下星期六得把格姆娜接回来！而次日即星期日，是罗梅锡举行婚礼的日子！

恰在这时，“罗梅锡先生，求您原谅我。”阿克希耶边说边闯进屋里，“您竟为一个小小的玩笑，生那么大的气。早知如此，我就不敢随便开口了。只有含有真情的玩笑，人们听了才会生气恼火。但您对我讲的毫无根据的事，竟当着大家的面发那么大的火，是为什么呢？安纳达老爷这两天一见我，就责备我；而海敏丽妮则不理睬我，不和我说话。今早我到他家去，她竟然撇下我，赌气走了。我究竟犯下了什么罪过，惹得你们都那么怨恨我，您能告诉我吗？”

罗梅锡竭力想摆脱他的纠缠，说：“这些事以后再谈。眼下，对不起，我有火烧眉毛的事要办。”

“是去作解释吗？倒也是，时间剩下不多啦！好事多磨。不打扰您了，我告辞了。”

待阿克希耶走后，罗梅锡匆忙地赶到安纳达老爷的家。他一跨进门槛就遇见了海敏丽妮，海敏丽妮早料到，罗梅锡今日一定会来，而且会早来。她在家中坐等着。她早已收拾好针线包，把它放在桌上，旁边特意支着一架风琴。她心想，今天他或许会有兴致弹唱一番。当然，此时她心弦上鸣奏的音乐之声，始终回荡在心际。

看到罗梅锡走进屋来，海敏丽妮的脸上就绽放出充满柔情的光彩。但当罗梅锡刚跨进门，二话不说，劈头就问安纳达老爷在哪里时，这光彩霎时间就消失得无影无踪了。

海敏丽妮答道：“爸在自己屋里待着。为什么找他？找他有急事？他要到喝茶时才会下楼来。”

“有一件很紧要的事，不能耽搁，我得马上见他。”

"那您上楼吧，他大概在自己的小客厅里。"

罗梅锡没有理会海敏丽妮的情绪变化，嗵嗵地上楼去了。紧要的事？世上唯有紧要的事耽误不得，爱情只能靠边，只能在门外翘首以待！

一个晴朗美好的秋日，仿佛长叹一声，呼的一声，关闭上了欢乐之库的金铸大门。海敏丽妮移开放在风琴前的椅子，坐到桌旁，懒洋洋地重又拿起针线活。针仿佛不是在布上穿行，而是扎在她的心里。罗梅锡紧要的事似乎一时半时办不完，紧要的事俨然像君王占去了全部时间，爱情女神倒在一旁哀号，幻化成无血无肉的一具骷髅！

十四

罗梅锡走进安纳达老爷的房里。安纳达老爷用报纸遮着脸，在躺椅上瞌睡着。罗梅锡走过去，稍稍推了推躺椅，安纳达老爷惊醒过来，拿掉遮在脸上的报纸，道："罗梅锡，你看，这座城里，有多少人染上霍乱，多少条性命被夺去了！"

但是，罗梅锡没有接这个话茬儿，单刀直入地说："我请求婚礼推迟几天，我有几件非常重要的事要办。"

这一惊人之语，使因霍乱而死人的新闻，顿时从安纳达老爷的头脑里消失得无影无踪。他望着罗梅锡愣住了，过了一会儿才说："你这是什么话，罗梅锡！请帖都已经发出去了呀！"

"今天可重发请柬，婚礼改到下星期举行。"

"哎哟，罗梅锡，你简直把人都弄糊涂了！这又不是你审理案子，可以根据自己的方便，推迟或提前开庭。你那件重要的事究竟是什么，可以说说吗？"

"非常重要的事，片刻也不能耽误。"

安纳达老爷像被暴风雨刮落的香蕉树叶，一下子软瘫在躺椅背上。

安纳达老爷无奈又不满地说："片刻都不能耽搁！好吧！随你的高兴，你爱怎么办就怎么办吧。你若认为合适，就把请帖收回！别人若要问，我就说什么也不知道。新郎有什么重要的事，只有他自己知道。他什么时候有空举办婚礼，也只有他自己决定。"

罗梅锡无言以对，低着头。

安纳达老爷接着说："告诉海敏了吗？"

"没有，还没对她说什么。"

"必须马上让她知道你的决定。这毕竟不是你一个人的婚礼！"安纳达老爷气恼地嚷道。

"我想先跟您谈一下，然后再和她说。"罗梅锡解释道。

安纳达老爷叫喊起来："海敏！海敏！"

海敏丽妮闻声上了楼，道："什么事，爸爸？"

"罗梅锡刚才说，有件重要的事要办。眼下他没工夫举行婚礼。"

海敏丽妮的脸色骤然大变，转过头瞥了罗梅锡一眼。罗梅锡犯了罪似的一声不吭，颓丧地坐着。

罗梅锡先生也没想到，他会以如此粗率的方式向海敏丽妮宣布这个婚期推迟的消息。如此意外地、冷酷无情地将此坏消息告诉她，她将受到何等重大的打击。对此，罗梅锡是完全能感觉到、体会到的。但离弦的箭，是无法再飞回来的。罗梅锡仿佛已经看到，那支冷酷的利箭，已飞速射进海敏丽妮的心中，直挺挺地竖在她的心窝上。

现在，已经无法掩饰这可怕的事实了——婚礼必须延期。他要办紧要的事，但他又不愿向人们讲明是什么紧要的事。有什么可多讲的呢。

安纳达老爷望着海敏丽妮说："这是你们俩的事，你们商量着办吧！"

"我完全坠入五里云雾之中，爸。"海敏丽妮抬头，盯了罗梅锡一眼，转身走了出去。她那眼神恍若落日的惨淡残晖，投在一团乌云上。

安纳达老爷重新拿起报纸，像是专心致志地读报，其实他正陷入苦思之中。罗梅锡木然地坐着不动。

猛然，罗梅锡回过神来，起身下楼。他来到楼下的宽敞房间，看到海敏丽妮站在窗前，默然凝望着窗外的街心。在她的眼里，充塞着加尔各答大街小巷的人群，像泛滥的河水流动着，即将来临的祭祀难近母节日，仿佛使每张脸上都闪着喜悦的光辉。

罗梅锡突然犹疑不定，不敢走近她身旁。他滞留在门口，呆呆地望着她静立不动的身影。秋日夕阳的余晖，将伫立在窗前这个绰绰身影，镂刻在他的心田里，使他永世难以忘怀：她面颊柔和的玫瑰色的线条，她精心梳理的优雅的发辫，她那披散着细发的后颈与头发之间的闪闪发亮的金项链，她那垂搭在左肩的纱丽所显现出的优美的衣裙波纹，都在他痛苦的心灵上划出道道深陷的伤痕。这一切使他顿时觉得惶恐不安。

他慢慢地走到海敏丽妮身旁站住。她不理睬他、不正视他，只是痴呆呆地凝视着窗外马路上来去匆匆的行人、川流不息的车马。他哽咽的声音，打破难堪的沉寂，说："我求您一件事。"

海敏丽妮觉察到，他的声音里包含着深深痛苦，她不由回头看他。

罗梅锡嗓音沙哑地说："请你千万别怀疑我。"他今天第一次称海敏为"你"。他继续恳求道："你亲口说一遍，你将永远不怀疑我。我也向苍天起誓，我将永不背叛你。"

他再也说不下去了，双眼涌出泪水。

海敏丽妮抬起头，刹那间，她那双充盈着万种柔情的眼睛，紧紧盯着罗梅锡的脸庞，晶莹的泪珠从双颊上滚落下来。

于是，在那扇窗户旁，在没有旁人的屋子里，他们的目光相遇了。俩人虽然默默无语，却感到一种幸福的无间融洽和谅解。这种融洽所带来的无比欢乐，使他们俩仿佛置身于人间天国之中。

罗梅锡的心，久久沉浸在泪水的洪流里，在深不可测的静谧之中沉浮。罗梅锡终于舒畅地松了口气，打破沉寂说："你想知道我之所以要将婚姻推迟一周的原因吗？"

海敏丽妮摇摇头，沐浴于幸福之光的海敏丽妮，内心已不存有丝毫的怀疑，盲目地听顺未来的丈夫的一切安排。

“等咱俩结婚之后，我把一切都会告诉你的。”

一听“结婚”这词儿，红晕马上染上了海敏丽妮的两颊。

那日吃饭后，海敏丽妮想着就要和罗梅锡见面，便兴冲冲地梳妆打扮，等候罗梅锡的到来。她想象着自己如何与罗梅锡纵情谈笑，自己有许多事要和罗梅锡商议，内心窃喜地勾勒着未来生活的种种幸福情景。但就在几分钟之前，两颗心灵所交换的信任花环里已浸透着泪水，又重订山盟海誓，然而，俩人默不作声，相挨而立着。她没有想到，经历感情风波的洗礼，心灵会获得如此的无比欢愉、深邃宁静和彼此的宽慰。

“你得马上去爸爸那儿一趟。他似乎生气了。”海敏丽妮催促着罗梅锡。

罗梅锡走了出去。这时，不管世上有多少重大的打击，他仿佛都会高高兴兴地挺起胸膛去承受。

十五

安纳达老爷看见罗梅锡重又走进自己的房门，便疑惑地打量着他。

罗梅锡自信地说：“请您把所邀请的客人的名单给我。我今天就发信，通知他们改期的事。”

安纳达老爷问道：“改期的事，你们定了？”

“是的，别无他法可想。”

“那好，罗梅锡。倘若像你们那样办事的话，我今后就不过问你们的事了。一切婚姻准备，你们俩看着办吧。我不能让人拿我当笑柄，做出让别人耻笑的事。像结婚那样的大事，都可以随心所欲处理，视同儿戏，那像我这般老古董还是不参与为好。喏，这是名单。这些日子我已花掉了一些钱，大部分是白花了。若要这样一遍一遍往水里扔钱，我可承担不起。”

罗梅锡早就愿意承担有关婚礼的一切花销，张罗婚礼所必需的一切。

他欲告辞离去，安纳达老爷突然问道：“罗梅锡，结婚以后你到哪儿开业做律师？有什么打算吗？不会滞留在加尔各答吧？”

“不会。我正试图在西边找个合适的地方。”

“这想法不错，那儿的空气好。伊达瓦那个地方就不坏。那地方的水土对肠胃不好的人再合适不过了。我在那儿住过将近一个月的时间，这期间我的饭量增加了一倍。老弟，在这世上，我这个女儿就是我的一切。我倘若不和她住在一起，她不会快活，我也不会放心。所以，我希望你能挑个有益于身体健康的地方。”

安纳达老爷抓住罗梅锡的弱点，乘机要挟提出了苛刻要求。以罗梅锡此时此刻的心情，即使安纳达老爷说的不是伊达瓦，而是加罗山区或是拉旁齐旅游胜地，甚至终年处在云雾中的翠岭，罗梅锡也会应允的。

罗梅锡爽快地答道：“就遵照您的意见办，我去伊达瓦开业，进行律师业务。”说毕，他告辞出来，去通知客人婚礼改期并处理自己手头的事。

稍晚，阿克希耶来了。安纳达老爷对他说：“罗梅锡将婚期往后推延了一个星期。”

阿克希耶吃惊似的说：“别别，您老人家开什么玩笑！哪会有这种事！后天就要举办婚礼了。”

安纳达老爷说：“本不应该这样，一般来说谁都不会草率地做出如此决定。但如今，你们这班年轻人，不干点新奇事才真怪呢！”

阿克希耶装出一副严肃的模样坐着，煞有介事地沉思着。他终于开口说：“您认准谁为好人，就对他睁一眼闭一眼。您从不过问他是否有短处。您把自己的独生女托付给一个人，不管他是否是天神下凡，也应该对他的一切情况了解清楚才对。谨慎小心，存有几分戒心，总没有坏处吧。”

“如果怀疑像罗梅锡这样的好青年，那在世上要找个好女婿就难于上青天了。”安纳达老爷不以为然地说。

“嗯，他讲过之所以要推迟婚期的原因吗？”阿克希耶启发地问道。

安纳达老爷拍着额头，说：“没有，他没说过任何理由。问他，他只说有件要紧的事要办。”

阿克希耶冷笑一声，追问道：“他总会对您女儿讲清是什么缘故吧？”

“很可能。”

“您把她叫来问问清楚，不就行了！”

“说得对。”安纳达老爷喊了声，“海敏丽妮！”

海敏丽妮进屋见阿克希耶坐着，便故意面对父亲站定，不让阿克希耶看到她的脸。

安纳达老爷问她：“罗梅锡跟你讲过，突然推迟婚期的原因吗？”

“没有。”海敏丽妮摇了摇头。

安纳达老爷又问道：“你没问过他？”

“我没问。”海敏丽妮答道。

安纳达老爷着急地说：“这真是件怪事。你和罗梅锡真是天生的一对。他若说‘我没有时间结婚’，你就说‘好吧，咱们以后再结吧’，除此以外，别的什么话也没有了！”

这时，阿克希耶站出来，帮海敏丽妮辩解道：“当一个人对自己的某种行为，明白无误地不愿说明其真实原因，别人就难以追问下去。倘若理由站得住脚，罗梅锡早就主动讲明了！”

海敏丽妮气得满脸通红，说：“关于这方面的事，我不愿听外人说三道四。我对已发生的事，并不感到难受。”说毕，她急匆匆地疾步离去。

阿克希耶十分尴尬，强作笑容说：“世上凡重友情的人，总得忍辱负重。正因为如此，我把所孕育成的友情看得重如泰山。不管你们是如何恨我，背后如何骂我，我认为，怀疑罗梅锡是我应尽的责任。只要见到你们遇难，我就不能袖手旁观，撒手不管。我承认，这恐怕是我致命的一个弱点。唉，反正约庚德拉明天就要回来。倘若他知道这一切情况后，仍对自己妹妹的事不闻不问，那我以后就再也不提及此事。”

安纳达老爷并非不明白该向阿克希耶打听一下罗梅锡的为人，但他认为，又何苦非要把谁也闷在鼓里的事情，刨根寻底，弄得一清二楚，说不定会引起一场风波呢。他是位天生反对惹是生非的人，所以，他压根儿不想把事态扩大、弄糟。

他愤怨地说：“阿克希耶，你真是想入非非了。没有任何证据，你——”

阿克希耶懂得应当在什么时候，什么场合克制自己，但是接二连三的责难，使他丧失了自制，他冲动地说：“安纳达老爷，您总以为我动机不良，忌妒您那位乘龙快婿，诬蔑一个清白无辜的人。是的，我没有罗梅锡那种睿智，能给千金小姐讲授高深莫测的哲学；我也没有罗梅锡那种才华，能和大家闺秀谈文论诗。我是一个平庸之辈，但我始终如一地忠实于你们，是你们终生难以忘怀的可靠朋友，我从心底里祝福你们，希望你们一切顺利。是的，我无论在哪个方面都不能与罗梅锡相媲美，然而我感到骄傲的是，迄今我没有向你们隐瞒过什么，今后也不会这样做。我可以向您袒露自己的寒酸相，可怜兮兮地向您讨取几个铜板，但溜门撬锁的事我决不干。到了明天您就明白我说的个中含义了。”

十六

入夜才写完请帖。罗梅锡脱衣上床躺着，却毫无睡意。他的脑海里两股思绪翻腾不已，犹如恒河、朱木拿河的两股清浊分明的流水汇合所激起的两股涌浪，搅乱了他休息时的宁静。他辗转反侧，睡不着，便索性起身下了床。

罗梅锡走到窗前，凝视着窗外。一条正对着他家的小巷，阒无一人——一边房舍淹没在黑暗之中，黑影幢幢；一边屋宇沐浴在如水的月光下，轮廓分明。罗梅锡默然地站立着，凝望窗外冥思着。

此时此刻，他把现实世界中的纷争、格斗和变化无常的命运，早已置于脑后，他整个身心仿佛融化在这永生不灭、宁谧恬静、广深博大、毫无冲突的吉祥地里。

自混沌之初，生与死、劳作与生息、起始与终端就从广袤无垠、寂静无声、既无白昼又无黑夜的无限四重天上，随着非人间的、听不见的音乐旋律，载歌载舞降临到有限的人世舞台上。今天，罗梅锡亲眼目睹，男女之间的恋情从那里降临到被月色星光和万家灯火照亮的尘世上。

罗梅锡缓缓地登上屋顶的平台，朝安纳达老爷家的屋舍望去。万籁俱寂，没有一丝声响打破夜晚的宁静。在房屋的墙上、门楣上、门窗缝隙里、房舍破残处袒露的砖块上，均可看到，月光和阴影奇妙交织的光怪陆离的斑纹。

真是个奇迹！在这居住上百万人口的熙熙攘攘的城市的中心，在一间简陋普通的屋舍里，这伟大的奇迹竟化身为一个女人！在这个都市里，不知住着多少像罗梅锡那样的学生、律师、外乡人和本地人，但为什么神的恩泽偏偏落在罗梅锡的头上，而成千上万的人却无法领受到呢？像罗梅锡这样平凡的人，不知从何处闯到这里，在秋日的金灿灿的阳光下，在一处窗户旁见到了一位妙龄少女默默地站着。于是，他感到自己的生活在一种充满欢乐的奥秘中沉浮着。这真是个奇迹！今天，这个奇迹改变了他的心灵，改变了他身外的大千世界！

直到深夜时分，罗梅锡仍在屋顶平台上踱来踱去。月亮什么时候悄悄地从对面屋顶后隐遁去，他丝毫没有察觉到。地上，夜色更加浓重；天空，渐渐逝去的月华，在向世界亲切告别前仍洒下了余辉。

夜寒使罗梅锡疲惫的身子不由得打了个冷战。骤然产生的忧虑，揪住了他的心。他想起，明天他还得奔赴生活的战场。现时天空的苍白面容上，没有一丝忧虑的痕迹，月色里毫无激情的骚动；今夜是那样悄然无声，宁静祥和。世间和大自然都在繁星如锦的夜空下，忙里偷闲地憩息着；然而，人们的生生息息，奔波拼搏并未停止，也看不到终结的蛛丝马迹。永不休止的欢乐和痛苦、顺利和挫折，搅得整个人类社会无宁日可言。

罗梅锡尽管心事重重，但脑海里不时闪现出这样一个不解之谜：一边是无穷无尽的永恒的宁静，一边是人世间的无休止的搏斗，这两者怎么会同时并存呢？

刚才，他在浩渺宇宙的深处看到了爱的永恒的、完美的、宁静的形象；而现在又将在人生的搏斗、尘世的冲突和命运的无常中，发现爱情的残缺不全、躁动不安和忧心忡忡的形象。这中间哪个是真实，哪个是虚假，谁能讲得清楚呢！

十七

第二天上午，约庚德拉搭火车回到加尔各答。今儿是星期六，明儿是星期日，亦即是海敏丽妮举行婚礼的日子。但是，约庚德拉在家门前看不到有什么要举行婚礼的迹象。他一路上曾想，此时他家门前一定高高挂上了用松树叶或杧果树叶编织成的灯彩。但他快到家时发现，自己家的房子与左邻右舍没有两样，既没有粉刷又没有装饰，看不到想象中的喜庆节日的景象。

他顿生疑窦，是否家中有人重病，婚礼改期。他进家门一看，只见茶几上为他摆设好了茶点；父亲将喝剩的半杯茶放在桌上，正聚精会神地阅读报纸。

约庚德拉一进门堂，忙不迭地问道："海敏很好吗？"

安纳达老爷把眼睛从报纸上移开，望了一眼约庚德拉，慢条斯理地答道："她很好。"

"婚礼怎么了？"

"改在下星期天举行。"

"为什么改期？"

"为什么，问你的朋友去。罗梅锡只对我们说，他有件火急燃眉的事要办，故而婚礼推迟到下星期天举行。"

约庚德拉心中对自己软弱无能的父亲十分恼火，抱怨地说："爸爸，只要我不在家，您总把事情弄得乱七八糟。罗梅锡有什么非办不可的事？他孑然一身，自己的事完全可由他决断，没有人会干涉，倘若发生财产纠纷，抑或业务上出了乱子，我看不出有什么理由不能明说。您怎么这样轻率地同意了他的无理的要求呢？"

"好，好，他眼下还没有跑掉，你自己去问他吧！"

约庚德拉咕嘟咕嘟喝了一杯热茶，拔脚就走。安纳达老爷望着他的背影，叫喊道："哎，你去哪里？干吗这么着急？先吃了点心也不迟。"他说话的工夫，约庚德拉已经一溜烟走掉了。

约庚德拉疾步走到罗梅锡的寓所，直奔楼梯，噔噔噔地走上楼来，一边高声喊叫："罗梅锡！罗梅锡！"

罗梅锡若在屋里，早就应声了。约庚德拉逐个找遍了卧室、书房、客厅、阳台，楼上楼下各个旮旯儿，都不见罗梅锡的影儿。他撕破嗓子喊叫，一个仆人才不知从何处钻出。他问仆人："你家少爷在哪儿？"仆人答道："老爷一大早就出去了。"约庚德拉又问："什么时候回来？"

仆人极力向他解释道，老爷带上了出门的衣服，听说要四五天才能回来。究竟老爷去何方，他也不晓得。

约庚德拉又回到了家，神情十分严肃地坐在茶桌前。安纳达老爷问道："怎么样？有消息吗？"

约庚德拉愤懑地说："还有什么情况？明天将与您闺女拜堂成亲的人——他有什么比婚礼更重要的事！他究竟去何方，究竟有什么紧要的事，您一无所知，也全然不挂在心上！他就住在咫尺之处，紧挨隔壁的屋子里！"

安纳达老爷大惑不解地说："昨晚，罗梅锡不是还住在家里的吗？"

约庚德拉情绪激动地说："你们压根儿不晓得他要出门，他的仆役也不晓得他去了何方。这是桩多么严重的隐私事，一点也不透风息！我感觉到其中不会有好兆头！爸爸，看上去你那么无忧无虑，满不在乎，竟然对发生的事一无所知！”

安纳达老爷迫于儿子的斥责，极力使自己摆出严肃和忧虑的样子，说：“你说，这究竟是怎么回事？他在搞什么名堂？”

昨晚，脾气古怪的、不谙世事的罗梅锡轻而易举地从安纳达老爷那儿获准离去，但他压根儿没有想到事情还会有变化。罗梅锡兴许认为，说了“特别紧要的事”，他已经把自己内心的全部话都讲明了，仿佛借此，他从各个方面获得了行动的自由。这样，他对未来的亲家履行了自己的职责，可潜心于自己紧要的事务中。

约庚德拉问道：“海敏丽妮在哪儿？”

安纳达老爷有气无力地答道：“一清早，她下楼来喝茶，喝完就上楼了。”

“她或许因罗梅锡那种反常举动而感到羞愧得无地自容，所以她不敢面对我而躲藏起来了。”

为了安慰又羞又恼的妹妹，约庚德拉上了楼。海敏丽妮独自一人坐在大房间里，出神走思。她听到约庚德拉上楼的脚步声，赶紧拿起一本书，捧在手中。等他一进屋，她放下书，起身相迎，笑吟吟地说：“啊，哥哥来了！什么时候到家的？哥哥，看来你气色不太好。”

他拉了一把椅子坐下，大声说道：“怎么好得了？！我什么都知道了。你别发愁。我不在家，所以才出了这种乱子。一切由我来处理。唔，罗梅锡有没有对你讲过推迟婚期的原因？”

海敏丽妮一时不知所措，不知说什么好。但阿克希耶和约庚德拉都持这种怀疑的态度，使她极为恼火。她不想告诉约庚德拉，罗梅锡没有对她说明推迟婚期的理由。但她又不愿撒谎，于是说：

“他原本想告诉我的，我认为没有必要知道，阻拦他说明解释。”

约庚德拉心里明白，这是女人天生的傲气在作怪，这也合乎常情。他大声说：“好，你别担心，我今天就把其中的原因搞清楚。”

海敏丽妮拿起书，漫无目的地翻阅着，说：“哥哥，我什么也不担心。我不希望你因为想知道原因而打扰他，逼迫他。”

约庚德拉暗自想，这又是女人的傲气在作怪，便说：“行，这你就别操心了。”他边说边准备起身下楼。

海敏丽妮急忙站起身阻拦他：“不行，哥哥，你别因为这事去跟他争吵。不管你们如何看他，我可丝毫也不怀疑他。”

约庚德拉稍许揣摩了一下，这话又不完全是出于女人的傲气。他从来对妹妹心里充满了爱怜之情，因而没有责怪她的无知。但他心里不禁想到：“书呆子小姐对世事全然无知，她们熟读书本，了解书本知识，但一遇到实际问题，简直就如婴儿一样糊涂！”他更想到，海敏丽妮那么无条件地信任罗梅锡，而罗梅锡却施出欺诈伎俩，避而不谈婚期更改的原因，这样他心里更恨上了罗梅锡，执意要把事情弄个水落石出。

约庚德拉再次准备起身离去，海敏丽妮马上走过去搀扶他的胳膊，央求道：“哥哥，你起誓不跟他谈这些事。”

约庚德拉不情愿地答道：“唉，再说吧！”

“不，哥哥，不能再说。你一定给我下个保证再走。我郑重地对你们讲，这件事你们不用多操心。听我一句，别惹恼他，只求你帮我这一点。”

他见妹妹的态度如此坚决，就认为罗梅锡可能把情况告诉了她，只是不准她泄露而已。但不能保证罗梅锡不会胡编乱造，蒙骗海敏丽妮也并非难事。他宽慰妹妹说：“海敏，我并不会毫无根据地怀疑他，但我们应该尽到娘家该尽的责任。他跟你谈了什么，只有你自己晓得。对我们来说仅仅这些显然是不够的，他应该也和我们解释清楚。目前，他更必须和我们谈，而不是只跟你一个人悄悄谈。等你们结婚之后，我们就没有资格说三道四了。”

说毕，约庚德拉拔脚就走掉了。

现在，恋人们用来掩饰他们的甜蜜爱情的帷幕，已被撕扯得荡然无存了！罗梅锡和海敏丽妮之间的关系已经深到你中有我，我中有你，彼此无法泾渭分明的程度。今天这种关系遭到了局外人冷酷无情的打击。

这突如其来的风暴，完全扰乱了海敏丽妮的宁静的心。她内心感到十分痛苦，因此她不愿意见家里任何亲戚朋友。约庚德拉走后，她便走进自己的卧室，坐在椅子上，独自度过这难熬的时光。

约庚德拉下了楼，与阿克希耶不期而遇。

“嘿，你回来了，约庚德拉！事情都听说了吧？你认为如何是好？”

“办法有的是，但妄加猜测，已无济于事。眼下不是坐下来细细揣摩别人心理的时候，明白吗？”

“你知道，我没有细细探讨研究学问的习惯。不管心理学、诗学、哲学，对我来说都是纸上谈兵。我讲求实际，讲求行动，我要跟你谈的就是这个。”

约庚德拉忙不迭地说：“对对，我与你有同感。你知道罗梅锡究竟在什么地方？”

“当然知道。”

“什么地方？”

“现在我不说。下午三点我带你去见他。”

“怎么回事？请讲明白，不要卖关子！你们这些人全好像是谜一般的人物，鬼鬼祟祟。我出外度假时间不长，家里就闹出了大事！真摸不透个中的奥秘。阿克希耶，别吞吞吐吐，快讲吧！”

阿克希耶顺水推舟地表白说：“只有这句话听来叫人舒服。我从来说话没遮掩，不吞吞吐吐，有什么说什么，结果往往惹人讨厌，惹下了许多麻烦。你妹妹见都不愿见我；你父亲斥责我天性多疑。罗梅锡先生即使碰见我，也耷拉着脑袋，显得不高兴。现在只剩下你一个知音了。说干就干，而我天生软弱，怕受不起你鲁莽行动的打击。”

“哎呀，阿克希耶，我不喜欢你这样拐弯抹角。我明白，你有重要情况要说，干吗不一吐为快，非要绕来绕去，吞吞吐吐的？快把真实情况告诉我吧，快说吧！”约庚德拉听得不大耐烦，直嚷道。

“好好好，我就从头说起，其中有不少事情你是闻所未闻的。”阿克希耶说道。

十八

在达尔齐巴拉，罗梅锡租的那幢房子期限还没到，他也没空设法把它转租出去。几个月来，他一直超脱在尘世之外，从未想到自己经济上将蒙受损失。何况，格姆娜离开学校，总得有个住处。

今天一清早，罗梅锡去那所住处，雇人把屋子打扫干净，床板上铺好被褥，空着的橱柜里装满了吃喝的食物。学校今天开始放假，要把格姆娜接回来。

格姆娜还得几个钟头才会抵达。罗梅锡为了打发时光，躺在一张木床上，遐想着未来的日子。他从未去过伊达瓦，然而，西部内地的自然景象和四季气候与各地无大差异，因而不难在内心勾画未来家园的图画——他想象他未来的别墅坐落在城郊，那儿的气候清爽，环境幽静；别墅前面是一条向远方伸展的通衢大道，两边栽着参天大树，道的两旁是无边无际的田野，一片翠绿；田地里水井和守望棚星罗棋布；庄稼成熟时，农夫们蹲在窝棚里，驱赶着雀鸟和野兽；缄默的牛儿没完没了绕着辘轳轴转，于是，井口的辘轳一上一下，不停地提水浇田；悲哀的辘轳声往往打破晌午的沉寂。偶尔，有马车从道上驰过，扬起遮天盖地的尘土，吱吱咔咔的响声，冲破灼热旷野中的宁静。当他想象到，在那遥远的外乡，盛夏酷热的晌午时分，刮起灼人的热风，海敏丽妮孑然一人死守在门窗紧闭的别墅里，度过无数无聊的晌午时刻，痛苦地思念着故乡，盼等着他的到来，不禁感到不安。不过，他旋即想到有格姆娜与她做伴，心里稍稍宽慰了一些。

罗梅锡拿定了主意，在结婚之前，不向格姆娜透露任何信息。待结婚后，让海敏丽妮选择适当的时间，以柔情和亲切的语气，推心置腹地细细地将整个事情的来龙去脉，向格姆娜和盘托出。那时候，她就会经历最小的痛苦，打开命运之神套在自己身上的纵横交错的罗网；同时，她远离了自己的故乡和诸亲好友，她就会毫无眷念和痛苦，很容易地与他们小两口和睦相处。

罗梅锡浮想联翩，不知不觉间已到了中午。小巷里静悄悄的。该上班的早已上班去了，闲暇无事的已吃完饭，准备小憩片刻。阿斯温月[①]的中午已不是那么闷热，即将来临的假日，恍若从现在起就在天际铺上欢乐的帷幕。在这静谧的晌午，罗梅锡独自躺在屋里，往那张充满欢乐的帷布上，涂抹上各种奇异的颜色。

窗外，一阵载重马车的隆隆声，终于打破了他甜蜜且祥和的梦想。那辆马车在罗梅锡住处前戛然停下。他知道这是送格姆娜回来的校车。他的心立刻狂跳起来。他将以什么身份接待格姆娜呢？他该用什么语气同她说话呢？他究竟该怎样侍候她呢？一时间这些忧虑，搅得他心绪不宁。

楼下有两个男仆早在那儿等候，他们将格姆娜装衣服杂物的箱子卸下车，搬到楼上阳台。她跟在他们后面，拾级而上。到了房门口，她一下子止住脚步，没有立刻进屋。

罗梅锡见状忙说："进来呀，格姆娜，快进来。"

格姆娜稍稍踌躇了一阵，才跨进门槛。罗梅锡想让她独个儿在假期里住校，她为此大哭大闹，吵着要回家。从此，格姆娜耿耿于怀，几个月的分离，更使她对罗梅锡不免产生一种疏远感。因此，格姆娜走进房内，未抬头看罗梅锡一眼，只是痴呆呆地望着窗外。

罗梅锡见了，觉得格姆娜仿佛判若两人，变成了陌生人，不禁吃了一惊。这几个月里，她身上发生了意想不到的变化。她像一株幼苗，已经茁壮成长为一棵细高的大树；昔日那位农村少女滚圆身材上的健壮色泽，不知消失在何方。她漂亮的圆脸变长了，更加眉清目秀，轮廓分明，她脸上往日的天真烂漫的稚气已荡然无存，表情显得干巴巴的。如今，她原本红润的脸，蒙上了一层憔悴的黄色；她的举手投足、神情姿态已失去了先前的那种活泼劲儿，只不过增添了几分大家闺秀的高雅气度。

---

① 阿斯温月，印历七月，相当于公历九至十月。

她进屋后，偏着头站立在窗前，阿斯温月晌午和煦的阳光照射在她脸上，闪耀着阵阵清光。她没有用纱丽犄角遮掩住头脸，用红缎带扎结的长辫搭在背后；鹅黄色的纱丽，紧紧裹住她那正在发育的身躯，楚楚动人。

罗梅锡看着格姆娜的变化，看得出了神。

几个月来，格姆娜的美丽容貌在他心中已模糊不清。如今，她长得愈发水灵的模样，颇使他感到无限惊异。他仿佛觉得自己无法拒绝她那婀娜多姿的美的诱惑。

罗梅锡亲切地说："格姆娜，你坐呀！"她一声不响，坐在他对面。

他接着问道："你在学校里觉得怎么样？"

她回答得十分简单："很好。"

罗梅锡一时找不到话头，抓耳挠腮，猛然想起一件事。

罗梅锡说："你大概还没吃饭，饭菜已准备好，我叫他们送来？"

格姆娜冷冷地说："我不吃，谢谢。我动身之前，已吃过东西了。"

"一点也不吃？尝一尝点心吧！不喜欢吃甜食就吃水果，有苹果、石榴、荔枝、无核葡萄——"

格姆娜不吱声，只是摇摇头。

罗梅锡又一次仔细地端详了她一番。她正低着头，翻阅英文课本上的插图。她姣美的容貌，仿佛是神话故事中的魔杖，刚一显露，就将周围的一切都变得赏心悦目起来。秋日的阳光，恍若重又获得曾失落了的活力；阿斯温月晴朗的天空，仿佛已变得格外明媚。像圆心拴住圆周一样，这个少女将天空、空气和阳光都吸引在自己的周围，散发着光芒。然而她自己并未觉察到这种变化，只是静静地观看书中的插图。

罗梅锡起身，去端来一盘苹果、梨和无核葡萄。

他对格姆娜说："格姆娜，看来你是不想吃东西了。我可饿得非吃不行啦。"她听罢，莞尔一笑。这一瞬间闪现的笑容，冲开了弥漫在他们之间的迷雾。

罗梅锡拿起一把小刀削苹果，他的动作十分笨拙。格姆娜见了他那副饿急了的馋相，把苹果削得乱七八糟的动作，忍俊不禁，扑哧一声笑开了。

罗梅锡听到她纵情欢笑，自然高兴。他动容地说："你笑我不会削苹果！好，你削给我看看，看你手有多灵巧，你有多能耐！"

"有水果刀才能削，小刀子可不行。"

"你以为这里不备有水果刀？"罗梅锡喊来仆人，"有水果刀吗？"

仆人答道："有。做晚饭的炊具早买齐了。"

"把水果刀好好洗干净，拿一把来！"

仆人递上洗净的水果刀。格姆娜脱掉鞋，坐在地上，笑吟吟地用一只手转动着苹果，另一只手十分灵巧地用着刀，削了皮。接着又把它切成一片片，放进盘里。

罗梅锡面对着她坐着，从盘里捡起一片一片的苹果，放进嘴里，说："你也得吃一点呀。"

"不，谢谢，我不吃。"

"那我也不吃了。"

她抬头深情地看了他一眼："好吧，你先吃，我等会儿再吃。"

"你可别哄人！"

格姆娜一本正经地摇摇头："不，我不哄骗你，真的！"

罗梅锡对她严肃的承诺深感满意。他于是又拿起一片苹果，送进嘴里。

但是，他的嘴突然张着不动了，他偶尔抬头，看见约庚德拉和阿克希耶站在门口。

阿克希耶首先开口说："罗梅锡先生，真对不起。我原以为您一个人在这儿。约庚，事先不打招呼闯进来不礼貌。走，我们到楼下坐等吧！"

格姆娜立即扔下水果刀，受惊地起身。房门口被这两位不速之客堵住了。约庚德拉稍一挪步，闪让出一条路，然而眼睛却死死地盯着格姆娜，仔细地上下打量着她。格姆娜羞得简直无地自容，慌忙夺路，躲进隔壁房里去了。

十九

约庚德拉问："罗梅锡，这个姑娘是谁？"

"是本家的一位亲戚。"罗梅锡不慌不忙地答道。

约庚德拉追问道："什么本家的！据我们所知，你本家没有什么人，也没什么亲戚。你曾经跟我讲过你家里所有亲戚的情况，怎么没听到你提起过她！我想，她总不会是你家的长辈吧？你们俩的关系，也总不是完全以彼此感情为基础的吧？"

阿克希耶假装斥责约庚德拉说："约庚，这就是你的不是了。难道你认为就没有对朋友需要保守秘密的事？"

约庚德拉又问："罗梅锡，这难道是什么隐私吗？"

罗梅锡脸涨得通红，说："是的，这是隐私。我不想跟你谈有关这女孩子的任何情况。"

约庚德拉说："遗憾的是，我正想和你谈谈这个女孩儿的情况。倘若你和海敏没有订婚，我决无必要追究你和谁有什么关系，你也用不着披露什么自己的隐私。"

"我能够对你说的就这么一句话：我和任何人的关系，决不会妨碍我问心无愧地与海敏将结成的神圣关系。"

约庚德拉反驳道："这可能对你没有妨碍，可对海敏家里的人却构成了妨碍。不管你和她有什么关系，我问你，你为什么要瞒着呢？为什么要把她藏在这么个地方？"

"如果我告诉你其中的原因，那还有什么隐私可言？你从小就了解我的为人，应该相信我的话，而不必追究什么原因。"

约庚德拉又问："这姑娘叫什么名字？格姆娜？"

"是的。"

"你是否对人说她是你的太太？"

“是的，我对人说过。”

约庚德拉气愤得耐不住，说：“那你还希望我们信任你吗？你对我们说她不是你的妻子，却对别人讲她是你的妻子！你够‘诚实’呢！”

阿克希耶阴阳怪气地说：“在学校的道德课上，这种行为可不能称为诚实。但是，约庚德拉老兄，兴许出于某种特殊的原因或情势所迫，需要当面一套背后一套。对不同对象讲迥然不同的两套话。现在看来，至少对某一方讲的不可能不是真话。或许刚才罗梅锡对你讲的是真话。”

罗梅锡被逼无奈，作了进一步解释：“关于这件事，我不准备对你们讲什么。我只是强调说，我将与海敏丽妮结婚，决不会违背教义或道德。而现在我无法和你们讲清格姆娜的有关情况。你们尽可以怀疑我，指责我，但我决不会做损人利己的缺德事。如果仅仅关系到我个人的前途、声誉，我一定会把情况和盘托出，但我要这样做会危害别人，作践别人的。”

约庚德拉问：“你与海敏谈过真实情况吗？”

“没有。待结婚之后我再告诉她。这点我与她讲过。倘若她现在想知道，我即刻可以去对她讲明白。”

约庚德拉又问：“好吧。我可以和格姆娜谈谈吗？”

“不行，绝对不行。你们如果认为我有罪，对我采取什么态度都行，但我不能听凭你们去盘问甚至审讯无辜的格姆娜。”罗梅锡以坚定的口吻说道。

约庚德拉说：“没有必要盘问谁了。我已知道想要掌握的情况，你所提供的证词，已经很充分了。现在我正式警告你，倘若今后你再敢进我家门，那就别怪我对你无礼了。”

罗梅锡听了脸面煞白，木然地跌坐着。

约庚德拉仍不罢休。他继续说：“还有，你听清了，不许你给海敏写信，不许你和她发生任何关系，不管这种关系是公开的或是秘密的，亲近的还是疏远的。倘若你给她写一封信，那我将把你想隐瞒的事实真相公布于众。以后若有人问起我，为什么你和海敏的婚约解除了，我会说这件婚姻没有征得我同意，所以被解除了。真实内情我是不会透露的。不过，你要是胡来，我会把一切都抖落出来，让你成为千夫所指之人。你太丧尽天良了，欺人太甚了。尽管如此，我还是要强咽下这口气，这倒不是同情你这昧着良心做事的人，只是因为这件事涉及我的妹妹。否则，你别指望我会如此轻易地放过你。我最后再说一遍，今后不许你在言谈举止中，透露你曾和海敏相识的任何信息。在这件事上，我不要求你起誓，你撒过弥天大谎的嘴，已经不配起誓。当然，你倘若还有一点羞耻心，懂得要脸面的话，你就应该不会把我这种警告当作耳边风！”

阿克希耶故意说：“哎，得了，约庚，少说几句不行吗？罗梅锡先生已经一声不响了，你还不洒点同情泪？走吧！罗梅锡先生，请别介意，我们告辞了。”

约庚德拉和阿克希耶俩人愤愤离去。罗梅锡犹如泥塑木雕般呆坐着。当他惊呆的神思慢慢恢复正常时，仿佛如梦初醒，真想出户去狂奔十圈，在旷野中将如烟往事从头到尾细细思量一遍。但转念一想，格姆娜还在这里，他不能将她一个人独自丢在家中不管。

罗梅锡走到隔壁房里，见格姆娜打开一扇百叶窗，静静地坐着观望街头的景象。她一听见罗梅锡的脚步声，马上关住百叶窗，转过头来。罗梅锡走进屋里往地上一坐。

格姆娜探询地问：“方才那两个人是谁？今天上午还到我们学校去过呢！”

罗梅锡紧盯着问：“真的，去过你们学校？”

“嗯。他们跟你说些什么？”

“问我你是我的什么人。”

由于还没有在婆家获得调教，格姆娜还不懂，在什么场合作为一个年轻妻子应该表示害臊羞怯，但由于从小在娘家耳濡目染，乍听罗梅锡这句话，她仍不禁脸色绯红。

罗梅锡没有理会格姆娜的情感，冷漠地继续说：“我告诉他们，你和我没什么关系。”

格姆娜以为罗梅锡故意在气她，便扭转脸嗔怒道：“去你的！”

罗梅锡正殚精竭虑，盘算如何对格姆娜讲明真情。

格姆娜忽然站起身：“你看，你的苹果要给乌鸦叼走了！”她急忙走到隔壁房里，轰走了老鸹，端来了盛着水果的盘子，放到罗梅锡面前，关切地问道：“你不吃了？”

罗梅锡给约庚他们搞得毫无食欲，不想吃东西。然而她充满爱怜的心，又使他改变了心情。他亲切地问：“格姆娜，你不吃一点吗？”

“你先吃吧！”

她作为妻子完全应遵守让丈夫先吃自己后吃的规矩，这原本是区区小事，格姆娜说的也是一句简单且普通的话，但这句话所包含的一个女人心中的柔情蜜意，顿时叩开了处在万分痛苦之中的罗梅锡心中的泪泉之门。他一言不发，竭力控制自己，慢慢咀嚼起苹果片。

吃完苹果，罗梅锡唐突地说：“格姆娜，今天晚上我们离开这儿回家乡去。”

格姆娜一听这话，眼睑低垂，脸色阴沉下来，怏怏不快地说：“在那里我觉得不快活，我不想去。”

“住学校快活吗？你愿意待在学校里吗？”

“不，千万别送我去学校，羞死人了。女生们总是没完没了地打听你的情况。”

“你是怎么说的？”

“我一句话也没说。她们总问，你为什么让我在假期里住校。我——”说到这里，她心灵上的伤口又隐隐作痛起来。

“你干吗不说我和你没什么关系？”

格姆娜气恼了。她一扭脖子，瞪了他一眼：“去你的！”

“天哪，我该怎么办呢？”罗梅锡心中责问自己，他又寻思下一步该做什么呢？数日来，憋在胸中的痛苦，像条虫似的咬着他的心，竭力要往外钻。堆积如山的烦恼，弄得他神思迷乱，六神无主。约庚德拉此次回去跟海敏会说些什么？海敏听了又做何种判断呢？倘若从此与海敏各奔东西，他将如何驾驭自己的生命之船，驶向远方呢？无数个令人焦灼的问题，在他胸中郁积起来，而更使他恼火的是，他竟无闲暇去冷静思考判断这些问题。

他现在清楚，如今他与格姆娜的关系，已成为城里他的朋友和仆人们谈资的中心话题。他说自己是格姆娜的丈夫这件事，恐怕已被人经添油加醋地渲染而传开了。眼下，他唯一的退路是，再也不能在加尔各答多逗留一天，必须拔寨撤走。他郁郁寡欢，苦无良策。

忽然，格姆娜抬起头，望着愁眉不展的罗梅锡温柔地说："你在想什么？你要是执意回家乡，我就和你一块去吧。"

格姆娜以平静的语调，宣布甘愿放弃自己的愿望，服从了他的旨意，这使他的心灵又一次受到冲击。他重又思量，下一步该怎么办呢？他茫然地胡思乱想，没有回答格姆娜的话，只是一股劲儿望着格姆娜出神。

格姆娜见状板起面孔，严肃地问："你是否因我在假期里不愿意住校，生我的气了？你讲真心话！"

罗梅锡无奈地说："凭良心讲，我没生你的气，而是生自己的气。"

罗梅锡竭力使自己摆脱那些胡思乱想的羁绊，强作精神，同格姆娜闲扯起来："唔，格姆娜，这段时间你在学校里学到了些什么？"

格姆娜兴致勃勃地一五一十讲起自己的学习。她当作一大新闻，对罗梅锡炫耀地说："你可知道，地球是圆的。"格姆娜想以自己的学问，让罗梅锡大吃一惊。而罗梅锡也满脸严肃，故作惊讶地说："这难道是可能的吗？"

格姆娜惊奇地圆睁了大眼，说："嘿，我们书上是这样说的，那本书我全学了。"

罗梅锡故作吃惊地说："哦！书上写着的？这本书多厚？"

这个提问使格姆娜有些尴尬，说："书倒不厚，但它是正式出版的，里面还有插图。"

这就是无容争辩的证据，罗梅锡不得不折服认输。格姆娜接着又滔滔不绝，讲同学和老师的逸情趣闻，以及学校的作息安排。这时，罗梅锡又陷入心不在焉的状态之中，他漫不经心地嗯呀几声，偶尔也问一两个无关痛痒的问题。稍顷，格姆娜忽然叫嚷道："你压根儿没有听我讲！"说毕，便拂袖悻悻地离去。

罗梅锡慌忙地安慰她："别别，格姆娜，你别生气，今天我委实不舒服。"

听他说不舒服，格姆娜又回转身来："哪里不舒服？"

"没什么大不了的，只是——我有时常觉得不舒服似的，一会儿就没事了。你继续讲下去吧。"

她为了让罗梅锡散心消遣，重又提起读书的话题："我的地理课本里，有整个地球的图画，你要看吗？"

罗梅锡装出感兴趣的样子："快去拿来给我看看。"

格姆娜马上拿来书，在他面前打开，说："你瞧，这两张看起来是分开的圆图画，实际上它们是连在一起的，是一个圆球体的两面，一个人是无法同时看到圆的物体的两面的。"

罗梅锡假装思索一番后，说："就是扁平的东西的正反两面，也无法同时看清。"

"就是嘛。在一张画里，得把地球的正反两面分开画出来。"

他们就这样度过了假日的第一个黄昏。

二十

安纳达老爷满心指望约庚德拉会带来好消息，一切麻烦会迎刃而解，一切误解会烟消云散。当约庚德拉和阿克希耶步入他的房间，安纳达老爷忐忑不安地打量着他们。

约庚德拉抱怨说："爸爸，谁也没有料到，您会让罗梅锡闹到如此地步。早知会出现今天那种难堪的境地，我决不会把他带到家里让你们相识！"

安纳达老爷惊怪道："嘿！你自己一直主张将海敏许配给罗梅锡，'真是一对天生佳配'，你这话说过好几遍，我耳边听得都生了老茧。

倘若你想阻止这门亲事的话，你早就该——”

约庚德拉不耐烦地打断他的话：“对，我从未想到过要阻拦，但这并不等于说——”

“瞧你，既然没想到，又何来‘并不等于说’呢？要么促成，要么阻止，两者必居其一，没有中间道路可走。”安纳达老爷插嘴说。

“这并不等于说可以听任他如此胡来。”约庚德拉坚持把话说完。

阿克希耶笑着说：“有些事情本身会越发展越糟糕，根本用不着纵容，正像一个气球越鼓越大，一直到随时都有爆炸的可能。这种事情的发展，是会自然而然出格的。事已至此，争论还有什么裨益？倒是应该议一议，下一步该怎么办？”

安纳达老爷怯怯地问：“你们见到了罗梅锡了？”

约庚德拉愤然地说：“见到了，这场面还真没料到，他不仅舒舒服服待在家里，太太还侍候着呢！”

安纳达老爷惊愕不已。过了一会儿，他才舒了口气问道：“你们见到了谁的太太？”

约庚德拉粗声粗气地答道：“罗梅锡的！”

安纳达老爷似乎装糊涂地说：“你讲的我一点儿也摸不着头脑，哪个罗梅锡的太太？”

约庚德拉率直地答道：“经常来我们家的那个罗梅锡的太太！罗梅锡上次回家，就是去举行婚礼的。”

“可是，他父亲死了，婚事没办成呀！”

“他父亲生前就已为他完了婚。”

安纳达老爷如五雷轰顶，惊讶得说不出话来。他机械地用手敲着脑门，沉思了一会儿，说道：“我们的海敏决不能和他结婚！”

约庚德拉接口说：“这也正是我的主意——”

安纳达老爷进退维谷地说：“你只会动嘴而已，婚礼的一切准备工作，都已就绪，已发信通知宾客，婚礼改在下星期天举行。这次又得第三次发信，通知不举行婚礼了！简直乱套了！”

约庚德拉胸有成竹地、不紧不慢地说：“这倒不必要把婚期推延或取消，只要稍作改动，一切照旧操办。”

安纳达老爷奇怪地问：“你还能改什么？”

约庚德拉说：“能变动的就得变动。我们可以马上着手找一个合适的、能顶替罗梅锡的新郎，下星期天一切按计划举行婚礼。不然，在世人面前，我们的脸面将丧失殆尽。”说着，约庚德拉朝阿克希耶望了一眼。后者谦恭地低下了头。

安纳达老爷大惑不解地问道：“时间那么仓促，男的那么好寻找？”

约庚德拉满有把握地说：“这您尽管放心好了。”

安纳达老爷说：“但也得征得海敏的同意才行呀。”

约庚德拉自言自语地说：“她了解了罗梅锡的人品后，会同意的。”

安纳达老爷双手一摊，无可奈何地说：“就照你的办吧。唉！这是件不幸的事。罗梅锡有教养有知识，人聪明睿智，家境殷实。就在前天还答应我到伊达瓦去开业，谁知几天工夫，竟发生了翻天覆地的变化。唉，一桩门当户对的婚事，眼睁睁给毁了。”

“爸爸，您何必操这份心！他现在仍可以去伊达瓦开业嘛，只要他乐意。我现在去叫海敏下楼来。余下的日子不多了，不能再耽搁了。”

稍顷，约庚德拉带着海敏丽妮一道走了进来。阿克希耶马上迅疾地躲进房间角落的一个书架后面。

约庚德拉对海敏说：“海敏，你坐下，我有事要和你讲。”

海敏丽妮不声不响地坐到一把椅子上。她还以为要试探她的心思。

约庚德拉拐弯抹角地问：“你不觉得罗梅锡近来的怪谲行为，有什么可疑之处吗？”他用设问方式尽量缓和气氛，并带有暗示性启迪。

海敏丽妮只是默默地摇摇头。

“他有什么理由把婚期推迟一周，而又不告诉我们个中的原因？”

海敏丽妮低头轻声说：“总归是有原因的。”

“你说得完全对，总归是有原因的。但这不正是让人生疑的地方吗？”

海敏丽妮再次默默地摇了摇头，表示不愿怀疑。

约庚德拉发现父女俩竟然如此信任罗梅锡，不禁火上心头。他认为没有必要再小心翼翼地绕圈子说话了，他单刀直入地厉声说：“你总记得，罗梅锡曾在半年多前跟他父亲回家乡的事情吧。他走后多日不来信，杳无音信，我们曾经觉得诧异。你也晓得，从前罗梅锡就住在我们隔壁，早晚两次必来我家小坐。而当他这次回加尔各答，却不来见我们，而是另租一处住所把自己隐藏起来。出了这种咄咄怪事，你们仍旧照过去一样信任他，请他到我家里来！我在家的话，能出这种咄咄怪事吗？”

海敏丽妮依然不作回答，默然而坐。

约庚德拉又接着说：“你们怎么不仔细斟酌一下，他那反常行为究竟包含着什么意思？你们不觉得他这种乖谬举止的无理之处吗？天晓得你们竟然对他如此信任！”

但海敏丽妮依然沉默不语。

约庚德拉继续打开话匣子，说：“唉，你们为人实在，不轻易怀疑人。但是我总可以希望，你们能听我一两句逆耳之言吧。我去学校做过调查，得悉罗梅锡将自己的妻子送进女子住宿学校读书，她名叫格姆娜。他原打算在祭难近母节期间也让她留在学校宿舍里。两三天前，他突然接到校长的一封信，说节日期间学校不留格姆娜住宿。学校今天放假，用马车将格姆娜送到罗梅锡在达尔齐巴拉的寓所。那地方我也去了，亲眼目睹格姆娜用水果刀削苹果，罗梅锡却坐在她对面把一块块苹果往嘴里送！我问罗梅锡，这个女子是谁？他说，格姆娜不是他妻子，我们也权且相信他，消除存积于心的疑团。但他既不完全否认又不完全承认。在这种情况下你难道还能和从前一样轻信罗梅锡吗？”

约庚德拉瞪着眼，盯着海敏丽妮的脸，等待着她的回答。她听了骤然脸色苍白，使出全身力气，双手紧紧抓住椅子的扶手。但坚持了没多久，她身子突然向前一栽，从椅子上滑落到地上，昏死过去。

原已黯然神伤的安纳达老爷见状，更是肝肠寸断。他双手捧起倒在地上的闺女的头颅，紧紧搂在怀里，叫喊着：“闺女，你怎么啦，亲闺女？你别信他们的话，全是胡扯。”

约庚德拉推开父亲，赶紧将海敏丽妮扶到沙发上，从旁边放着的水罐里舀水洒在她的脸上。阿克希耶赶忙拿过扇子，用力给她扇风。

过了一会，海敏丽妮徐徐地睁开眼，抬头惊恐地望着他们，突然她转向父亲惊呼：“爸爸，爸爸，您让阿克希耶先生走开！”

阿克希耶识相又尴尬地走出房间，在过道上驻足。

安纳达老爷紧偎着海敏丽妮在沙发上坐下，摩挲着她的脑袋。继而，喟然长叹一声：“闺女，闺女啊！希姆[1]！”

海敏丽妮双眼涌出两行泪水，抽噎得胸脯起伏不已。她一头扎进父亲怀里，尽量不使自己哭出声，压抑住心中无法倾泻的悲哀。

安纳达老爷声音嘶哑，语不成声地说：“闺女，你放宽心，闺女，我了解罗梅锡的人品，他是决不会骗人的。约庚准定是搞错了，准是张冠李戴了！”

约庚德拉实在忍无可忍，说：“爸爸，你是在自欺欺人！你哄骗她，只能暂时解除目前的痛苦，但将会把她推入双倍的痛苦泥坑而不可自拔。这种欺人之道万万不可取！与其如此，不如给海敏一些时间冷静地思考思考！”

海敏丽妮从父亲怀中抬起头，坐直身子，冲着约庚德拉嚷道：“该我考虑的，我早已考虑过了，只要我没有亲耳听到他对我讲，别人的话我死也不信！你记住，这是我的决定！”说完，她歪歪斜斜地站了起来。安纳达老爷慌忙地扶住她，惊叫道：“闺女，你会摔倒的！”

海敏丽妮由父亲搀着回到自己房中。

她躺在床上，对父亲说：“爸爸，让我独自待着，我想睡一会儿。”

安纳达老爷关切地问：“要不要叫老保姆赫莉娅上楼，给你扇扇风？”

“不用了，爸爸，我想一个人待一会儿。”

---

① 希姆，海敏丽妮的爱称。

安纳达老爷走到隔壁房间去了。海敏丽妮的母亲早年去世，身后抛下刚满六个月的女儿。安纳达老爷一人独坐，情不自禁地怀念起海敏丽妮死去的母亲——自己的老伴。她勤劳，柔顺。她那永远布满笑容的脸，至今仍历历在目。酷似妻子的女儿，由他一手抚养长大。他十分担心她遭受厄运，整日忧心忡忡，可以说操碎了心。这时，他仿佛觉得隔在他父女俩之间的墙壁，已经化为乌有，他仿佛对着受尽折磨的女儿，诉说着心底的话："儿呀，你的磨难终究会烟消云散的，你会幸福一辈子的。等我亲眼看到你过上幸福的日子，看到你成为你所心爱的男人的妻室，我就可以放心地去见你母亲。我日日夜夜，向上帝祈求的就是这些祝愿。"他默默想着，用衣袖不时拭去满脸老泪。

约庚德拉原本就认为女人的智能低下，今天发生的事更证实了他的看法，致使他深信不疑。海敏丽妮连我亲眼目睹的事实，都不予承认，还能拿她有什么办法？不管谁高兴还是难受，二加二等于四，这个事实是不会改变的。然而她连这个极其简明的道理都不肯接受。尽管事实证明是黑的，但只要它有悖于她的爱情，她马上可以冲动地将黑的说成白的，甚至对不容置疑、铁一般的事实也会大为光火——对此，约庚德拉简直一筹莫展，对女人的理智与情感游戏，简直捉摸不透！

约庚德拉高声喊："阿克希耶！"

阿克希耶蹑手蹑脚走进屋里。

"一切经过你已听到，还有什么法子？"

"你何苦将我牵到这桩麻烦事里！在这么多日子里，我没吭过一声，而你一来就把我卷进这麻烦里。"

"行了，这些废话以后再说。现在唯一的办法是说服罗梅锡，让他当着海敏丽妮的面亲口承认，不然什么事也难以办成！"

"你想入非非！哪会有人……"

约庚德拉不客气地打断阿克希耶的话："倘若能说服罗梅锡写封信告诉她，则是最好不过。这事得你去办，不宜再拖了。"

“试试看吧。能不能办成，我心里实在没数。”阿克希耶为了私自目的，终于答应了下来。

二十一

那天晚间九点，罗梅锡带了格姆娜动身去斯亚尔达赫火车站。他吩咐司机绕一些圈子，在一些胡同里穿来穿去。当车子经过戈尔胡多拉的一幢房子面前，他情不自禁地探头朝窗外望了一眼，见到他所熟悉的房子并无变化。他慨然长叹，惊醒了正在打瞌睡的格姆娜。

她问：“你怎么啦？”

“没什么。”罗梅锡答道，便不再说话了，默然地一动不动地坐在黝黑的车厢里。格姆娜头倚在车厢角落里，又睡着了。霎时间，一种莫名的厌恶感，涌上罗梅锡的心头，他难以忍受格姆娜的存在。

马车准时到达火车站。罗梅锡已经预先订好二等车厢里的铺位。他和格姆娜进入车厢，在一侧下铺给格姆娜铺好垫子被褥，用布遮住灯光，然后对格姆娜说：“你早发困了，也到该睡觉的时候了，你先睡吧！”

“我先坐在这儿看看车站景象，等车开了我再睡，行吗？”

罗梅锡同意了，格姆娜将罩在头上的纱丽衣襟往下拉拉，露出脸蛋，睁大眼睛坐在窗边观看车站上的喧闹情景。罗梅锡却坐在她对面的铺位上，心不在焉地望着窗外。

火车刚起动，他猛然一惊，觉得有个眼熟的身影，朝火车狂奔而来。

格姆娜望着窗外情景，咯咯大笑起来。罗梅锡不由自主地将头探出窗外，望见一男子不听从站上铁路职员的劝阻，跳上缓缓启动着的火车，他的围巾却被扯拉在那位铁路员工手中。当那个人探身窗外伸手从飞奔的铁路员工手中取围巾时，罗梅锡才看清此人不是别人，正是阿克希耶。

格姆娜一想起刚才那场争夺围巾的情景，就笑个不停。

罗梅锡不满地又心事重重地说：“十点半了，火车已启动，你快睡吧！”

格姆娜顺从地躺在铺位上，入睡前，她还不时咯咯笑出声来。在罗梅锡看来，这件事有什么可特别逗乐的呢？真是活见鬼。

罗梅锡依稀记得，阿克希耶在家乡已没什么人了。他的祖辈在数辈之前，举家迁来加尔各答。今晚他如此奋不顾身追赶火车，究竟要去哪儿呢？罗梅锡忽然悟出，阿克希耶无疑是追踪自己和格姆娜而来的！想到这儿，他不禁有些毛骨悚然。

他想到，倘若阿克希耶不怀好意地到他老家到处打听，向喜欢或讨厌他的两种人提及此事，找他的碴儿，那事情一定会糟到一锅粥！想到这儿，罗梅锡坐立不安。

他现在可以不费吹灰之力想象出，村里马上会出现种种流言蜚语，弄得全村沸沸扬扬。像加尔各答这样的大城市里，还能找个藏身之地，而在一个弹丸大的小村子里，回旋余地十分小，一有风吹草动，就会掀起轩然大波。这种情景，他越想越心惊肉跳。

火车停靠在巴拉格尔布车站。罗梅锡探出头张望，没见阿克希耶下车。在纳依赫蒂站，上下车的人很多，仍不见阿克希耶的身影出现。火车驶进巴古拉站，罗梅锡仍不死心，头伸出窗外，不安而又仔细地张望，还是不见阿克希耶的影儿。他思量，看来阿克希耶不会在沿途下车了。

夜已很深，罗梅锡实在困倦得很，慢慢入睡了。

翌日清晨，火车抵达终点站格瓦仑德站——去孟加拉的旅客都得在这儿下车坐船。罗梅锡下车时，终于发现阿克希耶用线毯蒙住头和脸，手提一只小提箱，急冲冲地朝停泊轮船的江岸走去。

罗梅锡所要乘坐的轮船尚不到起航的时间，旁边码头上停泊的一艘轮船却不时地在鸣笛，准备起碇起航。罗梅锡慌忙向人打听：“这艘轮船驶向哪儿？”

“驶向西边。”有人答道。

“水势不减的话，船可直驶贝拿勒斯。”

罗梅锡毫不犹豫地拉着格姆娜上了船，在船上找了个舱位，将格姆娜安顿好，又匆匆赶到岸上购了途上用餐的牛奶、香蕉、大米和杂豆，然后急急跳上船。

这时，阿克希耶使出浑身解数，抢先爬上了另一艘船，寻找到一个能俯看过往乘客的地方。乘客们并不着忙上船，离开船尚有一段时间。有的人在岸上洗脸，有的洗完澡准备支锅煮饭。

阿克希耶从未到过格瓦仑德，人生地不熟，不敢贸然上岸溜达。他认为，附近有酒肆小铺，罗梅锡准携带着格姆娜去那儿吃饭了。

轮船开始鸣笛。他还是不见罗梅锡他们的踪影。旅客们踏上颤悠悠的跳板，开始急匆匆登船。随着汽笛声一阵紧似一阵，旅客们也忙乱和慌张起来。但在船上拥挤的旅客中仍没有发现罗梅锡的影儿。

最后，全部旅客都上了船。当跳板被抽掉，船长下令起锚，阿克希耶急得像热锅上的蚂蚁，叫喊起来："我要下船！我要下船！"

但有谁听他的喊叫？船夫们压根儿不理睬他，自管自起锚。

幸好，船离岸不远，阿克希耶急中生智，纵身从船上跃起，稳稳地跳上了河岸。

上岸之后，他各处搜寻，仍不见罗梅锡。去加尔各答的火车刚刚开出。阿克希耶思忖，昨晚在他与铁路值班员争夺围巾时，准是被罗梅锡发现了。罗梅锡一定认为来者不善，要和自己作对，出于害怕就转念不回家乡，坐原来的火车折返加尔各答了。要在偌大的加尔各答，寻找一个人的下落，真是如大海里捞针。

二十二

阿克希耶在格瓦仑德整整多待了一天，百无聊赖地在车站上来往踱步，心急如焚，一筹莫展。傍晚，他搭上邮车返回加尔各答。次日清晨，火车抵达加尔各答。一下火车，阿克希耶直奔罗梅锡在达尔齐巴拉的寓所，到了那里只见大门紧闭，向左邻右舍打听，获知没人来过。

阿克希耶又火急火燎地赶到戈尔胡多拉，那边的住处也是空无一人。阿克希耶百般无奈，只得垂头丧气地赶到紧邻的安纳达老爷的家宅，找到约庚德拉，说："跑了，没逮着！"

约庚德拉惊奇地问："怎么回事？"

阿克希耶将整个情况从头到尾添油加醋地描述了一番。约庚德拉听到，罗梅锡发现了阿克希耶就携带格姆娜仓皇逃遁，就断定自己的怀疑，现在已变成了证据确实的事实了。

约庚德拉沉吟了一会儿，说："不过，阿克希耶，我们描述的情况，他们是不会相信的，他们对逆耳之言，是听不进去的。不用说海敏，连父亲也会坚持。除非从罗梅锡本人口中亲耳听到，否则是不能不信任他的。照眼下情况，罗梅锡若要说'我现在什么也不能说'，父亲也会毫不迟疑地将海敏嫁给他。对他们父女俩不可理喻的举止，我真是哭笑不得，毫无办法。海敏脸上稍微露出一丝不高兴的神色，父亲就急得不行，她有一星半点的痛楚，父亲就忍受不了。倘若海敏今天固执己见，'罗梅锡纵有一个娇妻，我也情愿嫁给他'，父亲恐怕也会欣然应允的。不管情况如何，我们得想尽招数，逼迫罗梅锡承认他已和格姆娜结为夫妻这个事实，我也想不出什么锦囊妙计。没准儿见到罗梅锡，会痛揍他一顿。得了，你也许还没顾得上洗一洗，茶也没喝一杯吧。"

阿克希耶沐浴之后，坐下喝茶，边喝边琢磨。这时，安纳达老爷拉着海敏的手，走了进来，打断了他的思路。海敏丽妮一见阿克希耶在座，转身就走。

约庚德拉见状气不打一处来："爸爸，海敏这样做太过分了。你不能纵容她如此胡来，对客人那么无礼。让她留下来！海敏，海敏！"

此时，海敏丽妮已经回到楼上自己的屋子。

阿克希耶不紧不慢地插嘴说："约庚，你在给我增添麻烦，帮倒忙。你别当着她的面提及我。待时机成熟，就会水到渠成。强扭的瓜不甜。"

说罢，他喝掉杯子里的余茶，告辞走了。阿克希耶本不是个逆来顺受的人。一切迹象表明，风向不利，他不会逞强瞎忙。他善于自我克制，等待时机，以达到自己的目的。遇到任何情况，他脸上从不流露出什么异样的表情，他决不会脸红脖子粗，拂袖而去。纵使受辱，他得天独厚的脸皮，看上去也无动于衷。一言概之，他城府很深，不论谁如何对待他，一概不露声色，既不喜形于色，又不动容迁怒。

待阿克希耶走后，安纳达老爷又把海敏丽妮唤来一同喝茶。她脸色发黄，双眼深陷，眼下有了黑晕，已没有了往日的神采奕奕的模样。一进屋她就低下了头，她受不了看约庚德拉的脸色。她知道，约庚德拉恨她和罗梅锡，要拆散他们的婚事。故而，她怕和他打照面，抑或正眼对视。

爱情虽然维系着海敏丽妮对罗梅锡的信任，但要她完全无视目前所发生的一切，却也颇为困难。就说前天的事吧，她虽曾一再向约庚德拉申明自己对罗梅锡的坚信不疑，但过后，几个辗转反侧的不眠之夜中，当她独自一人躺在床上时，她的信心就逐渐在减弱。

说实话，罗梅锡反常乖戾的举止，确实叫人捉摸不透。她越是拼命地想把怀疑拒之于对他信任的大门之外，疑惑就越是有力地叩着城堡的大门。像母亲紧紧搂住自己的孩子，以免受惊吓一样，她也牢牢地把对罗梅锡的信任，贴在自己的心窝里，以摆脱不利于罗梅锡证据的毁灭性攻击。但是天哪！她能这样维持多久呢？

当晚，安纳达老爷又睡在海敏丽妮隔壁的房间里。他知道，自己的闺女如何辗转反侧，度过那难熬的夜晚。他好几次起身进她屋里，关切地问："闺女，睡不着觉？"

海敏丽妮却总这样答道："爸爸，你还没睡！我可困极了，两眼已经睁不开了，快睡着了。"

次日，天蒙蒙亮，海敏丽妮走到屋顶平台上散心。罗梅锡住处的门窗紧闭着。太阳徐徐升起在东面的房顶上。海敏丽妮突然觉得，今天的早晨是那么枯燥、空虚、乏味和令人心烦，她便坐在平台的一角，双手掩面，痛哭失声，流泪不止。今天她的亲爱的是不会来的，喝茶时也不能企望到他的驾临。往日，她可以感觉到，他就在近边——隔壁房子里，如今那儿已经空无一人，她连想象的乐趣都荡然无存了。

蓦地，楼下传来父亲的喊声："海敏！海敏！"

她不禁一惊，慌忙拭去脸上的泪痕，应声道："爸爸，什么事？"

安纳达老爷爬上平台，用手抚摩着她的肩，歉意地说："今天我起身晚了。"

女儿的事使他彻夜焦虑不安，久久无法入睡，直到天快亮时，才合上眼，因而睡得很沉。待太阳直照射到他脸上，他感到眼前发亮而惊醒，马上起身下床，匆匆洗了脸，赶到海敏丽妮的房里去看望，发现楼空人去。他见她一大早就登上平台，忧从中来，不免伤心地潸然泪下。

安纳达老爷说："走吧，孩子，喝茶去吧。"海敏丽妮实在不愿和约庚德拉面对面坐在一张桌上喝茶，但她心里又清楚，倘若她一反常态，必会伤父亲的心。何况，每天都是她亲手为父亲沏茶。她不想丧失这个侍候父亲的机会。

他们下楼还未踏进客厅门槛，听到有人在屋里和约庚德拉说话，她的胸脯骤然起伏不已。她突兀地觉得是罗梅锡来了！因为别的人不会来得这么早。她双腿颤抖，走进屋里一看，却是阿克希耶。她顿时不能自制，马上反身退出。

安纳达老爷再次把她拖进客厅，她紧紧倚在父亲的椅子旁，专心致志地低垂着头，给父亲沏茶。

约庚德拉对海敏丽妮的行为，十分气愤。她竟对绝情的罗梅锡给予如此忧心忡忡的关切、思念。这是约庚德拉万万不能容忍的；更使他恼火的是，他父亲也和海敏一样忧虑，海敏丽妮则仗着父亲的爱怜，拒他人于千里之外，他暗自嘀咕："反倒都是我的不是，我的过错！我不过是出于手足之情，殚精竭虑，履行做兄长的责任，想努力为她获得一个真正的福分。对此，她非但不说半个字感激的话，反而把我看作惹是生非的恶徒。父亲太不明事理，眼下决不应一味安慰，而应猛击一掌！他怕她痛苦，却故意对她隐瞒丑恶的事实！”

约庚德拉终于憋不住了，大声对父亲说：“爸爸，你知道出了什么事？”

安纳达老爷忐忑不安地反问：“没有哪！什么事？”

“罗梅锡昨日带着妻子，搭上火车去格瓦仑德家乡了，他发现阿克希耶也上了同一列车，便改变计划，不去老家，逃回加尔各答了！”

海敏丽妮正倒着茶，一听兄长的话，双手发颤，茶水顿时泼洒满地。她一屁股瘫坐到椅子上。

约庚德拉狠狠盯了她一眼，又说：“其实有什么必要出逃呢，我真弄不明白！阿克希耶早就对事情的真相了如指掌，罗梅锡先前的行为就够恶劣，又是个孱头！这次又要像小偷一样东藏西躲，在我看来实在太可耻了。他一定心怀鬼胎，才出逃的。不知海敏是怎么想的，不过出逃本身就是他有罪的最有力的证据。对此我深信不疑。”

海敏丽妮哆哆嗦嗦地从椅子上站立起来：“哥哥，依我看，这些证据毫无价值。你们想贬斥他，判他罪，随你们的便。我不会对他评头论足。”

约庚德拉大为恼火地问道：“那个你要与之结婚的男人，难道跟我们一丝关系都没有吗？”

海敏丽妮说：“谁在讲结婚的事了！你们想要反悔，就断了这门亲事。一切悉听尊便。但休想改变我的决心！”说着说着，她喉咙哽咽，再也说不下去了。

安纳达老爷慌忙离座，把满脸泪水的闺女抱在自己怀里，说：“走，海敏，我们上楼去。”

二十三

罗梅锡和格姆娜乘坐的那条船，准时起航了。一等舱和二等舱几乎全空着。罗梅锡就近占据了一个舱房，将行李什物搬了进去。

一清早，格姆娜喝完牛奶，打开舷窗，观赏沿河的风光。

罗梅锡问她："你晓得，格姆娜，我们要去哪儿？"

"回家乡去。"格姆娜不假思索地回答。

"你不喜欢家乡，所以不去了。"

"你为了我改变主意，不回家了？"

"对，就是为了你。"

格姆娜噘着嘴，不高兴地说："你干吗这样做？我前些日子闲聊时，随口说了一句，你就当真了，你值得为芝麻绿豆的小事赌气吗？"

罗梅锡笑着说："我没有赌气。其实我也不愿回家。"

格姆娜好奇地问："那我们现在去哪儿？"

"西边。"

一听"西边"两字，格姆娜两眼放光。对一个自幼囿在家里长大的人来说，"西边"是一个何等广阔的令人神往的天地啊！西边有难以计数的圣地，有令人清爽的气候，有新的城市，有五光十色的景色。那儿有多少王公们留下的巍峨遗迹、庄严雄伟的庙宇、金碧辉煌的宫殿、奇异奥秘的古堡，还有一直流传至今的古代寓言和英雄传说故事！

格姆娜兴高采烈地问："西边什么地方呢？"

"我还没拿定主意。巴特那、贝拿勒斯、孟格尔、加齐布尔、达纳布尔，哪儿都成。"

这些地名中有的好熟悉，有的她从未听说过，但听到一连串城市的名字，她脑子里立刻产生了种种的幻想。

格姆娜喜不自禁地拍着巴掌欢呼道："那真太棒啦！"

"好不好以后再说，你先说说眼下吃饭的事情该怎么解决？你能吃船上厨师做的饭菜吗？"

格姆娜立马厌恶地说："哎哟，我可不愿意！"

"那怎么办？"

"我自己做饭。"

"你会做饭？"

格姆娜不禁火了："真不知你把我看成什么了！我连做饭都不行？难道我是个废物，是草包一个？我可不是孩子了，在外祖母家，我经常下厨，全家的饭我都包做了。"

罗梅锡只得连声道歉道："好好，行啦，这事我原本不该问你的。我得去搜罗做饭用的家什，对不对？"说完，他转身出去。费了些周折，他终于弄到了炉子和炭柴。同时，他还用代出去贝拿勒斯的路费顶替付工钱的办法，雇来了一位名叫乌迈希的迦叶斯特种姓[①]的男孩，充当她的帮手。

罗梅锡问格姆娜："今天早饭吃点什么呢？"

"你上船时只买了一些大米和杂豆，就做豆粥吧！"

罗梅锡遵照格姆娜的吩咐，从船上厨师那里讨来盐和干辣椒。格姆娜笑他糊涂，对厨房的活儿一窍不通："这叫我怎么弄？没有石舂怎么捣碎？你也真傻到家了！"

罗梅锡受她一顿奚落，又一声不响地转身出去寻找石舂。实在无处找到，无奈，便向厨师借来一根铁捣杆。格姆娜从没使用过这种家伙，但也只能将就了。罗梅锡说："作料我叫人去碾碎，你就袖手旁观吧。"她执意不肯，劲头十足地自己动手干起来。工具不顺手，十分费劲儿，但她觉得很有趣味。辣椒等作料的碎块被溅得满地都是，引得她一阵阵欢笑，罗梅锡在旁越看越有趣，也插进来和她一起砸。

格姆娜碾完作料，将衣服下摆掖在腰里，在舱房一角找到一块地方升起火。罗梅锡从加尔各答带来的一只陶罐用以盛放甜食。现在，这只陶罐补充作锅用。把米、豆和作料放进锅，放在火上煮起来。格姆娜对罗梅锡说："你赶紧去洗一个澡，到时粥也就熬好了。"

粥煮熟了，罗梅锡也洗完澡回来了。问题又来了，用什么器皿盛粥喝呢？

罗梅锡吞吞吐吐地试探说："我能否向那些穆斯林厨师借些碗来？"

---

① 一种在孟加拉仅低于婆罗门的种姓。

“不！”

罗梅锡和颜悦色地告诉她，他以前曾不止一次像这样违反印度教的清规，不讲洁净。格姆娜却感到这简直是难以想象的。

格姆娜无奈地说：“以前做过的已经无法挽回了，就算了，今后不行。我无法容忍这样做。”说着，她拿起陶罐的盖洗干净，对他说：“今天你先用这个家伙吃饭，明儿再找个更好的盘子。”

罗梅锡不声不响地坐下吃饭。他刚喝上一口，就赞不绝口：“啧啧，这才叫格姆娜熬的粥，真是太棒啦！”

格姆娜被夸得怪不好意思的：“别贫嘴了，别笑话人了！”

“这不是笑话，你自己尝尝，就可得到证明。”边说边喝光了粥。这一回，格姆娜给他盛得满满的。他急忙摆摆手说：“不行！你也不给自己留点吃？”

“锅里有的是，用不着你操心。”看到罗梅锡吃得津津有味，她心里高兴得心花怒放。

罗梅锡又边喝边问：“你等会儿用什么家伙盛粥喝？”

“自然也用这个陶罐盖儿。”她平静地答道，她自认为是他妻子，当然可用丈夫用过的盖儿。

罗梅锡慌忙阻拦说：“不行，绝对不行。”

格姆娜大惑不解地问：“怎么不行呢？”

“不不，哪能这样呢？”

“当然行。你看，我马上收拾好。”她又问乌迈希，“你使用什么器皿呢？”

乌迈希说：“下面舱里有卖糖果的，我去向他们讨一张娑罗叶子当盘子用。”

罗梅锡接着又说：“你非要用这个盖子吃的话，给我拿来，我去好好洗洗干净。”

格姆娜嗔怒道：“你发神经病啦，没事找事！”稍顷，她又高声嚷道：“我没法给你裹槟榔包嚼，你也没料。”

罗梅锡说：“下面就有卖槟榔包的。”

就这样开始了简单的居家生活。但这时，罗梅锡暗暗不安，寻思着："她总认为我们是夫妻，我如何才能打消她这个念头，避免产生与日俱增的夫妻感情呢。"

格姆娜不需要旁人帮助和指点就担当起主妇的角色，因为她在外祖母家时，经常下厨做饭、照料孩子、料理家务。她具有的做家务时所表现出的利落、熟练和愉快的心情，很快感染了罗梅锡，使他神醉魂迷。但同时，他又忧虑重重，心神不宁。现在不论把她留在身边或抛开，对他来说都是不切实际的，也是不可想象的。那么，怎么和她相处呢？如何既不疏远又不过分亲密？两者之间应保持一条什么样的界限？倘若有海敏丽妮处在他们两人之间，那一切都会迎刃而解了。不过，倘若这种希望只是镜中之花、水中之月，那该怎么办呢，真叫人作难。他再三斟酌，最后拿定主意，向格姆娜披露真相，不能再遮掩下去了！

二十四

清晨，太阳刚升起不大一会儿，船只忽然搁浅了。船夫们想尽了各种办法，船也没能冲出浅滩。一条沙滩从高岗下直伸展到河中，上面布满水禽杂乱的脚印。

傍晚，村里的妇女纷纷赶到河边汲水。她们中间胆大的，撩起了面纱，生性羞怯的则隔着面纱，好奇地打量着这庞然大物。

一群孩子们在岸上跳呀，叫呀，他们哄笑着，嘲弄着平常一向鼻子高傲朝天，轰隆隆如入无人之境驶过的轮船，今天也落到如此尴尬境况。

残阳已落到河对岸阒无人迹的沙滩之下去了。罗梅锡倚着栏杆，默默地眺望被晚霞染红的西边天际。这时，格姆娜从布幔围着的圈儿——算作厨房的地方钻了出来，站在舱门边。她发觉罗梅锡不回头来看她一眼，便轻轻咳嗽一声，想引起罗梅锡注意，但他仍旧没有理会；她最后用钥匙串敲着舱门口。响声越敲越大，罗梅锡才回过头。他看到是她，便踱过来走到她身旁。

罗梅锡用不无戏谑的口吻说："这是你唤人的方式吗？"

"那该怎么叫你呢？"

"嗯，父母给我起的名字，如果躺着不用，那又干吗取呢？你有事叫我，为什么不叫唤声'罗梅锡少爷'？这不是蛮好的办法吗？"

又是这一类的玩笑，作为一个信奉印度教的妻子如何称呼丈夫的名字呢。格姆娜的脸颊、手、耳垂在晚霞的照耀下显得越发红润了。她歪着头说："你尽胡说些没谱儿的活！听我说，饭已做好了，你最好趁热就吃，今天早上你还没吃饱呢。"

河上的晚风轻轻吹拂，早已使罗梅锡胃口大开，饥肠辘辘。他怕格姆娜因炊具作料不全而着急，故而没开口。现在，竟想不到她晚饭已准备好了，使他既感到喜出望外，又有种复杂的说不出口的滋味。他那种喜悦和舒坦之感不仅仅是因为他马上可以消除饥肠辘辘之苦；而是在他顾及不到的情况下，有人随时在为他操心，为他奔波，为他的舒适和快乐主动揽事，他不能不为之感动，也深感到这件事本身的重大的感情含义。诚然，他本无权享用这种舒适的侍候、快乐和享受。这是一个非分之福，这福分尽管他十分珍惜，然而却是建立在误会的基础之上的。面对这残酷无情的事实，他不能视而不见，听之任之。他不禁长嘘一声，低头进了舱房。

格姆娜被他的表情变化弄得莫名其妙，她不解地问道："你是否没有胃口？不饿？我可不是强要你吃饭啊！你若不饿，可以不吃。"

罗梅锡马上显出高兴的样子说："用不着你强拉我吃饭，我的肚子早已饿得叽叽咕咕叫了。你以后再用钥匙串敲门叫唤我，你会看到，我会像一只饿鹰似的展翅猛扑到桌上来的。"

罗梅锡打量一下四周，不无惊讶地说："吃的东西放在哪儿？我什么也没看见。肚子倒是饿得厉害，但这些东西，我可消化不了！"他说着指着床铺和舱房里的家具。

格姆娜不禁仰面大笑，笑过一阵之后，她才说："我叫唤你用饭，你就忍不住了。方才你抬头凝望着天际的落日情景，压根儿没想到饥饿和口渴。我一叫唤，你就记起肚子饿了！行，坐一会儿，我马上给你端上饭菜来。”

“千万别磨蹭。不然我把这些铺的盖的全啃光了，你可别责怪我！”

这句新鲜的笑话，又逗得格姆娜捧腹大笑，笑得她透不过气。天真而清脆的笑声，荡漾在舱房空间，使整个气氛变得温柔可爱了。她急忙去端饭。他一走，罗梅锡强装出来的喜悦光亮，瞬间就熄灭了。

不一会儿，格姆娜捧着一个用几片娑罗树叶盖着的陶罐返回，她把它放在床上后，用自己的衣襟擦拭着地板。

罗梅锡忙说：“你这是干什么？”

格姆娜说：“没关系，我这身衣服要洗换了。”一边说，一边将油炸饼子和菜盛在叶盘里。

罗梅锡见了惊喜地叫道：“我的天哪！你怎么做出来的？”

格姆娜故意不透露其中奥妙，说：“你猜猜，让我听听！”

罗梅锡装出一副绞尽脑汁的思索模样，说：“你准是从厨师那——”

格姆娜一听颇为生气，跳将起来：“绝对不是！”

罗梅锡边吃边胡猜油炸饼子和菜的来历，逗弄着格姆娜。末了，他说：“一定是《天方夜谭》里得到神灯的阿拉丁，派人从什么洞天福地里给搬运过来的。”

罗梅锡的一派胡猜真惹恼了她，她说：“去你的，我永远也不告诉你了。”

罗梅锡马上换了调侃的口气，请求说：“别别，我认输。我实在想象不出，在偌大的河中央你是怎么炸出饼子炒出菜来的，它们的味道真是好极了！”说毕，他大口大口吃起来，以证明强烈的食欲远胜对食物的来路的追究。

事实是这样的：当轮船搁浅在沙洲时，格姆娜派乌迈希到村里去了一趟。格姆娜曾将读书时罗梅锡给的零花钱积攒下一些，今天她用这笔钱让乌迈希买来酥油、面粉和蔬菜。等他买好东西回来，格姆娜问：“乌迈希，今天你愿意吃什么？”

乌迈希说：“姐姐，我在村里一个牧羊人家里，看到有很好的酸奶，我们舱里不是有现成的香蕉，再买上两三个拜沙[1]的炒米和白糖，就可以做成美味可口的布丁了。那么今天，我就可饱餐一顿了。”

孩子的馋劲儿也吊起了格姆娜的胃口，她问：“钱有剩吗？乌迈希。”

“一个子儿也没有了。”乌迈希双手一摊答道。

格姆娜挠头抓腮，她实在不愿向罗梅锡开口要钱。过了一会儿，她对乌迈希说：“你命中注定今天吃不上布丁了。不过这里有煎饼，不用担心饿肚子。走，帮我揉面吧。”

“姐姐，奶酪可真好，叫人眼馋。”

“这样，乌迈希，等先生吃饭时，你去向他讨钱去买酸奶和白糖。”

过了一会儿，见罗梅锡已吃得差不多时，乌迈希跑进来站在他身边，搔着头，不知如何说好。罗梅锡偶尔抬头望了望他，他才怯生生地说：“买酸奶的钱，姐姐说——”

罗梅锡猛然记起做饭菜是需要钱的，靠阿拉丁的神灯是不解决问题的。

“格姆娜，你手头没有钱，干吗不提醒我？”罗梅锡抱怨地说。

格姆娜默默地承认了自己的过错。罗梅锡吃罢饭，将一个钱包交给她：“全部钱财都在这里，保管好了。”

于是，操持家务的重任，自然而然地落在格姆娜的肩上了。

罗梅锡懂得此事的含义，目前他别无他法。然后，罗梅锡又走到船的栏杆边，呆呆地眺望着渐渐黑暗的西方天际。

乌迈希今天终于“饱饱地”吃了一顿用奶酪、炒米和香蕉做成的布丁。格姆娜站在他身边，询问了他的身世。

他在一个继母当家的家庭里受到虐待，于是从家庭里逃出来，想投奔贝拿勒斯外祖母家。

“姐姐，你愿意收留我，我就什么地方也不想去了。”

她听了这位失去母亲的男孩情真意切的恳求，恻隐之心油然而

---

① 拜沙是印度币的一个小单位。

生，唤醒了她心底深处的母性的本能。

“好好，你跟随我们走吧。”格姆娜亲切又温存地说。

二十五

河岸上一行行树木画出一条又长又粗的黑线，像是在黄昏新娘的金色衣襟上镶上了一条黑色花边。远处，飞翔了一天的大雁群，穿过渐渐暗淡下去的夕阳的余晖，向河对岸寂静的水泊飞去，准备度过黑夜的时光。乌鸦归巢的聒噪声已经停息。河面上几乎看不到小船，偶尔有一两条大船在泛光的暗绿色的平静水面上，拖着自己的黑影，悄然行驶着。

在船舷前方，黑半月的新月刚刚升起。朦胧的月色下，罗梅锡默默地坐在船的甲板上的一把藤椅上。西方天际最后一抹夕阳的余晖，给黑夜的暗影吞没。坚实的大地，恍若消融在溶溶的月色之中，幻化成一片飘浮的云烟。

罗梅锡在心底轻声呼唤着：“海敏，海敏！”这亲爱的名字一次次轻柔地撞击着他整个心灵，在四周低徊不住，顿时他觉得有一种说不出的甜蜜感触，涌上心头。这声音又好像幻化成一双浸透绵绵忧思的深沉的双眸，凝视着他，无限悲愁泻在他脸面上。他不由全身颤抖，泪水夺眶而出。

前两年的全部生活历程，又在他眼前渐渐展现。他想起和海敏丽妮初次相识的美好日子。当时，罗梅锡未曾意识到，相会的那天将在他生活中成为一个具有重要意义的特殊日子。当约庚德拉第一次请他到自己家里喝茶时，生性腼腆的罗梅锡，见到坐在桌旁的海敏丽妮招待他，简直手足无措。后来，随着接触增多，羞涩感渐渐地消失了，他开始乐于和她朝夕相处。这种相处的习惯慢慢地俘虏了他，心底涌现出爱情的诗意，并在海敏丽妮身上发现自己读过的所有爱情诗和文学作品的爱情主题；同时，他心里为自己坠入爱河而自鸣得意，因为他的同学们为了通过考试，拼命地背诵爱情诗，而他却实实在在地爱着一个人，爱情已变成他的生活现实。

然而，今天他回首往事时发觉，那些日子里，他不过是站在爱情的重门之外。当格姆娜闯入他的生活，使自己置身于两股相反的洪流激起的苦恼不安的巨浪之中，他对海敏丽妮的爱变得具体了，他对海敏丽妮的爱活生生地苏醒了。

罗梅锡双手托着下巴，陷入沉思之中。今后的生活将关系到他的一生，他如饥似渴地向往生活，而他今后的生活似乎被羁绊在一张难以冲破、危机四伏的罗网之中！他难道就没有力量用双手撕破这张罗网，从中脱身而出吗？

他为自己的决心激动不已。忽地他抬头望见格姆娜手扶着旁边的一张藤椅站着。她猛地一惊："你睡着了，我把你吵醒了？"

罗梅锡看着格姆娜懊恼不已地转身离去，一连几声喊道："不不，我没睡着。格姆娜，你过来坐下，我给你讲个故事。"

听到讲故事，格姆娜顿时喜形于色，拖过一把椅子在他身旁坐下。罗梅锡决心要把全部事实真相，向格姆娜和盘托出。但他又不忍心使她蒙受突如其来的巨大打击，故而说："坐下，我讲个故事给你听。"

他讲："从前有一群刹帝利族，他们有——"

格姆娜打断他问："从前是什么时候？是否是久远久远的时候？"

"是的，那时你还没生出来呢！"

"你生出来了！看你满脸胡子，你准是那个时候的人！嗯，后来呢？"

"这群刹帝利族有个规矩：不论谁要结婚，他本人不参加婚礼，只遣人送佩剑到婚礼上，新娘就和那柄剑举行婚礼，然后她到了夫家，刹帝利再和她拜堂成亲。"

"去去，哪有这种方式，太稀奇了！"

"我也不认为这样的婚礼是合适的。但是有什么办法呢？我们讲的那些刹帝利认为亲自去丈人家参加婚礼，是有失身份的，是会有种耻辱感。我要讲的一位国王，就是属于刹帝利族的。有一天，他——”

“你还没讲清楚他是哪国的国王呢！”

“他是默吐拉国的国王。有一天，国王——”

“国王姓甚名谁？”

格姆娜对每件事都要问个一清二楚，容不得半点含糊。罗梅锡要是早点知道她这个脾性，就会多做些准备。这下他发现，格姆娜虽然喜欢听故事，但她又不让含糊其辞地搪塞过去。

他略一沉思，随口说："国王的名字叫兰吉德·辛赫。"

格姆娜接口念叨着："兰吉德·辛赫，默吐拉国的国王。嗯，后来呢？"

"有一天，国王听手下随从说，与他同族的另一位国王有一个天仙般的公主。"

格姆娜又问道："那个国王是哪国的？"

"就算是冈基国的国王吧！"

"怎么能就算呢？难道他不是冈基国的国王？"

"当然是冈基国国王。你想知道他的名字吗？他名字叫阿默尔·辛赫。"

"那位漂亮公主的名字你还没说呢！"

"对对。忘了说了。公主的名字嘛，她的名字，对，叫钱德娜。"

"奇怪，你怎么老忘，记性真坏，恐怕你连我的名字也忘了吧！"

"戈谢尔国的国王听随从说——"

格姆娜又打断他："又从哪里冒出一个戈谢尔国的国王？你刚才讲的是默吐拉国的国王。"

"你能断定他是一个地方的国王吗？他既是默吐拉国的国王，又是戈谢尔国的国王。"

"噢，那么这两个国家是相邻的？"

"当然，是紧挨着的。"

罗梅锡屡屡讲错，亏得他机敏，有随机应变的能力，尽管在格姆娜一再拷问下不断纠正错误，总算将故事编了下来。

“默吐拉国国王兰吉德·辛赫派了一个使节去朝拜冈基国国王，要求娶她的公主为妻。冈基国国王阿默尔·辛赫万分高兴地同意了这个求婚。

“于是，兰吉德·辛赫的弟弟英德尔吉德· 辛赫带了一支大军，浩浩荡荡出发了。一路上旌旗飘扬，鼓乐齐鸣，终于抵达冈基国的京城，扎下营寨。冈基国京城已是一派喜庆景象。

“国王的御用星相师们推算出黄道吉日，为公主的婚礼择定日子。他们推算出，黑半月初二午夜两点半是个吉辰。当夜，京城里家家户户张灯结彩，灯火通明，为钱德娜公主的婚礼举国欢庆。

“不过，钱德娜公主直到目前为止依旧不知道自己要和谁结婚，不知道丈夫姓甚名谁。她出生时有位大相师巴拉姆兰达·斯瓦米曾告诫国王：‘您的公主受灾星所尅，凶多吉少，陛下将来安排她婚事，决不可让她知道驸马的名字。’

“于是，公主到了吉辰便和一柄宝剑举行了婚礼。英德尔吉德·辛赫依照婚俗代新郎献上金银珠宝，向自己的皇嫂行礼。兰吉德和英德尔吉德这对兄弟是默吐拉国的罗摩与拉克什曼[①]。英德尔吉德像拉克什曼忠于罗摩一样忠实于他哥哥，他不敢抬头窥看那被面纱遮住的钱德娜的羞花闭月的美貌，只看到了戴有脚镯的一双娇小玉足上用桃金娘汁描勾的美妙图案。

“唔，后来嘛，婚礼第二天，英德尔吉德请皇嫂登上了用珍珠串装饰起来的花轿，率人马护送回国。那时，冈基国国王记起灾星相克的预言，忧虑地把右手放在公主的额上，为她祝福，王后含泪吻别自己的女儿；各个神庙里数以千百的婆罗门举行消灾弥难的祈祷。

“冈基国与默吐拉国相距很远，大约有个把月的路程吧。第二天晚上，他们在梵德萨河畔宿营过夜。当英德尔吉德和他率领的大队人马正准备安歇时，突然发现附近村子里有火把晃动。英德尔吉德立即命令部下过去探明情况回报。不一会儿，探子回帐报告说：‘千

① 印度史诗《罗摩衍那》的两位主角，罗摩为兄，拉克什曼为弟。其手足之情被奉为楷模。

岁，那里也有一支迎亲队伍，是恩纳达族的刹帝利。他们怕路上遇到打劫剪径的，故而在求神保佑他们一路平安。’英德尔吉德说：‘保护平民百姓是我辈的天职，速去将他们护送来。’于是，两支迎亲队伍汇合在一起出发了。

“第三天晚上，天上只露出个月牙儿，周围很黑。他们的宿营地前面是起伏的山岗，背后是黑黝黝的密林。英德尔吉德一行，人倦马乏，在蟋蟀的嚯嚯声、溪水的汩汩声的催眠下，人们很快沉沉睡去。

“突然间声音嘈杂，众人从睡梦中惊醒。默吐拉国的马匹疯狂地东奔西突，不知谁割断了它们的缰绳；帐篷也被火把点着，熊熊燃烧，火光映红夜空。

“大家顿时醒悟过来，是盗匪打劫来了。一场厮杀开始，双方混战一团。在一片漆黑中，要辨别谁是自己人，谁是敌人，是异常困难的。于是，盗匪们乘乱大肆抢掠，顷刻间他们带着掳获品消失在山林之中。

“战斗结束后，众人发现公主失踪！原来公主惊恐万分，慌忙中钻出帐篷，见到拼命逃跑的人群，误以为是自己人，便也随着他们逃跑了。

“其实，他们是另一支迎亲队伍的人。他们的新娘被强盗掳走了。他们错认公主钱德娜为自己护送的新娘，便带着她飞速逃命。

“他们虽是刹帝利，却是属于一支贫穷部落的人，他们居住在羯羚迦的海边。公主很快和那个部落酋长——新郎见面，新郎名叫杰德·辛赫。

“公主和杰德·辛赫成了亲，新房里的亲戚嘉宾同口一辞，惊呼：‘新娘真是天下绝伦无双的美人儿！’

“杰德·辛赫暗自庆幸，获得如此楚楚动人的新娘，他为她的美色倾倒，他对她敬若女神；公主也知礼守节，因杰德·辛赫是自己的夫君，她便将一切都奉献上，尽心尽意侍候他。

“过了一段时间，公主克服了娇羞，俩人才亲近起来。交谈中，杰德·辛赫方知，自己的妻子竟是钱德娜公主！”

二十六

格姆娜急切地问：“后来呢？”她一直饶有兴味地、屏气凝神地听他讲。

“嗯，我知道的就是这些细微末节。后来的事我也不知道了。你说说后来将会发生什么样的事呢？”

“不行不行，这样不行，你得继续把故事讲完。后来究竟怎样了？”

“说真的，我读的那本故事书还没出全，最后一本何时出版，我也无从知晓。”

格姆娜气恼地说：“去你的，你总是这样！你坏透了！故事往往讲一半就说不知道结局，你存心要弄我！”

“嗨，你干吗生我的气？你应该生那个著书者的气。我想问问你，杰德·辛赫应该如何对待钱德娜公主？”

格姆娜听了，两眼望着河面琢磨着。

过了好一会儿，她才开腔道：“我不知道他该怎么办，一点也想不出来。”

罗梅锡沉思了片刻，又接着问：“唔，杰德·辛赫会将真相如实地告诉钱德娜公主吗？”

“亏你问得出！不如实讲，难道瞒下去不成？这样做简直太可怕了。他应该马上把真相和盘托出。”

罗梅锡机械地喃喃道：“对，应该尽快地把真相和盘托出。”

他踌躇片刻，又说：“唔，格姆娜，如果——”

格姆娜着急地问：“如果怎么样？”

“如果我是杰德·辛赫，你是钱德娜——”

“请你别跟我说这种话，我不喜欢这种比喻。”

“不，你得平心而论。若果真是这样，我应当如何办，你应当怎么办？”

格姆娜也不搭理他，站起身迅疾离去。她看见乌迈希默默无言地坐在舱房门口，凝神注视着河水。

格姆娜突兀问道：“乌迈希，你见过鬼吗？”

“见过，姐姐。”

格姆娜拖来一张草垫，坐到他身旁，说：“你见过什么模样的鬼？”

格姆娜被他气走后，独自留在船头的罗梅锡没有再呼唤她回来。这时，一线新月落入竹林后面去了，罗梅锡眼前的钱德娜也消失在深山密林之中了。船夫们熄灭了甲板上的灯，下到底舱，吃罢晚饭，准备就寝休息。一二等舱里没有其他乘客；三等舱的多数乘客已下船登岸，准备做他们的晚餐。附近街市上的灯光，透过河岸上浓密树影的间隙闪烁可见。湍急的河水撞击着铁锚铁链，船随着河流的巨大脉搏的跳动摇晃不停。

在这朦胧模糊的浓重夜幕下，在各种千奇百怪的景色里，罗梅锡思索着如何解决自己所承担的道义责任问题。他严重地觉得，在海敏丽妮和格姆娜之间，他必须选择，只能择其一，若要想走中间道路，让她们俩共同伴随他度过一生是绝对不可能的。从某种角度看，海敏丽妮尚有所依靠，尽管她至今难以忘掉他，但她还是可以和别的男人结成夫妻；而一旦抛弃格姆娜，等于是把一个无依无靠的孩子，抛向茫茫的大海。

然而，欲壑难填。虽然想到海敏丽妮可能会轻易地将他忘得一干二净，想到她还有别的依靠，别的选择，别的出路，少了他她依然可以生存下去，但罗梅锡并不因此得到一丝宽慰，这种想法反而使他内心对海敏丽妮的渴慕更加强烈，他恍然觉得，海敏丽妮离开他怀抱，他便将会永远失去了她；现在她仍漂浮在他想象的河面上，近在咫尺，只要他伸手，即可捉到，还有挽回的余地。

罗梅锡双手捂住脸，苦思冥想着。远处森林里响起一阵紧似一阵的狼嗥声，村子里的几条性子暴烈的狗马上以“汪汪”声相呼应。罗梅锡偶尔一抬头，发现格姆娜在黑沉沉的夜幔里靠着栏杆，默默地站立着。他起身走到她身边，轻声说：“格姆娜，你还没睡？时辰不早了。”

格姆娜反问：“你怎么不去睡？”

“我就去睡。我的床铺在隔壁船舱里。你别磨蹭了，快去睡吧。”

格姆娜什么也没说，朝自己的舱房走去。她还没来得及对罗梅锡说，她刚刚听了一个鬼的故事，独自一个人怎么能睡在空房里呢。罗梅锡见到她迈着迟缓的脚步，不情愿地慢慢离去，觉得于心不忍地说：“不用害怕，格姆娜。我就在你隔壁房间里，中间的门可以敞开，两屋是相通的。”

格姆娜倔强地头一扬说：“我怕什么！”

罗梅锡踱回到自己的舱房里，熄灯躺下，心中暗道：“我实在无法抛弃格姆娜，只得和海敏丽妮分手！就这样定了，不能再犹疑不决了！”然而，和海敏丽妮分手将是他生活中一件多么大的憾事啊，将会是多么巨大的损失！他在黑暗里静躺着时深切感受到了这一点。这种思想使他实在躺不住，他索性下床走出舱房外。在午夜的黑暗苍穹下，他再次感受到，他的委屈和痛苦决不会沾染无限的空间和时间；宁静的星光是永恒的，而罗梅锡和海敏丽妮的卑微的爱情经历是不能触及那个永恒星空的。阿斯温月的河水漫过阒无人烟的沙滩，流经星空下沉睡的村庄，永远奔涌不息，而这时的罗梅锡仿佛已被焚尸场烧成了灰烬，长眠于永恒平静的大地上，他那无尽无穷的烦恼，也随之烟消云散了。

二十七

次日，格姆娜一睁眼，晨光熹微。她扫视四周，见屋里空无一人。她猛然想起自己是在轮船上。她悄然下床，打开一条门缝朝外张望。静谧的河面上，笼罩着一层薄雾。夜色退去，天光呈露鱼肚白。东方，树林后面的天空已是金光灿烂。转瞬间，淡黄色和浅蓝色相间的河面上，出现了点点白帆。

格姆娜虽善于思考，但她自己却百思不解，为什么有种莫名的痛苦总是盘踞在自己心中？为什么她内心深处不时会涌起一阵阵悲酸呢？朝霞缀着秋晨凉爽的披巾，向她敞露自己的奥秘，而她内心为什么没因此享受到欢愉呢？填满她胸怀的又使她禁不住簌簌泪下而无法倾吐的悲戚，究竟来自何方呢？她没有公婆，没有知己，没有亲人。迄今为止她不曾想到的孤苦的身世，今天为什么突然想到了呢？今天她为什么隐约觉得罗梅锡恐怕不是她终身依赖的港湾呢？今天她怎么会悲哀地感到世界的浩瀚，自己的渺小呢？

格姆娜就这样久久地倚门伫立。浩淼的河面上泛起了一片金光。水手们在各自的岗位上忙碌着，底舱的引擎突突起动。村子里的一群孩子听到船起锚时发出的响声，便急急从床上爬起来，跑到河边沙滩上看热闹。

罗梅锡被喧哗声惊醒。他立刻走到舱门边探望格姆娜。她见他走来不觉吃了一惊，忙扯上纱丽，想把自己的脸掩遮住。

罗梅锡关心地询问："格姆娜，你洗过脸了吗？"

格姆娜顿时气恼极了。倘若问她对这个问题为什么着恼，恐怕她自己也讲不清。但她恼火了，扭过脸，摇摇头转身走开。

罗梅锡接着说："太阳高照，人就拥挤了，快去梳洗吧！"

格姆娜未加理睬，顺手抄起衣服，擦过他身边，走进盥洗室。

格姆娜认为，罗梅锡一大早跑来问她梳洗之事，非但多此一举，而且近乎是一种无礼，因而刺伤了她的心。罗梅锡的亲近是有限度的，超越了某个界限他就会戛然而止的——格姆娜猛地明白了这个事理。她从未有机会坐到婆婆脚边，听从婆婆有关待人接物的教导——何时何地需用面纱遮掩自己的羞怯，何时何地如何回避生人等。然而，今天，当罗梅锡一露面，她为什么失常地感到忸怩不安，羞于和他相见呢？

格姆娜洗罢澡，回到自己舱房里坐定，盘算着今日要干的事。她解下系在衣襟上的钥匙，用它打开箱子，一眼就看到了那个钱包。当时，她从罗梅锡手中接过钱包，内心不由产生一种欢悦和自豪，好像她手中握有了独立自主的权力。故而她把它视为珍宝，小心翼翼地将钱包收藏进箱子。但今天她拿着钱包，那种欢欣的感觉顿时消失，她觉得，这钱包不是她的，是罗梅锡的。她没有权力支配它，她不是它的真正拥有者。因而她认为，如今它对于她如同一个沉重的负担。

正在这时，罗梅锡走进舱旁，说："难道在这钱包里找到谜底了？你一本正经地在想什么？"

格姆娜将钱包递到罗梅锡面前，说："拿去，这是你的钱包。"

"我拿着有什么用？"罗梅锡不解地问。

"以后需要什么，你自己去买。"

"怎么，你不买？你不需要钱？"

格姆娜把头轻轻一扬说："我要钱有什么用？一个铜板也不需要。"

罗梅锡莞尔一笑，说："世上能说这句话的人真是凤毛麟角。嘿，你把自己认为毫无价值的东西给我，而不给别人。我也不要！"

格姆娜不置一词，将钱包放在船板上。

罗梅锡困惑地问："嘿，格姆娜，说真的，你是否因为我没把故事讲完，在生我的闷气？"

格姆娜垂下眼帘，答道："谁生气啦！"

"好，这钱包由不生气的人保管，这样我才能相信那个人说的是真话。"

"没生气就得保管钱包，这是哪来的规矩？你为什么不保管自己的东西？"

"这现在哪还是我的东西？给了人家的东西又夺回来，要变成恶鬼的，你懂吗？"

格姆娜想到罗梅锡要变成"恶鬼"，禁不住笑了："绝对不可能！哪有夺回给了人家的东西就要变成恶鬼的？我可从来没听说过。"

突如其来的欢笑，终使他们的争吵告一段落，两人又和好如初。

罗梅锡煞有介事地说："这是从哪里听到的？得问问见过鬼的人，才会明白我的话是真的还是假的？哪天你遇到鬼时，可亲自问问他。"

这段话突然引起了格姆娜的兴趣："别开玩笑，说真的，你见过真的恶鬼吗？”

“真的倒还没见过，但冒牌的鬼遇到不少。世界上真正的恶鬼究竟还是少嘛！”

“不过，乌迈希他说——”

“乌迈希，哪个乌迈希？”

“就是那个和我们一块坐船的男孩。他说他见过鬼。”

“噢，这方面我比不过他，我只得甘拜下风。”

在他们说话的当儿，水手们经过一番努力，终于使船脱离了沙滩。轮船刚刚向前驶出没多远，只见一个男孩头顶一个陶罐，沿着河岸边跑边大声喊叫。他可怜巴巴地求船停一停，但水手们置若罔闻，不予理睬。

男孩看见罗梅锡，便大喊：“老爷，老爷！”罗梅锡还以为男孩把他当成船上验票的，故而这样叫喊。他摇手示意，他没有权力叫船停下。这时，格姆娜突然叫喊起来：“啊，是乌迈希！不行，不行，我们决不能把他丢在这个地方。快想法让船停一停，把他接上来。”

于是，罗梅锡硬着头皮去找船长商议。

“公司没有这个规矩，先生！”船长答道。

格姆娜也走过来求情说：“船长先生，怎能丢下他不管呢？您叫船停一停，他还是个孩子哪！”

罗梅锡只好采取了叫人打破规矩的简单办法。船长得到了一定数额的酬金，便令驾驶员停下船，让乌迈希上船。

罗梅锡马上粗言恶语骂了他一通。可是乌迈希连眼皮都没眨一下，他根本不在乎。他将陶罐放到格姆娜的脚边，若无其事地笑了起来。

格姆娜的气还未消，说：“你还觉得好玩，还笑！船不停的话，看你怎么办？”

乌迈希没有应声，他只顾展示陶罐里的东西，他从陶罐里取出许多香蕉和各式各样的蔬菜。

格姆娜说：“哎，你从哪儿弄来这么多的东西？”

乌迈希讲起这些东西的来路，弄得大家很不愉快。原来昨天他去市场买好酸奶等物品，在回途中见到村民家宅前的院子和地里种满各类瓜果蔬菜。今天一大早，他就去采摘。办这件事，他认为无须征求他人同意。

罗梅锡听他讲完，火冒三丈，怒吼道："你干吗不跟人打招呼，就把东西偷来？"

乌迈希辩解道："我这能算是偷吗！地里长着许多，我只不过摘了一丁点儿，他们不损失什么，根本不会在意的。"

罗梅锡怒不可遏，呵斥道："拿一丁点儿就不算偷了吗？你这混账东西！拿走，把陶罐连同偷来的瓜果从我面前拿开！"

乌迈希委屈地看了格姆娜一眼，说："姐姐，在我们家乡，我们把这种菠菜叫'皮兰'，这一种叫'被头'，烧成菜好吃极了，这种叫——"

罗梅锡怒气冲冲地喝道："滚开！拿走！不然，我把它们通通扔到河里去！"

乌迈希以求助的眼神望着格姆娜，不知该怎么办。格姆娜用眼色示意他快拿走离开。他从她的眼睛里看到了抱怨与同情参半的神情，可是他懊恼地把瓜果蔬菜码进陶罐里，提着它讪讪地走开了。

罗梅锡责怪格姆娜："真不像话。你别给他笑脸看，受宠会让他变坏的。"罗梅锡唠叨了几句，就回自己的舱房里写信去了。

格姆娜抬头四处张望，乌迈希正坐在二层甲板尾部他们临时搭作厨房的那个地方。

二层甲板没有旁的乘客。她围上披巾、遮脸面纱，走过去问他："你把东西都扔掉了吗？"

"怎么能扔掉呢！都放在舱房里面了。"

格姆娜装作生气的样子，板着脸孔说："你做得也太不像话了。以后决不许故技重演了，万一船开走了，怎么办？"说完，她径直走进舱房里去，呵斥道："快，拿菜刀去！"

乌迈希很快就拿来了菜刀。格姆娜便麻利地切起菜来。

乌迈希撺掇说："姐姐，要是再放些辣椒和芥末，那菜的味道，会好得你舐手指头[1]都来不及！"

格姆娜气呼呼地说："行行，去取来我好碾呀！"

格姆娜尽量做到不给他笑脸看，板起面孔，神色严厉地切着南瓜、茄子等。

但是，天哪，她怎能不给这个离家出走的孤儿笑脸看呢？偷菜的过错究竟有多大、多严重，她心里没有估量清楚，但她理解一个无家可归的孩子，是多么渴望有栖身之处。小家伙为讨她喜欢，从昨日起就琢磨怎么寻找机会，弄些蔬菜让姐姐做顿美味佳肴。当然，要晚一步，这小家伙就会流落于此地了！那样的话，不知会落个什么结果！她想着想着心就软了。

格姆娜说："乌迈希，昨儿的酸奶还留着呢，留给你今天吃。但是今后千万别再干这种蠢事了！"

乌迈希脸上带着愧悔的神情，说："我今后再也不干了。姐姐，昨日你没喝酸奶，还留着？"

"我不像你馋喝酸奶。嗳，现在什么都有，就是没有鱼，没鱼叫老爷能吃好早饭吗？我们有什么办法弄到鱼呢？"

"鱼儿拣不着，没有钱弄不到的，姐姐。"

格姆娜故意斥责他，说："乌迈希，我真没有见过像你这样傻里傻气的人！我什么时候叫你不付钱白拿别人的东西？"她说话时尽力把自己的美丽的眉毛蹙在一块儿。

昨天，乌迈希不知为何这样想，认为格姆娜向罗梅锡要钱不容易，除外不知什么原因，他不喜欢罗梅锡这个人。因此，他打从昨儿起就心中琢磨，今后不用罗梅锡破费帮助，办成一切事。当然，这种顾虑全冲着寄人篱下的他和格姆娜。

弄些蔬菜瓜果之类不算难事，但他还想不出如何去弄鱼儿来的办法。在这个世界上，单凭虔诚的崇拜，是不可能得到酸奶和鱼儿

---

[1] 印度人饮食习惯，用右手抓饭菜进嘴。

那类昂贵的食品的！需要花钱！乌迈希懂得，没有钱就不可能弄到鱼，供奉自己所崇拜的格姆娜姐姐。他的小心灵已领教，这个世界是不近人情的。

乌迈希怯生生地说："姐姐，倘若你能从老爷那儿讨来四五个拜沙，我马上就可以给你弄条大鲤鱼来！"

格姆娜急忙阻拦说："不不，我不同意你下船去。这一次你再耽误了，就没人会让你上船了。"

"我何必下船去？今天早晨水手们网到一些大鱼，他们兴许会卖出一两条。"乌迈希满有把握地说。

格姆娜立即掏出一个卢比，塞在他手里："不管大小，赶紧去买回来，剩下钱找回来。"

乌迈希不一会儿就买回来一条大鱼，但没交出找头。他说："他们非要一个卢比不可。"

格姆娜知道此话有诈，只是笑笑说："下次船靠岸时我们要换些零钱准备着。"

乌迈希一本正经地说："嘿！你要是给他们一张整票子，想要找回零头，是很难的。"

吃饭时，罗梅锡惊喜地叫起来："啊，今天的饭菜真丰盛。不过这些东西哪里弄来的？而且还有鱼！"他拿起鱼头，仔细一看："啊，这是货真价实的鲤鱼头，不是做梦，不是幻觉，也不是凭空的想象吧！"

当天那顿午餐，罗梅锡吃得十分满意。吃完后，他躺在甲板上的躺椅上，悠闲自在地消食。

那边，格姆娜叫乌迈希过来吃饭，乌迈希特别喜欢吃格姆娜烧的红烧鱼，他越吃越香，越吃越显出狼吞虎咽相。这种大胃口不仅叫人吃惊，简直叫人担心，急得格姆娜急忙阻拦说："行啦，乌迈希！我给你留些，晚上再吃。"

一天就这样悄悄地过去了，黄昏又要临近。夕阳在西边斜挂着，拉得长长的阳光在甲板上缓缓爬行，一片金光灿烂。

两边河岸上，农家少妇肘弯里夹着水罐，在绿色田野的小径上往返穿梭，他们有的去晚浴，有的去汲水。

格姆娜包完槟榔包之后，开始梳头洗脸，换衣服，铺被褥。等她做完这一切，夕阳已西沉，躲藏到村落背面的树丛后面去了。

轮船在预定时刻下锚停泊码头。格姆娜正思忖，今天的晚饭还需做吗？中午的剩菜留得很多，再添些什么呢？那时，罗梅锡跑来说："今天中午吃得挺多，晚饭我不想吃了。"

格姆娜很不乐意，说："你真的一点也不想吃了？就烙几张饼就着鱼吃吧，我去替你烙。"

罗梅锡简单地说了声"算了"就走开了。

入夜，格姆娜把中午剩下的菜全倒在乌迈希的碗里。

乌迈希关切地问："你也不给自己留一点？"

格姆娜答道："我已吃饱了。"于是，她忙完了漂浮在河上的简单家务，一天就这样过去了。

水面上、陆地上到处都洒满了清澈的月光。码头附近没有村落。宁静而沉寂的夜晚像是一个守候丈夫归来的妇人，目不转睛，守望着长满水稻的辽阔而葱翠的田野。

码头上，有一间洋铁皮小屋，桌上点燃着一盏小油灯，一个瘦弱的职员正埋头忙于记账。

罗梅锡敞着舱房门凝望着那间小屋。他叹息道："唉，我的命运若能像这小办事员一样，虽然不起眼，但有着极有规律的生活，那就算差强人意啦；他算账、卖票，工作若出错，挨上司一点斥责，干完工作，晚上就回家休息——像他那样哪有烦心事呢？"

不一会儿，办事处的灯熄灭了。办事员锁上门，为抵御夜寒，用围巾包着头，离开了那间屋子，消失在回家途中的荒凉的田野中。

格姆娜依偎着船舷栏杆，不声不响站了好一会儿工夫，但罗梅锡全然没有察觉。她原以为罗梅锡今晚会叫她过去。当她收拾好一切，见罗梅锡并没有召唤她，她便蹑手蹑脚上了甲板。

但是，见到罗梅锡，她突然踌躇了，不敢走到他跟前。她远远望着浸在月色里的罗梅锡的脸，他脸面的表情已显露出他的心，已飞向了远方。此时她觉得，他那张脸十分陌生，离自己很远很远，与自己毫无关系。在沉思中的罗梅锡和孤单的姑娘格姆娜之间，深沉的夜似乎披着月华银光闪闪的披肩，手指按着自己的嘴唇在悄悄地站岗。

突然间，罗梅锡双手掩面，伏在面前藤条桌面上。格姆娜立即悄悄溜回自己的房间，她没弄出一点响动，他全然没有觉察她来找过他。

她的房间空无一人，一片漆黑，阴森可怖。她在黑暗中摸索着跨进门槛，她的心不禁一阵颤抖，觉得所有人都抛弃了她。如今，她孑然一身，孤苦伶仃。在她的眼里，木板舱房恍若是一头从未见过的猛兽，张着血盆大口，欲将她吞进黑森森的肚子里。她的归宿在哪里？她可以在哪个安全的港湾，哪个地方躺下自己娇小的身躯呢？然而她可该聊以自慰地合上眼，说一声："这就是我的归宿！"

她朝房间里探头看了一眼，吓得又急忙把伸进门槛的脚缩回来，反身退出。往外走的时候，不慎碰落了罗梅锡挂在门背上的伞，伞打在他的铁皮箱上，发出了咯噔的响声。

响声惊动了罗梅锡，他急忙离座起身，见格姆娜瑟瑟地立在他房前，便说："格姆娜！我以为你早就睡了呢？你好像感到害怕似的。我不坐在外面了。我马上到我的舱房里去睡。我让中间的隔门敞开，你就不会觉得害怕了！"

格姆娜用高傲的口吻，粗声地说："我不怕！"说完她急速钻进自己黑洞洞的舱房，把中间罗梅锡要敞开的那扇门关上，旋即躺在床上，从头到脚用线毯裹上，好像在这无依无靠的世界上，只有依靠自己的温床。她整个心灵充满着愤懑、怨恨。在一个既无所依靠又无独立人格的地方，人如何能生存下去！真是不堪设想！

长夜漫漫地游荡着，罗梅锡在对面舱房里准已进入了梦乡，格姆娜却怎么也睡不着。她起身踱到舱外，凭栏眺望着远处的河岸。

天地间，没有任何生物活动的踪迹，万籁俱寂。月亮慢慢西沉。格姆娜凝望着伸展得遥远的长满庄稼的田间小径，心想："不知有多少女子顶着水罐经过这条小路，打水回家。”家！一想到家，她的心，仿佛就要跳出胸膛。她要是有个小小的家该多好！但那个家在何方？在天涯海角的哪一角落呢？

阒无人迹的河岸，仿佛永远地宁静地躺着，广袤的天空，默默地横亘在两条地平线之间。但这浩瀚无边的天地，对她来说却是多余的，这个忽而喧闹忽而宁静的世界，对她来说却是毫无意义的。这无极的空间，对于渺小的她，显得是多么缥缈虚无。她只需要一个小小的家，其余一切都是无关紧要的。

格姆娜陡然一惊，感到好像有人站在她身旁。

“别怕，姐姐，是我，乌迈希。这么晚了你还没睡？”

一直在格姆娜眼眶里滚动着的泪珠，这一下夺眶而出，大滴大滴的泪珠串，挂满她的脸颊。她扭过脸，背朝着乌迈希，不愿让他看到自己掉泪。

像团满含雨滴的云彩，飘浮在天空，一遇到阵风，顷刻间就变成倾盆大雨一样，格姆娜一听到从这个穷苦孤儿嘴里说出的充满关切的话，立刻泪如泉涌了。她想说些什么，但喉咙哽咽，心中的悲痛使她泣不成声。

乌迈希难过得要命，但不知如何安慰她。沉默了好大一会儿，他冷不丁地说：“姐姐，你早上给我的一个卢比，还剩下十一个拜沙呢。”

听了他这句毫不相干的话，格姆娜的心情稍稍轻松了一些。眼泪也不像刚才那样拼命往外涌了。她不禁绽开笑容说：“好吧，钱你留在身边。现在快去睡觉吧！”

月亮已隐没在树后。格姆娜也回舱房睡觉。一挨枕头，便合上了她疲倦的双眼。次日清晨，阳光直射在她床上时，她仍然酣睡未醒。

二十八

新的一天开始了，格姆娜却感到心灰意懒。这一天，在她的眼里，太阳没有往日那么神气，显得无精打采，河水也死气沉沉地躺着，河岸的树木，也像是长途劳顿的旅客一样，精疲力尽地呆立着。

当乌迈希跑来帮她干活时，她蔫蔫地说："乌迈希，你走开，别烦我！"乌迈希可不是容易打发走的！他说："我又不是来找你麻烦的，是来帮你捣作料的。"

早晨，罗梅锡见她气色不好、神色憔悴，曾问过她："格姆娜，你今天是不是有点不舒服？"为了表示这个问题是多余的、不着边际的，她只是摇摇头，一句话也不说，径直朝厨房走去。

罗梅锡觉得，照这样相处下去，关系会越来越僵，问题会越来越严重。应该刻不容缓解决这个疙瘩，以求一劳永逸。他寻思着，唯有把真相告诉海敏丽妮，他自己今后的行动才能有所定夺。

他斟酌再三，坐下给海敏丽妮写信。他写了涂，涂了又写。这时，他突然听到有人问："先生，可以请问您的尊姓大名吗？"他吓了一跳，惊异地回过头，看见是个上了年纪的男子，胡子灰白，头发脱得几乎光了。

罗梅锡正聚精会神地写信，现在要他把心思，从纸上转到这个不速之客身上，一时颇为茫然，不知如何应答。

来客问道："您是婆罗门吧！早安。尽管我已晓得，您叫罗梅锡，然而，在我们国度里首先请教姓名，是互相熟悉的一个办法，请您别见怪。这仅仅出于礼貌而已。虽然近来有人对此十分反感。若您现在感到气恼，那您尽可以以牙还牙！您不用问，我会马上告诉您我自己的名字，甚至我父亲的名字，即使让我说出祖父的尊姓大名，我也毫不介意。"

罗梅锡不禁笑了："我的反感不至于如此吓人吧。能知道您的尊姓大名，我感到十分荣幸。"

"我的名字叫德利洛格·恰格尔瓦尔蒂。我住在西部，当地人都唤我作'大叔'。您读过历史吧？印度历史上有个恰格尔瓦尔蒂皇帝，我呢，是西印度的'恰格尔瓦尔蒂大叔'。您要是到西部去，到了那儿我的情况就瞒不住您了，那里许多人会把我的情况告诉您。您能告诉我您要去什么地方吗？"

“现在我还没拿定主意，究竟在什么地方下船。”

“对于决定去什么地方，您似乎并不着急。然而上船时您却是十分敏捷，毫不犹豫的。”

“那天在格瓦仑德刚下火车，就见到轮船正在鸣笛，那当儿我明白，轮船不会等我拿定主意才起航，所以我火急火燎地登上了船。”

“我在这儿向您敬礼，先生。我对您崇拜得五体投地。您和我真有天壤之别。我总是先盘算要去哪儿，然后再登船，因为我胆小谨慎，缺乏决断。您出门远行，但去何处却没拿定主意，您胆大敢为，真叫人敬佩！‘家里的’跟您在一起吧？”

罗梅锡自然明白这“家里的”的意思，但刚要答复“是的”，却欲言又止。

恰格尔瓦尔蒂见他沉吟不语，便说：“请不要见怪。我其实早知道，‘家里的’和您在一起。论年纪，我可以称她为‘大侄媳妇’。这大概您不会介意吧。我饿得发慌，到处乱钻，看见大侄媳妇正升火做饭。我跑过去对她说：‘孩子，见到我不要不好意思，不要回避。我是西部唯一的恰格尔瓦尔蒂大叔！’哈，大侄媳妇真是踏破铁鞋千里难觅的好人，粮食女神转世下凡！我接着又对她说：‘孩子，饭做好时，至少有我一份，让我吃口白饭。’她微微一笑，笑得那么甜蜜欢畅！我知道事儿十有八九成了。粮食女神一高兴，我的愁思烟消云散了。我平常总是翻阅黄历才出门的，但像这样的黄道吉日，从前从未碰到过！运气真是好啊！您在写信，我不想打扰您了。如果您允许的活，我就去帮帮大侄媳妇的忙。有我在，怎能让她娇嫩的小手去摆弄火钳锅铲？不，不，您请接着写，不用起身。我不在乎这些繁文缛节。”

说罢，恰格尔瓦尔蒂大叔径自朝厨房走去，进入厨房对格姆娜说：“啊，香味四溢，叫人闻着垂涎欲滴。做功到家的鱼羹饭，吃到嘴里将把人鲜死啦！不过，孩子，你也尝尝我做的酪浆、酸荚等作料什么的，你不用操心。你恰格尔瓦尔蒂大叔，神通广大。稍等一下，我马上去搜罗来。”

他去了不大一会儿，弄来了纸包着的装着酸荚的小罐子。“等我做完酪浆，留下的够你使用三四天。先不忙，等会儿你吃到嘴里，你就会夸赞说：‘恰格尔瓦尔蒂的手艺真不赖！’你起来，孩子，去洗把脸，日头已升高了，该吃早饭了。别不好意思，没干完的灶头活，我全包了，我什么都会。你大婶常常七痛八灾、病病歪歪的；为了侍候她，我不得不学会做饭。哈，你笑我这老头胡诌，不要取笑，我说的全是实情！”

格姆娜微笑着说：“您一定教我怎么个做法。”

“啊哈！哪能这么容易就把自己的真本事教给别人！倘若我不顾艺术真谛，一天之内就把全套本事传授给你，文艺女神岂不会翻白眼，满脸堆愁云！你得精心服侍我这老头三四天，至于如何奉承，你不用费心，我自会告诉你。首先，我蛮喜欢嚼槟榔包，我可不愿咽带壳儿的槟榔，你得要敲得细细碎碎的。要讨我喜欢可不容易，不过，你那张动人的美丽的笑脸，使事情好办多了。喂，小家伙，你叫什么名字？”

乌迈希不吭声，心里老大不乐意：从哪里冒出个老头儿，竟跑来争夺格姆娜对他的爱？格姆娜见乌迈希不言语，马上替他答道：“他叫乌迈希。”

“是个好小子。我明白，是个不好对付的家伙。不过，孩子，我敢断定，我和他会成为朋友的。嗯，别虚掷时间了。来，边聊边做。”

格姆娜原感到有些空虚，心中的怨恨也无处宣泄。这老人一来填补了她心中的虚空。见他常与格姆娜在一起闲聊，罗梅锡也减轻了自己心里的负担。最初几个月里，罗梅锡曾把格姆娜错当自己的妻子，那时无拘无束的亲密恋情和眼下的若即若离的冷漠态度，显然存在着一个强烈的反差！格姆娜能感受不到吗，能不伤心吗？现在，恰格尔瓦尔蒂的突然出现，使罗梅锡和格姆娜都如释重负；一则她可减轻心里的悲伤、怨恨，另则他有更多的时间和精力去医治自己内心的创伤。

中午，格姆娜出现在自己舱房的门口。她想独自占用恰格尔瓦尔蒂的整个下午，度过午后这一漫长的无所事事的时光。恰格尔瓦尔蒂一见到她，就咋呼起来："不行，不，孩子，这可不好。不应该如此。"这些没头没脑的话，使格姆娜顿时愣住了，不知做错了什么事，有些惊慌失措。

老人看到她惊诧的眼神，又接着说："呐，干吗要穿鞋？"此时，罗梅锡也在场。恰格尔瓦尔蒂转向他说："罗梅锡先生，看来，这是您的主意，不管您辩解什么，这是一种亵渎神灵的罪过！不应当使自己的脚与家乡的土地脱离接触。否则家乡就会变成一片废墟。倘若罗摩让悉多穿上长靴，那您以为，拉克什曼会跟随他过十四年的林居生活吗[①]？绝对不会的。您觉得好笑！大概您不爱听，但事实就是如此。您一听见轮船鸣笛就心急火燎！也不想好要去哪儿，慌里慌张地上了船！这样孟浪，弄不好会使您走上邪路的。"

罗梅锡顺水推舟地说："还是你替我拿定主意吧，我们该在哪儿下船？您的建议一定比轮船的汽笛声更有价值。"

"瞧，您一下子变得聪明多了。相识不足几个钟头，您竟这样相信我！那么，我说去加齐布尔。孩子，你愿意去加齐布尔吗？那里种植着许许多多的五彩缤纷的玫瑰，同时那里的人又尊敬我这个十分喜爱你们的老头。"

罗梅锡拿眼睛瞟格姆娜，看她如何反应。她立马点头表示同意。

那天下午，乌迈希和恰格尔瓦尔蒂拥进格姆娜的舱房，海阔天空地神聊起来。罗梅锡叹了一口气，独自待在甲板上。

轮船行驶得相当快。沐浴在秋日的阳光下、不断的后退的河岸，呈现着如梦幻般的不断更换着的宁静又奇特的景色：一会儿是绿油油的稻田，一会儿是停满船只的码头；一会儿是喧闹的集市，一会儿是泛着阳光的沙滩；一会儿望见坐在参天的古老棕树树荫下休憩的赶路人，一会儿见到聚集在村里广场上聊天的悠闲村民。

---

① 据印度史诗《罗摩衍那》叙述，怀王听了小后吉迦伊的谗言，把罗摩王子流放去森林十四年，罗摩的妻子悉多、罗摩的兄弟拉克什曼都跟随罗摩去森林过流放生活。

隔壁房间里，不时响起格姆娜清脆悦耳的笑声，打破了秋日晌午的恬静，也传进了罗梅锡的耳朵里。那时，罗梅锡心中感到一种莫名的苦涩。一切是多么美好，可离他又是多么遥远！这对他充满痛苦的生活是一个多大的嘲讽！今天，他深深体验到自己是何等孤独！

二十九

格姆娜毕竟年纪不大，心中存不住芥蒂、疑虑和愁闷。数日来，她再不感到内心郁闷，也不把罗梅锡对她的态度放在心上。一股溪流滞留时，脏物就要沉积。她心结的平静溪流，曾由于罗梅锡的举止而在某处停滞，形成一个水涡，在许许多多紊乱事情中不停地打旋。如今，遇上老恰格尔瓦尔蒂，她心绪的溪流在下厨做饭等日常琐碎家务之中，越过一切障碍，重新平静地畅流起来。旋涡消失，沉积打转的一些脏物全被冲走。格姆娜重又变得无忧无虑了。

阿斯温月秋日的和煦阳光，使河流两岸的田野风光瞬息万变，绚丽多彩。格姆娜的家庭主妇的日常生活恍若附有精美插图的诗集，一页页不停地翻阅过去。每一天都在她兴致勃勃操持家务中开始，又在说说笑笑中结束。

乌迈希再也没有误过船，但他每次出去，总是满载而归，篮子装得满满的。在这个小小的家庭里，他的菜篮子成了一件稀世珍宝似的物件，引来大家的啧啧惊赞声。

沉甸甸的篮子一放到地上，便可听见一片惊呼声："哟，这是些什么呀？萝卜，香蕉！天哪！还有菠菜，豆角！这些东西是从哪儿弄来的？大叔，您瞧瞧他拿来的菜！有这么多菜谁家主妇都能做了！"

哪一天只要罗梅锡在场，人们兴高采烈的情绪总要受到某种损伤。他总怀疑这些菜来路不明，是偷来的。格姆娜总是急得争辩："嗨！我可是计算好，给他钱买菜的！"罗梅锡却不以为然地说："你可给他提供双重方便：既偷钱又偷菜了。"为证实他自己的话，就把乌迈希叫过来："唔，你给我报报账吧！"

账是对不上的，第一遍算的和第二遍算的总是不一样，往往花掉的钱要比给他的钱多。不过，乌迈希对此毫不介意：“每笔账我要算得一清二楚，今天我何至于落到这个地步！早就当上账房先生，抑或管家大人了！我的话有否道理，是否合情合理，恰格尔瓦尔蒂大叔，您说呢？”

这时，恰格尔瓦尔蒂总是站出来，打圆场说：“罗梅锡先生，您用完早饭再发落他。那时候您就会清楚该如何判断这桩公案。眼下，我不能多鼓励这孩子，乌迈希要什么就能弄到什么，这可不是一门简单的技巧。如今世上精通此道的人已寥寥无几。想学的人可不少，但有几个学成的？罗梅锡先生，‘将才难得’。您应该为得到这样的人才而高兴。我可懂得什么叫人才，能够不费多时弄来时令蔬菜瓜果，难道是件轻而易举的事吗？先生，怀疑人人都会，会采购、要什么就能弄来什么的人，可是踏破铁鞋也难寻觅的啊！”

罗梅锡不服地说：“大叔，您这样袒护他不好。您在鼓励他做不正当的事。”

恰格尔瓦尔蒂说：“孩子本就没有什么天大的才干。有了那么一点本事，倘若不加以鼓励，慢慢就会荒废掉，岂不可惜。至少我们在轮船上度日，应该如此。”他又转身对乌迈希讲：“仔细听着，明儿摘一些柠檬树叶，有黄瓜的话，也弄几条。这两件物品，对身体健康大有裨益。我虽则不是什么大夫，这点小常识是具备的。乌迈希，去吧，干自己的活儿。不然，又要耽误做饭了。”

于是，罗梅锡越怀疑、呵责乌迈希，乌迈希越和格姆娜亲近，加上恰格尔瓦尔蒂也站在他们一边，这样他们似乎分成了两派。一方面，罗梅锡心地多疑而受到孤立，另一方面，格姆娜、乌迈希和恰格尔瓦尔蒂在办事、娱乐和情感方面日益亲近，息息相通，紧紧抱成一团，谁也不把罗梅锡的话放在眼里。说实在的，罗梅锡受恰格尔瓦尔蒂热情爽朗性情的感染，对格姆娜的态度也较往日热情了许多，但依然被拒之于他们的集团之外。罗梅锡眼下的处境，好比一艘大船想要靠岸，但因水浅只得在河心下锚停泊，从远处遥望岸畔；而小船划子却能从容自如地驶向岸边停靠。

快到望月的时候，一天早晨，人们醒来发觉，天空乌云密布，风向变换不停。忽而暴风疾雨，忽而雨过天晴。河心不见船只的影儿，偶尔发现一两只小船，停靠在岸边观望，船夫们揣着不安心情，静观风雨变幻；顶着水罐在河滩汲水的妇女也不敢在河边多停留；偶尔，阳光透过乌云缝隙，星星点点地照在河面上，但整个河面，从此岸到彼岸，不时颤抖着。

轮船开足马力往前疾驰。格姆娜担心还会下雨，早早动手点火做饭。

恰格尔瓦尔蒂抬头望天，说："孩子，快干，省得下雨时不好做饭了。你熬豆粥，我和面、烙饼。"

今天，炊火很晚才熄。风越刮越大。河水猛涨，掀起层层白浪。乌云蔽天，无法辨认太阳何时偷偷沉落了。轮船赶紧下锚泊碇。

天色已黑。惨淡的月光在飘游的乌云间隙时隐时现。不一会儿，一阵狂风铺天盖地袭来，紧接着如注大雨倾泻而下。

格姆娜已经有过一次险遭灭顶之祸的经历，此刻，面对河里遭遇的狂风暴雨，难以泰然处之，脸上流露出惊惧的神情。罗梅锡走过来宽慰她："格姆娜，在偌大的轮船上不用怕，你尽可以安心睡觉。我在隔壁船舱里，醒着不睡。"

恰格尔瓦尔蒂站在门外说："孩子，不用害怕。我谅暴风雨这小子也没胆量敢碰你一根毫毛！"暴风雨这小子的胆量究竟有多大，这很难判断。但暴风雨本身的胆量，格姆娜是领教过的。她急急起床，疾步走到窗口，哀求道："大叔，您到屋里陪我坐一会儿，好吗？"

恰格尔瓦尔蒂在门口犹疑地说："孩子，眼下，你该睡觉，我——"

恰格尔瓦尔蒂一面说着，一面跨进了门槛，发现罗梅锡不在，深感意外，惊叫道："在这种暴风雨时刻，罗梅锡先生还出户？他莫不是去偷割人家的蔬菜？"

"谁？是大叔吗？我在隔壁舱房里。"

大叔遁声探头，朝隔壁舱房里一望，只见罗梅锡依靠在床上，在灯光下悠闲地看书。

恰格尔瓦尔蒂气急败坏地说："大侄媳妇独自一人在这里害怕得要命，而你却安之若素，躺在那里！赶紧过来吧！"

然而，格姆娜无法控制自己本能的冲动，一把抓住恰格尔瓦尔蒂的胳膊，带着哭腔说："别，别，大叔！别别！"风急雨疾，格姆娜的声音没有传进隔壁的罗梅锡的耳朵里，而恰格尔瓦尔蒂却清晰地听见了，他惊愕不已，望着情绪冲动的格姆娜的脸。

罗梅锡放下手中的书，走到格姆娜的舱房里说："大叔，有什么新闻？格姆娜好像对您——"

格姆娜没有抬眼望他一眼，急忙插嘴说："不不，我只是请大叔来给我讲点故事。"

倘若问她说的"不不"的含义是什么，她肯定答不上。如果你以为她需要有谁来安抚她受惊的心，她肯定说："我不需要有人来安慰！"如果你认为她需要有人来陪伴，那也错了，她会断然否定说："不，不需要有人来陪伴，我没有这个意思。"

过了一会儿，格姆娜接着说："大叔，时辰不早了，您去睡吧！睡前最好去看看乌迈希，他一定给这场暴风雨吓坏了。"

从门外黑暗中传来一个声音："姐，我什么都不怕。"

乌迈希蜷缩着身子坐在门旁。他这种至诚的情感使格姆娜大为感动，她急忙走到舱房门口，叫道："哎哟，你干吗听凭雨水浇淋呀！真傻！快去，跟大叔去，跟他睡在一起。千万别着凉。"

乌迈希从格姆娜嘴里听到"真傻"两个字，感到异常满足。于是，他便顺从地跟恰格尔瓦尔蒂大叔睡觉去了。

罗梅锡怀着怜悯之心，问格姆娜："你困不？我坐在你身边讲点故事，好吗？"

"不用，我困得要命。"

罗梅锡想刺探她的心思，但她什么也不多讲。他看了一眼她那张流露着自尊且倔强神情的绷紧的脸庞，轻轻地溜回了自己的舱房里。

格姆娜内心却难以平静，她不可能上床安静地进入梦乡，只是强迫自己躺下罢了。随着暴风雨一阵紧似一阵，浪涛也越来越大。户外传来水手们忙碌的喊叫声，中间夹杂着船老大指挥的命令声，时而也传来叮当叮当的钟声。抛锚已无法使船在狂风暴雨中保持稳定，于是底船的轮机开始慢速转动。

格姆娜下了床，走到舱外的甲板上。雨骤然停了，但狂风却似一头中箭的野兽狂吼着，东奔西突。

浓云密布，但夜空照样可借助于惨淡的月光，观察着团团的乌云趁着风势像一群专事毁灭的怪物，在天空中任意施暴的景象。河岸被黑暗吞没，无法辨认清楚；河面也模糊一片。但天空、大地，远处、近处，看得见的和看不见的，到处都充满着一种执拗的疯狂，一种盲目的躁动；那种奇特的景象犹如面孔漆黑的牛面判官，不时晃动着双角，威胁着大千世界。

格姆娜凝望着如此疯狂的夜晚，乱舞的天空，心不禁怦怦乱跳。说不准她是出于恐惧还是源于亢奋。

天地的震怒里仿佛有一种无法抗拒的力量，一种不受任何拘束的自由，它们恍若唤醒了格姆娜那颗沉寂的心。这种搅得天昏地暗的动乱，使格姆娜心绪不宁，使她感到无比兴奋。这场震怒的风暴是针对谁的呢？她能在狂风呼叫中获得答案吗？这断乎是不可能的。它也像她的内心的汹涌风暴一样，是无法用言辞表达无遗的。天地之所以如此狂暴，风暴的惨厉吼叫之所以如此猛烈，都仿佛是为了要撕破那张飘忽不定的无形的虚伪、梦幻和黑暗的罗网。

从荒无人烟的原野刮来的风暴，厉声叫嚷着“不不”，在秋夜里横扫肆虐。它本身就是一种强有力的拒绝。拒绝什么？无法说清它的含义。但在吼声里，只有一种声色俱厉的喊声：“不，不，决不！不不，不！”

三十

翌日清晨，风势稍许减弱了些，但仍没有停息的意思。船长拿不定主意，究竟能不能起锚出航。他焦虑地抬头望着天。

天一亮，恰格尔瓦尔蒂就去罗梅锡的舱房里。罗梅锡还躺在床上，一见恰格尔瓦尔蒂进房间，一骨碌翻身坐起。恰格尔瓦尔蒂见到他躺在这里，联想起昨晚的情景，用一种探询的口吻问道："您昨晚一直睡在这儿，是吗？"

罗梅锡没有正面回答他的询问，避开这个话题说："啊，多大的风雨！您晚上睡得好吗？"

"罗梅锡先生，我似乎像个傻瓜，说的话也冒傻气。但我究竟活了这么一大把年纪，遇到过成堆的难题，解决了不少。不过，现在看来，您是我一生中最难捉摸的难题。"

罗梅锡顿时脸涨得绯红，但旋即镇定下来，恢复了常态，笑着说："大叔，难以捉摸又不是一种罪过！比如说，泰卢固语的发音算是难的吧。但对任何一个泰卢固族的小孩来说，都似喝水那么简单。不能因为自己不懂，就怪它难捉摸；我们不应存有这种奢望：在不识字母符号的情况下，靠多看几遍，就能理解词义。"

"请原谅，罗梅锡先生！就我而言，想要理解一个和我毫不相干或者无密切关系的人，那仅仅是一种奢望，但在世上偶尔也会与萍水相逢的人，有一见如故的感觉。你可以问问那个大胡子的船长，可叫他做证。他马上会承认，他自己把大侄媳妇看作自己的亲密朋友。他要是否认自己内心的真实思想，我就不认他是位真正的穆斯林。你突然间插进一个风马牛不相及的泰卢固语，可真叫人摸不着头脑。发无名火儿，是毫无用处的。请你三思三思！"

"正因为我深思熟虑过了，所以我没有发火。但是，我是生气，不管你是否感到遗憾，泰卢固语总归是泰卢固语。大自然的法则是无情的。"罗梅锡说完，叹了一口气，便缄口不语。

现在，罗梅锡开始怀疑，他们是否要去加齐布尔定居。起先，他考虑在一个陌生地方生活，结识这样一位通晓世故的老人，到时会有用处。而眼下他才领悟过来，和熟人住在一起有许多不便。倘若他与格姆娜的关系成为当地议论的话柄，人们纷至沓来地探询，那么有朝一日他将会给格姆娜带来无可弥补的痛苦。倘若这样，还不如去一个全然陌生的地方，那儿没有人会追究他们的隐私。

船到达加齐布尔的前一天，罗梅锡对恰格尔瓦尔蒂说："大叔，我觉得加齐布尔不是一个理想的开业地方，故而我决定去贝拿勒斯。"

恰格尔瓦尔蒂听出他话里的不容置疑的口气，笑道："你这是三心二意的表现！反反复复，拿不定主意怎么能叫决定呢？认准一个主意才叫决定。噢，算了，我何必杞人忧天呢。去贝拿勒斯是你现在的最终'决定'了吗？"

罗梅锡只回答了一个"是"字。

恰格尔瓦尔蒂不再多话，转身离开，去忙于自己行李的捆扎。

这时，格姆娜走了过来，搭讪道："大叔，您跟我在捉迷藏哪？因什么事对我生闷气？"

"我们天天争吵，还能获得你的欢心吗？"

"今天，您干吗打从早晨起就躲着我？"

"孩子，你们比我更急于躲开我。你没有资格数落我。"

格姆娜一时被他弄得晕头转向，木然地瞠目痴望着他。

"罗梅锡什么也没对你讲起？他决定去贝拿勒斯。"

格姆娜一时语塞，不说"是"，也不说"没有"。过了一会儿，她才说："大叔，您捆得不行——来，我帮您捆。"

恰格尔瓦尔蒂见格姆娜听说要去贝拿勒斯，顿时愁云满脸，心里十分难过。他心里暗想："行啦，就我来说，这么大年纪了，哄蒙人有什么好处？"

恰在这时，罗梅锡来找格姆娜，说去贝拿勒斯的事，但她没有理会他，依然帮恰格尔瓦尔蒂把衣服叠好，码进箱子里。

罗梅锡接着说："格姆娜，我们这次去不成加齐布尔了。我决定去贝拿勒斯开业。你认为怎么样？”

格姆娜一边帮着恰格尔瓦尔蒂收拾东西，一边低着头说：“不，我要去加齐布尔。我已经把行李都捆好了。”

格姆娜干脆的回答，使罗梅锡深感意外：“你独自一人去？”

格姆娜亲昵地望着恰格尔瓦尔蒂说：“怎么会呢，不是有大叔陪伴吗？”

她的回答使恰格尔瓦尔蒂局促不安，忙说：“孩子，你如此偏向大叔我，罗梅锡会吃醋的，会讨厌我的。”

格姆娜又说了一句：“我决定去加齐布尔。”说话的口气，表明她并不想征求谁的同意。

罗梅锡只好妥协，无奈地说：“大叔，我们还是去加齐布尔哪。”

当晚，暴风雨过去，皓月当空。罗梅锡独自躺在甲板上的躺椅里，心想：“这样拖下去，何处是尽头？脾气倔强的格姆娜若闹起来，我在日常生活里将寸步难行；今后，俩人生活在一起，保持距离就休想了。我别指望什么了，何况格姆娜确是我的妻子，我也是把她当作妻子接回来的。如果仅仅是因为没有在祈祷声中完成婚礼，我感到为难不妥，那是不合天理的。那日，阎王亲自将格姆娜作为新娘送到我身边，在荒凉的小岛上，将我俩撮合在一起。在这世上，难道还有比他更权威的证婚祭司吗！”

再说，一个战场横亘在海敏丽妮和罗梅锡之间，罗梅锡只有战斗，克服恶声浪名、疑惧羞辱，穿越重重阻碍，方能昂首挺胸，到达海敏丽妮身边。一想到那场恶战，他就不寒而栗。他感到获胜的希望渺茫。他如何为自己的无罪辩解开脱呢？他倘若和盘托出真相，事情经过将是非常令人难堪的，而对格姆娜的打击之大也是可以想象到的。他一想到这儿，心里就不是滋味。他再也不能优柔寡断了，只有把格姆娜当作妻子，最为心安。海敏丽妮现在一定十分怨恨他，这种怨恨会使她很容易将自己的心奉献给另一个郎君。罗梅锡不禁长嘘了一口气，优柔寡断随之一扫而光。

三十一

罗梅锡问乌迈希："喂，小家伙，你准备去哪儿？"

"我跟姐姐一起走。"

"我为你买好贝拿勒斯的船票。我们将去加齐布尔，不去贝拿勒斯了。"

"我也不去贝拿勒斯了。"

罗梅锡从未想到过，乌迈希要与他们生活在一起。他见小家伙的态度那么坚定，不由惊呆了。

罗梅锡转向格姆娜问道："格姆娜，乌迈希也跟着我们一起走吗？"

"不一起走，让他去哪儿？"

"不是说他的外祖母住在贝拿勒斯吗？"

"不，他愿意和我们在一起。乌迈希，你可记住，咱们去一个人生地不熟的地方。你一定要紧跟着大叔，不然在街上，人群拥挤，你会走失的，那样我们就没法找到你了。"

去什么地方，带谁同行，这群人的行止、生活安排，全由格姆娜拿主意。以往，她事事顺从罗梅锡的支配，但这几天里，她突然独立自主了。因此，无须过多的讨论，乌迈希夹着自己的小包裹，跟在他们后面，与他们一道下了船。

恰格尔瓦尔蒂的一幢小平房处在老城区和富人住宅区的连接地带。房子后面是一座杧果园，旁边有口水井。前面是低矮的围墙，与大路间隔着，墙内有一片蔬菜园子，靠水井里的水浇灌。

第一天，格姆娜和罗梅锡一行，留宿在他家。

以往，恰格尔瓦尔蒂逢人便说，他老婆赫利帕米妮身体虚弱。但见面之后，她并没有给人弱不禁风的印象。她年岁不小，但模样精干。头额前有几绺白发，其余都是乌黑黑的，身上有年老的迹象，但若说已到迟暮之年，还相差十万八千里。

原来这对夫妇年轻时，赫利帕米妮曾染上疟疾，经常犯病。恰格尔瓦尔蒂除非换个环境，别无他路。于是他来到加齐布尔，谋到了一个小学校长的职务，从此一家人搬迁到这儿定居了。

现在，赫利帕米妮早已痊愈，但恰格尔瓦尔蒂总不予置信，始终没有放松对她的悉心照顾。

恰格尔瓦尔蒂将客人安顿在外屋，自己便径直走进里面，喊了声："听见没有！"当时，"听见没有"正坐在阳光照射的小院地上，推磨碾面，又将大大小小的坛坛罐罐，盛着的咸菜和酸菜，全倒出来，放在太阳地上晾晒。

恰格尔瓦尔蒂进到院子里，嚷道："这怎么行！天气冷了，至少也得披件衣服！"

赫利帕米妮说："一天到晚你怕这怕那。天冷什么！太阳晒得我的背都发烫了。"

"这你也不对，阴凉的地方又不是稀罕东西我们买不起。"

"好，下回注意。你这回怎么耽搁这么多日子才返回？"

恰格尔瓦尔蒂说："说来话长，眼下我带来了几位客人，我们得好好招待招待，别的事儿往后再细说。"说完，他将客人的情况大致介绍了一番。

在恰格尔瓦尔蒂家里，陌生的客人突然光临，已不是什么新鲜事，不过，赫利帕米妮不曾料到会有携妻带孩的客人，不由得颇为难地说："哎哟，家里哪有这么多房间安顿他们呢？"

恰格尔瓦尔蒂不紧不慢地说："你先与他们见见面，认识认识！然后我们想办法安顿他们。夏希在哪儿？"

"她在给女儿洗澡。"

恰格尔瓦尔蒂出去，把格姆娜领了进来。

格姆娜按照惯例向赫利帕米妮行了触脚礼。赫利帕米妮亲热地抚摩她的头，接着吻着自己的手指，一边对丈夫说："你瞧，长得和我们的维图一模一样！"维图穆基是他们的大女儿的名字，现在住在阿拉哈巴德婆家。

恰格尔瓦尔蒂心中暗自好笑。他认为，维图无法与格姆娜相比美，但赫利帕米妮从不肯承认他人的女儿在模样品行方面胜过自己的女儿。夏希穆基就住在家里，若让她与格姆娜相比，肯定要输到家的。于是，老妈妈为了不甘示弱，拿不在场的女儿与之相比，心理上就稳操胜券了。

赫利帕米妮说："我很高兴你们来我家做客。不过，房子小，你们住这里会感到不方便，新房子又正在修理，只能委屈你们了。"

恰格尔瓦尔蒂在市场上有一幢小房。其实，那是个店铺，根本不适合居住。

不过，听了自己太太爱面子的一番客套话，恰格尔瓦尔蒂不免暗暗地笑，但他没有道破，只是笑着对格姆娜说："要是你们住我这里，怕委屈受累，我又何苦带你们来这儿呢！"

接着又转向妻子说："算了，别的以后再商议。你别贪图凉快，快披上件衣服。"说罢，他出去招呼罗梅锡了。

赫利帕米妮接二连三问了格姆娜一连串问题，详细地打听她的情况。

"你丈夫是位律师？开业多长时间了？收入多少？还没开业？那你们靠什么生活？钱从哪儿来呢？你的公公一定留下十分可观的一笔财产吧？不知道！你这个姑娘也真怪，连夫家的一丝情况都不掌握吗？你丈夫一个月给你多少钱开销？既然婆婆不在，你应该管起家务。你又不是小孩子了！我大女婿把挣来的钱，如数交给维图经管。"

老太太连珠炮似的问了这么一大堆问题，马上断定：格姆娜是个"傻姑娘"。而格姆娜也清楚，自己与罗梅锡之间的隔膜是多么的深，她丝毫不掌握罗梅锡的境况和身世，再联系到他俩目前的不由己的尴尬相处，那种无知是多么不合情理，多么丢人现眼。她现在才感到，她一直没有工夫认真地向罗梅锡打听关于他的一切；如今，她作为他的妻子，对他的情况竟然一无所知。她觉得，这件事本身实在是荒唐，一想到这儿，她羞得无地自容。

赫利帕米妮又问开了："哦，让我看看你的手镯！这金子的成色不大好！娘家没给你首饰？父亲没了？这又怎么了？有这样嫁女儿的吗？你丈夫没给你什么？我的大女婿每隔一个月就给维图打件首饰。”

她们俩正在一问一答，夏希穆基领着两岁的女儿走了进来。她脸色黎黑，一张小嘴，双眼炯炯有神，前额宽阔。一见面，谁都会觉得，她生性温顺。

夏希穆基的小女儿盯着格姆娜，突然喊了声：“姨！”这倒不是因为她觉得格姆娜长得像维图，而是因为凡是她喜欢的成年女子，就会自然而然地把她认作“姨”。

格姆娜把小女孩抱在怀里。赫利帕米妮向夏希穆基介绍说：“她的丈夫是位律师，他是到西部来开业的。在路途中，你爹与他们夫妇俩萍水相逢，邀请他们到我家来了。”

格姆娜和夏希两人彼此对视，仿佛相见恨晚，立即成了好朋友。

赫利帕米妮忙着去为客人张罗食宿。夏希拉着格姆娜的手：“妹子，请到我屋里坐坐。”

不一会儿工夫，俩人亲热得无话不说，俩人在年龄上的差异顿然消失。

夏希性格内向，格姆娜却与她截然相反。无论在见识和个性方面，格姆娜的成熟远远超出了她的年龄界限。她婚后还没受过婆婆的严加管束，因而她无拘无束，脸上总显出自信的神情。她无论遇到什么事，心中总是打个问号。她从来没有听到类似“闭嘴”“照我说的办”“做媳妇，不配逞能”等婆婆的训斥语，这或许是使她昂首挺胸，直面人世的缘故。她的纯朴含有自信力，恰像一株强劲枝干上绽放的娇艳的鲜花。

夏希穆基的女儿乌玛不停地吵嚷着，欲想把她俩的注意力吸引到自己身上来，但这对新相识的朋友谈兴正浓，叽叽喳喳没有个完。闲聊之间，格姆娜深感到一个极大的缺憾——夏希穆基有无数话题可谈，而格姆娜要谈的话题却很少。格姆娜的生活画布上，至今所涂抹的夫妇生活图画，除了一些铅笔勾勒的几笔轮廓之外，什么也没有了。没有鲜艳的色彩，没有生动的形象。

在这之前，格姆娜尚未明确地意识到这种空虚，再说她没有时间，去思考婚后生活的贫乏。尽管，她感受到缺了些什么，但究竟缺少什么，她不晓得。有时她会产生莫名的反抗情绪，但她却始终没有弄清她生活中所缺乏的究竟是什么。

俩人刚坦诚交换心里话，夏希穆基就滔滔不绝，谈论自己的丈夫。丈夫就是她生活的主弦律，她那已经调好音的心弦，一经手指拨弄，便一齐轰鸣。而格姆娜却发现自己心中的那根弦，仿佛不堪一弹，她与夏希产生不了共鸣。格姆娜能谈丈夫什么呢？又有什么可值得一谈的？因此有关丈夫的话题，她索然无趣。

夏希那只满载幸福的小船顺流疾驰前行，而格姆娜那条空空如也的小船，却停泊在原地，一动未动。

夏希穆基的丈夫维宾在烟酒专卖局工作。恰格尔瓦尔蒂有两个女儿，大女儿远嫁他乡。轮到小女儿到婚嫁年龄时，老俩口因担忧将来岁月至暮，无人侍奉，所以将她嫁给了一个家境贫寒人家的儿子。他们将他招赘为婿，还替他谋取了一个职位，这样，他们可以安心生活在一起。

俩人正谈得投机，突然夏希说：“你坐一会儿，我去一下就来。”接着她又不好意思，笑吟吟地解释说：“他洗完了澡，吃罢早饭，还得去上班。我去送他一下，即刻就回。”

格姆娜奇怪地问：“他洗完澡，你怎么知道？”

夏希说：“别打趣了，凡别的女人知道的秘密，我也知道。你怎么听不出你那个心爱人的脚步声？”

夏希说完，在格姆娜脸上拧了一把，然后整整面纱，抱起女儿乌玛离去。

格姆娜从不知道脚步声有如此奥妙的魅力。她呆呆地望着窗外，陷入沉思之中。

窗外，番石榴花绽开怒放，成群的蜜蜂上下飞舞着。

三十二

罗梅锡正设法在恒河边的广场上租借一所独门独院的屋舍。他为取得跨入加齐布尔法院的法定权利，必须近日回加尔各答一趟，办妥手续。另外，还须从那儿购买文墨等用品。但他实在没有勇气重返加尔各答。加尔各答那条朝夕相处的胡同，在他眼前浮现，他的心狂跳不已。迄今，对那边的情愫仍是藕断丝连，舍不得彻底割断与那边千丝万缕的联系。不过，如今已走到了这一步，他再不承认和格姆娜名副其实的夫妻关系，恐怕已经不行了。

在这进退维谷之中，他怯于面对现实，一次次推延赴加尔各答的行期。

格姆娜住在恰格尔瓦尔蒂的内室。因房间少的缘故，罗梅锡只得将就，睡在外面的客厅里。这样，俩人见面不多。夏希对他们无奈分居两室，多次向格姆娜表示歉意和不安。

格姆娜说："姐，你怎么老念叨这件事？这算得什么大不了的事，你老挂在心上？"

夏希仿佛猜透心意，笑着说："啊哈，我难道不懂这么举足轻重之事？你装假正经，哄骗不了我。你心里想的，我全然明白。"

格姆娜反问："嗯，姐姐，您说真心话，如果维宾先生三四天不见你，那你——"

夏希穆基颇为得意地说："哼，三四天俩人不照面，他怎么能放得下心？"然后，她绘声绘色地描绘维宾如何对她的爱。她说，结婚之后，年轻的维宾如何冲破大人的阻拦，挖空心思设法和自己的小新媳妇见上一面；她还说，他有时如何失算，如何被大人抓着，由于老人们禁止他们白天会面，他们又如何借用餐之机在镜子里互相偷看对方，眉目传情，求取爱意。讲述这一切情景，夏希穆基完全忘我地沉浸在往事回忆的欢乐之中，脸上漾起幸福的笑意，容光焕发。

她接着又兴高采烈地讲述，维宾去上班，两人如何难舍难分，思念不已，以致维宾常常旷职旷工，从办公室偷溜回家，与她相聚。

有一次，维宾要为父亲处理家里的事，必须去巴特那逗留数日。

夏希问他："你独自一人在巴特那能待得住吗？"

维宾自负地说："怎么？我难道还怕什么？"他答话的那种声调，深深地刺伤了夏希的心。于是，她暗自赌咒发誓不理他，但他临走的头天晚上，她的誓言，就被泪水冲得无影无踪。第二天，当维宾要动身起程，突然，他头痛得不堪忍受，不得不推迟行期，改去看医生。医生稀里糊涂为他开了药方，维宾和夏希却偷偷地将药倒在阴沟里，维宾的病莫名其妙地好了！

夏希说呀讲呀，不知不觉天已至黄昏。远处陡然传来一阵脚步声，夏希听了顿时忙乱起来，维宾下班回来了。夏希尽管滔滔不绝、全神贯注地追述着幸福往事，但她无时不在竖起耳朵，倾听远在门外的久已熟悉的那个脚步声。

对格姆娜来说，这些并不都是庸人自扰的新奇事儿，她有时隐隐约约也有过类似的感受。她和罗梅锡相识的最初几个月里，在神秘的感觉中曾响起过这种音符。后来，当她离开学校，重新回到罗梅锡身旁，这种音符有时还变成气势恢宏的舞曲，撞击过她的心，但对自己感情激奋的含义，今天她从夏希穆基的倾诉中仿佛才有所体悟。不过，她这一切的感受都是残缺不全的，没有一星半点完整连贯，总是一闪即逝，似乎不容她有时间思考，获得明确的结论。

夏希和维宾相互之间有一种不可抗拒的吸引力，而在格姆娜和罗梅锡之间，却不见那种吸引力的一丝一毫的影儿。这几天，他们俩暂时分离，没有见面的机会，而他们的心中哪有一丝焦躁不安的依恋情思呢？难道罗梅锡也会在外面想方设法寻找借口，要见她一面吗？她简直不敢抱有这种奢望。

星期日即将莅临，夏希内心矛盾重重，左右为难。她不好意思将自己的新女伴扔下一天不管，让她遭受冷遇；不扔下吧，将丧失与维宾相聚的假日，她缺乏那种舍己为人的牺牲精神。再者，格姆娜与罗梅锡先生近在咫尺，却苦于无相会的机缘。这样，她更于心不忍，去享受自己假日的快乐。只有想法让格姆娜与罗梅锡相会，她才能心安理得地去度假。

她无法向老人们透露或商议这件事。但恰格尔瓦尔蒂大叔不是个不明事理、不通人情的人。他大声向家里人宣称：今天他要外出办事，同时告诉罗梅锡，今天家里不会有外人来做客，他出去时会锁上大门。他还特意把这个讯息传给了自己的女儿听，对夏希来说，理解这个讯息的深奥含义并非难事。

当夏希和格姆娜从河里洗澡回来时，夏希说：“来，亲爱的，我给你梳头。”

格姆娜大惑不解地问：“今天你干吗这么着急，你有什么特别紧要事要办？”

“待会儿再说为什么，让我先给你梳头。”夏希叫格姆娜在自己对面坐下，郑重且细心地给她梳起头来，梳这个头还真费了不少工夫，一个花样复杂的发式，总算梳成了。

随后，俩人又就穿什么纱丽争论不休。

夏希非要格姆娜穿一件颜色鲜艳的纱丽，格姆娜弄不懂她是什么意思。最后，她为了让夏希高兴，才同意穿上那件纱丽。

吃完午饭后，夏希在丈夫耳畔嘀咕了几句，请准了一会儿假。于是，她逼着格姆娜到外面客厅去坐坐。

以前，格姆娜自己曾毫无顾忌找罗梅锡相会。她从未想过，这种举止为礼俗不容，需要装出羞羞答答。何况，从初次见面起，罗梅锡就打掉了她的羞涩，打破了那种礼法的障碍。那时，她身边又没有一个女伴，阻止这种不知害臊的举止。但今天，格姆娜难以听从夏希穆基的劝说。她已明白夏希穆基有随意和自己丈夫亲近的权利，而她自己却似乎没拥有这种天赋权利，她又不愿祈恩地乞求能和罗梅锡亲近的自由。

格姆娜非常执拗，怎么也不同意出屋。夏希知她对罗梅锡有气，一丝也不肯迁就。这是姑娘的自尊心在作怪，也不好责难她，可不是吗？这些日子，罗梅锡难道不能找个借口，主动来见她一面吗？

夏希的母亲吃罢饭，回到自己屋里睡觉去了。夏希马上去找维宾，吩咐道："你去以格姆娜的名义送个信，把罗梅锡先生请到她屋里去。爸爸对此事决不会介意的，妈妈反正不会知晓的。"

像维宾这个生性腼腆的人，要在平时，是死也不肯接受这项使命的。然而他不能在假日里无视妻子的特殊请求，不然，她会郁郁寡欢。

罗梅锡躺在客厅的地毯上阅读《先锋报》，他读完了当天的重要新闻，实在穷极无聊，无事可做，就浏览广告。他见到维宾突然而至，高兴得立马坐起来。从找伙伴的角度说，维宾并不是富有情趣的良伴，但想要在外乡挨过一个无聊的晌午的时光，罗梅锡对他的到来如获至宝，忙说："请进，维宾先生，请坐。"

但是，维宾迟迟不坐，站在那里一股劲儿搔着头皮说："她请您过去。"

"谁？格姆娜？"

"是她。"

罗梅锡愕然不已。尽管他已决定让格姆娜将成为他名副其实的妻室，但日前被迫分居了那么多日子，他心灰意凉了，又恢复了往日犹豫不决的心情，因而对这突如其来的召唤，毫无准备。他曾在想象中，把格姆娜扶上正妻的宝座，未来幸福的憧憬使他激动不已，但第一步如何迈出，他心里无数。这些天来，他和格姆娜的关系特别别扭，现已习惯于与格姆娜分居。眼下，要一下打破僵局，他感到不知所措。故而，他还缺乏深思熟虑，理不出一个头绪。这也正是他搁下租房子一事的原因。

罗梅锡听到格姆娜唤他，心想她一定有什么要紧的事情，要找他谈谈。尽管如此——尽管理智冷静地告诉他，她有事找他，这召唤仍使他激动不已，心醉魂迷。

他立马放下手中的报纸，跟随维宾往里面走去。在迦蒂格月[①]令人懒洋洋的静谧的晌午，耳畔只有催眠曲般的蜜蜂的嗡嗡声，罗梅锡一想到去赴幽会，不禁心旌摇曳。

维宾朝一间屋子用手指了指，径自走开了。

夏希走后，格姆娜还以为夏希拿她没办法，去了维宾的房里陪伴丈夫，她于是敞开门坐着，凝视着前面的院子出神。

夏希的话惹起格姆娜的绵绵情思，使格姆娜身心处于爱情的甜蜜的包围之中。正如一阵和风吹过，花叶簌簌作响，发出一阵窃窃私语，格姆娜心中的一声长叹，也使她的心弦不可名状地频频跳动，勾起难以名状的痛苦愁思。

突然间，罗梅锡闯进屋，低声唤了一声："格姆娜！"

她未曾提防，措手不及，急忙起身。她顿时觉到心中血如潮涌。她以前见到罗梅锡，从不羞涩，今天，她却不敢抬头正眼看他，红云飞上两颊。

今天，她穿着节日的盛装，加上流露出的娇羞神态，这使罗梅锡眼睛一亮。她判若两人，一个崭新的楚楚动人形象出现在他面前。她的变化，她的美色使他感到大为意外。他竟然发呆地痴望着她，木雕似的一动不动。过了一会儿，他才轻轻地走到她身边，嗫嚅着，极其温柔地问道："格姆娜，你叫我？"

不料，这话使她大吃一惊，急忙倒退了几步，异常冲动地说："没没，我没有叫你，我干吗要叫你？"

"就算你差人去叫我，并不是什么罪过，这有什么不对呢，格姆娜？"

格姆娜更加坚决且生硬地重复道："没有，我压根儿没有派人去唤你！"

"那好吧，我是未奉邀请自来的，难道你就不留情面地把我赶回去，让我灰溜溜地回去？"

---

① 迦蒂格月，印历八月，相当于公历十至十一月。

“你来这儿，要是让人知晓，他们会生气的。我求你赶快离开这儿，走吧。我没叫你进来。”

罗梅锡按着她的手，说：“好，就算你没叫我，我请你到外面的客厅里去，那里没有别人。”

格姆娜浑身战栗着，慌忙甩掉罗梅锡的手，逃进隔壁房里，反锁上门。

罗梅锡思忖，这些都是年轻妻子惯用的花招，他兴高采烈地回到外面的客厅，欣然躺下，重新拿起《先锋报》来看，但瞪着报上的广告，一个字也看不进去。他心中的天空里，感情的彩云接连不断地飘游着。

格姆娜把门闩牢牢闩住，夏希敲了好一阵，没人开门。最后，夏希掀起门帘，从窗格里伸手拨开门闩。她进了屋里，发现格姆娜趴在地上，双手蒙住脸，悲恸地哭泣着。

夏希见状十分惊异，有什么事竟使得她如此伤心？夏希急急走到格姆娜身边，俯身低声轻柔地问道：“怎么啦，妹子？出了什么事？哭什么？”

格姆娜边抽泣边答道：“你干吗叫他进来？你太欺负人了！”

格姆娜突然爆发的剧烈冲动，不用说别人难以理解，就连她自己也不明白个中原委。许多日子以来隐藏在心底难言的痛楚，谁也无法知晓猜透。

在罗梅锡走进屋之前，格姆娜完全沉浸在空中楼阁所构建的幻想之中，倘若罗梅锡能够自然平缓地跨进这个幻境之中，那么前景将对他们俩来说是令人欢愉的。但是，现在，罗梅锡奉邀而来，这座空中楼阁即刻土崩瓦解。

假期里罗梅锡将她关在学校里，轮船上罗梅锡对她的冷漠，以及其他不快的回忆，在她内心深处掀起了不可逆转的风暴。罗梅锡若是主动而来，那称得上相会，但他听从别人召唤而来，那完全是另一回事。格姆娜到了加齐布尔，才明白这两者之间的天壤之别。

但是，格姆娜无法向夏希讲清这些事情，夏希是不能理解个中苦衷的，她压根儿想象不到格姆娜与罗梅锡之间，会有如此深刻的隔阂。

夏希怀着爱怜的心情，好不容易把格姆娜搂在怀里："妹子，是不是罗梅锡先生对你讲了些难听的话？是不是因为我丈夫去叫了他，他生了气？你干吗不说呢？这全是我的主意。"

格姆娜慌忙答道："不不，他什么也没有讲。不过，你为什么派人去叫他进来？"

夏希难过地说："哦，我做错了，原谅我。"

格姆娜突然一跃而起，搂着夏希的脖子："去吧，姐，你快去吧！维宾先生兴许等久了生气了！"

罗梅锡躺在客厅里，翻阅着报纸，但他什么也看不进去。他随手把《先锋报》扔到一边。继而，他坐了起来，自言自语地说："不，不能再拖延下去了。明儿就去加尔各答，办理手续。越拖着不承认格姆娜是自己的妻室，就越对不起格姆娜。"他的责任感今天突然被唤醒。于是，他所有的犹疑不决、三心二意的阴霾，被一扫而光。

三十三

罗梅锡打算，到了加尔各答办完事就速归，并决意不光顾戈尔胡多拉那条胡同。

抵达加尔各答，他仍住在达尔齐巴拉的住所。白天办事花费时间不多，余下的时间他感到无比冗长，很难打发掉。这次，他一概不拜见原先的诸亲好友，走在街上十分留神，唯恐和熟人不期而遇。

但过了数日，他觉得旧地重游，自己的感情在不知不觉中发生了微妙的变化。不久前，在村野寂寥的夜空下，宁静的天地里，格姆娜那含苞待放的妙龄少女如花似玉的美貌，使罗梅锡销魂落魄；到了加尔各答闹市，她对他那种迷醉的魅力，渐渐消失。居住在达尔齐巴拉旧居，他曾努力想象，用爱情迷恋的眼光看待格姆娜，重塑亭亭玉立的美女形象，但他没有成功，没有在心中掀起任何激情。

今天，格姆娜在他眼里，不过是个不知深浅、愚昧无知的村野少女而已。

“努力”这个东西，你越用得多就越少。罗梅锡越发誓要将海敏置于脑后，对海敏的思念就越强烈，越想下决心忘掉她，海敏丽妮的音容笑貌就越鲜明地浮现在他眼前。

如果罗梅锡抓紧办事，归心如箭，早就可以离开加尔各答了。但是他一向办事谨小慎微，芝麻绿豆小事也看得十分严重，因而，滞留在加尔各答的时间拖延了。最后这些小事总算办完了。他打算绕道阿拉哈巴德，再打道回府，转回加齐布尔。他对感情自我克制了这么多日子，老天爷对他并无多大奖励。他不禁暗自寻思，临别之前，悄悄走访一次戈尔胡多拉，又有什么妨碍呢？

他打定主意，造访戈尔胡多拉的那条胡同，于是，便坐下给海敏丽妮写诀别信。他在信中把自己与格姆娜的关系，从头至尾细细叙述了一遍。同时，他也在信中写明，这次回到加齐布尔，他将对不幸的格姆娜，以结发妻子相待。他从此将与海敏丽妮永远分手。他把心中的一切，向海敏和盘托出。

他将信封封好。信封上无收信人的名字，信纸内也不写抬头。安纳达老爷家的仆人对罗梅锡十分敬重，因为罗梅锡对海敏丽妮周围的人，一视同仁。仆人们每逢节假日，都能从罗梅锡那里获得衣服或金钱的犒赏。因而，他相信他们会帮他忙的。他打算趁傍晚的暮色，去一趟戈尔胡多拉那久已熟悉的房子，伺机看一眼海敏丽妮，然后，将信托一位仆人转交给她，和她永远割断旧情的藕丝。

暮色中，他怀里揣着信，带着一颗惴惴不安的心，踅进那条记忆中不可磨灭的胡同。走近一看，安纳达老爷住宅大院的门扇紧闭着；抬头朝上望去，窗户都关得严严实实的。显然，整幢房子空无一人。

但是，罗梅锡还是怀着试探的心情，大胆地敲了敲门。敲了三四下，一个仆人开门走出。

罗梅锡问道：“谁？是苏肯吗？”

“是我，先生，有什么吩咐？”显然，苏肯认出了敲门的人。

“你家老爷去哪儿啦？”

“老爷携带小姐到西部去旅游了。”

“西部什么地方？”

“我也不清楚。”

“同行的还有谁？”

“纳利纳克希先生。”

“哪位纳利纳克希先生？”

“我不知道。”

罗梅锡再三追问，从苏肯嘴里探听到，纳利纳克希先生是位年轻少爷，最近是安纳达老爷家的常客。尽管罗梅锡已对梅敏丽妮不抱任何希望，但对那位突然插进的先生毫无好感。

他又问道：“你家小姐玉体可佳？”

“她身体棒极啦。”

苏肯满以为，这个好消息，会使罗梅锡宽慰和高兴。然而只有先知才晓得，苏肯这种想法是多么错误！

罗梅锡摆脱不了旧情的纠缠，说：“我到楼上去看看。”

苏肯提着一盏冒烟的灯笼，在前面行路。

罗梅锡像幽灵似的到每个房间转悠了一遍。到了海敏丽妮的闺房，他拣把过去常坐的椅子坐下。房里的家具眼熟、陈设依旧，但这期间，从哪里冒出一个纳利纳克希先生？世上并不是缺了谁就显得冷冷清清，正如自然不允许真空状态长期存在！当初，雨过天晴，在天空湛蓝的秋日里，沐浴着夕阳的余晖，他与海敏丽妮并肩站立在那扇大窗前，领略两颗心灵悄然沟通的欢乐。难道今后余晖照不到这同一扇窗户了？难道现在另外一个男子将替代罗梅锡的位置，与海敏丽妮成双并肩站立在那扇窗户前？那旧日的往事会不会像幽灵般阻碍他们，斥责他们，迫使他们彼此分手？受损害的自尊，使罗梅锡心如刀割，搅得他无片刻安宁可言。

第二天，罗梅锡不再取道阿拉哈巴德，直接乘火车回到了加齐布尔。

三十四

罗梅锡在加尔各答逗留了将近一个月才回来。对情怀正在孕育成熟中的格姆娜来说，一个月的时间不算短暂。格姆娜的生活里，成熟的溪流骤然迅猛地奔腾起来，像朝霞转瞬间变化成耀眼的旭日一般，格姆娜的女性本能也在短时间内从沉睡中苏醒，她内心潜藏着一种本能冲动的知觉。倘若她没有和夏希穆基亲密相处，她的内心没有感受到夏希生活中折射出的爱情光环所释放出的光和热，那么，她少年情怀的那朵含苞待放的蓓蕾，不知要等到何时才会绽开。

这期间，夏希穆基见罗梅锡迟迟不归，便再三催促。恰格尔瓦尔蒂大叔更是加紧找房子，终于，在城外恒河岸畔为这对年轻夫妇租了一幢房子。他还经过多方努力，陆续把持家所需的一些物品搬运了进去，还为他们雇了几位仆人。这样，他们可居家过日子了。

时隔多日，罗梅锡返回加齐布尔，他不便再待在大叔家，因为格姆娜已搬进新居，自立门户了。

这幢房子周围有足够的空地，可辟作花园，种植奇花异草。一条浓密的林荫小道，直抵门前。秋季枯水期，恒河水已退落到很远的水面，房子和恒河之间袒露出一片沙滩。农民们在河滩里抢种了小麦、西瓜和香瓜。房子的右侧朝着恒河，有一棵高大参天的柠檬树，树荫下砌有一个土台。

房子久无房客租用，年久失修。树木枯萎，杂草丛生。房内积满尘土，肮脏不堪。但格姆娜觉得一切都十分美好，一直处于初当家庭主妇的兴奋之中，她眼里的一切都是那么赏心悦目。哪个房间派做何用，哪块空地种植什么，她在心中已一一盘算好。她跟大叔商议之后，雇人翻耕平整荒田；她亲自督造厨房里的炉灶，差人将配套俱全的炊具搬进隔壁小间；她整天打扫、收拾、洗刷，忙个不停。她兴高采烈的情绪，弥漫到了房子的旮旮旯旯，恍若这幢房子早已归他们独占。

一个女子在料理家务的过程中，竟然显露出奇特绰约的风姿，这是不多见的，罗梅锡见到格姆娜那么热衷于家务，不由出神遐想，仿佛他看见一只小鸟挣脱樊笼，振翅高飞。她那神采飞扬的脸庞，麻利的手脚，令他纳闷，更令他欢心。

在这么长时间里，他还始终没能窥见她的“本色”。今天，他从她料理新家的亢奋情态，除了吃惊她的美貌，还发现了她的庄严。

罗梅锡走到格姆娜身边，关切地说：“格姆娜，你如此忙碌，会累坏身体的啊！”

格姆娜放下手中的活，抬头朝他嫣然一笑：“不会的，别担心，我一点也不累。”

格姆娜窃喜罗梅锡关心她，这就是对她工作的最好奖励。她欣然接受这种奖励，又埋头干手中的活儿。

罗梅锡若有所触，又没话找话与她搭讪，道：“格姆娜，你吃过饭没有？”

“嘿，没吃饭哪来的劲，早就吃过了！”

罗梅锡也明明知道格姆娜早吃过饭，但他不问一下，表示关怀，总觉得过意不去。格姆娜也没有因他问得多余，没有多少实际意义而不感到欣喜。

为使谈话不致中断，罗梅锡接着又问：“格姆娜，这么多活儿，你一人全包揽了，不能分我一点做做？”

能干的人总有这么个缺点：不轻易相信别人的能力。他们总担心。若让别人接替自己的工作，总不放心，唯恐给人弄得一塌糊涂。所以，格姆娜笑着说：“不行，这不是你们男人干的活。”

罗梅锡反驳说：“我们男人是极有忍耐的。我平常总忍受你对男人的蔑视，没有发脾气。若我是像你一样的女人的话，早跟你大吵大闹起来。你支配大叔做这做那，从不客气！你就是不支使我，是否把我当作废物一个？”

“这我不清楚。但倘若让我看见你擦厨房、抹窗户，一副狼狈模样，我是一定会禁不住大笑的。你快走开吧，这里到处是灰尘。”

罗梅锡为了能继续和她搭话，又说："灰尘才不管是谁呢，对你我都一视同仁。"

"我在干活，只好忍着。你没事可躲开，何必在这里吃灰尘，活受罪呢？"

罗梅锡压低嗓子，怕仆人听见："不管有没有事，我要分担你所承受的一切，你要吃灰尘，也应有我的一份。"

格姆娜顿时两颊飞红，但不搭理他，却出门对乌迈希大声喊叫："乌迈希，你得再打一罐水来，冲洗冲洗，你没瞧见，这里积了多厚一层土，来，拿把扫帚给我！"她接过扫帚，使劲扫土，扫得满屋尘土飞扬。

罗梅锡看到她如此用力扫地，失声喊道："喂，你这是干什么？"

突然地有人在他背后说话："噢，罗梅锡先生，正当的劳作有什么不对头的？亏您是受了英国教育的人，口口声声要平等，要社会主义，然而见人干粗活，就大惊小怪！如果您认为扫地是下贱活儿，您为什么不叫仆人扫呢？我可没有你们受教育的福气，是个不开窍的人。但在我看来，贤惠女子挥动扫帚扫地，其每一根扫帚丝都犹如阳光般的灿烂。格姆娜，你的荒林，我已收拾干净了。告诉我，你想在那里种上什么菜。"

格姆娜喘着气，说："大叔，稍微等一会儿，我拾掇完屋子就来。"说罢，她又埋头清扫屋里沓沓晃晃的尘土。

不大一会儿工夫，她就收拾好了房间，然后用纱丽一端遮住头，走到屋外，与大叔商议起种菜的事儿。

太阳不知不觉间已经西沉，但屋里家具还来不及摆设。再说，这幢房子紧锁多日，若不多花三四天时间收拾，敞开门窗，透透气，是没法住人的。这样，那天他们又得在大叔家里留宿，罗梅锡为此大感失望，心里真是不痛快。

整个白天，他一直期盼着，今晚他们能在自己的小屋里单独相处，度过第一个黄昏；他曾反复想象，在一盏昏暗的油灯下，将自己的整个心灵，奉献到格姆娜那羞涩温柔的笑容面前。但当他发现收拾屋子尚有三四天时间，他不能再拖延了，要去阿拉哈巴德市律师事务所报到。次日，他告别了格姆娜他们，只身去阿拉哈巴德。

三十五

这天，格姆娜邀请夏希穆基到自己的新家做客。等维宾吃罢早饭去上班了，夏希才赶往格姆娜的新居。那天，恰格尔瓦尔蒂大叔应格姆娜的请求，在学校请了一天假。她们姐妹俩在柠檬树下生火做饭，乌迈希在一旁做帮手。

吃完饭，大叔自管进屋休息。姐妹们在柠檬树荫下闲聊。格姆娜心情十分好，觉得聊天、河岸、冬日、树荫，一切都那么令人心旷神怡。天空湛蓝，万里无云，兀鹰在高空中翱翔。格姆娜凝视天空，觉得自己心中一种无法言明的欲望在边远的天际飞舞。

天色还没黑下来，夏希就坐立不安。维宾该下班回家了，所以她必须起身回去。

格姆娜说："姐姐，难道您连一天都不能打破一下规矩？"夏希没回答格姆娜的问话，亲昵地掐了她下巴一下，然而先到内室，唤醒自己的父亲说："爸爸，我要回家去啦。"

大叔对格姆娜说："你也随我们一块去，孩子。"

格姆娜答道："不，我有些琐事要处理，过一会儿再说吧。"

恰格尔瓦尔蒂让随身用人和乌迈希留下，自己送夏希回家，他正好回家处置一些紧要事。他说："我很快就会回来的。"

格姆娜做完家务事，太阳快落山了。她围了一条双层花边的毛披巾，坐到那株大楝树下。河的彼岸停泊着三两条大船，高耸的桅杆犹如抹在空中的几道黑色垂线。太阳渐渐地隐没在高耸的河岸后面去了，燃烧着的晚霞，衬映着彼岸停泊的渔船的桅杆。

这时，乌迈希借故走到格姆娜身旁，说："姐姐，您好多天没吃槟榔包了，我从恰格尔瓦尔蒂大叔家拿来了几个，给您。"

说着，他把用纸包着的槟榔包递送到格姆娜手上。

格姆娜这时才回过神来，发现黑夜已莅临，她急忙站起身。

乌迈希说：“恰格尔瓦尔蒂大叔派车接您来了。”

临走前，格姆娜再次进屋巡查一遍。为在冬日取暖，在正屋里砌了一座英国式的壁炉，紧靠壁炉的一个壁龛里，正燃着一盏煤油灯。格姆娜把那包槟榔包，放入壁龛里，突然发现那张裹槟榔包的纸上，有罗梅锡的字迹！

格姆娜问乌迈希：“这纸你是哪里取来的？”

乌迈希答道：“这张纸是在罗梅锡房间的一个旮旯里拾到的。”

格姆娜展开纸，细细察看。这就是罗梅锡写给海敏丽妮的倾诉情怀的那封长信。天性马虎的罗梅锡，根本不晓得在何地何时扔了那封信。

格姆娜从头到尾细读了一遍。

乌迈希催促地说：“姐，干吗站着发愣？天都快黑了！”

屋里一片沉寂，一根细针落地的声音，都能清晰地听清。乌迈希看见，格姆娜随着读信，她的脸部表情变幻着，不由得吓得惊恐万分。他忙说：“姐姐，听见了没有？回家去吧，天都黑了！”

但她仍痴呆呆地站在那儿，一动未动。这时，一位大叔的用人，从外面跑进屋说：“少奶奶，车已经等候很久了，走吧。”他们这才好不容易离开了。

三十六

到了大叔家后，夏希穆基见状惊问道：“今天你的气色不太好，是头痛吗？”

格姆娜装着若无其事，答道：“没有，怎没有见到大叔？他老人家出远门去了？”

夏希答道：“学校放假了，妈妈让他去阿拉哈巴德，看望一下姐姐。近来，姐姐的身体越来越糟。”

格姆娜问：“大叔什么时候回来？”

夏希说:“他大约一周后返回。你整天忙于收拾房间，布置家具，瞧你累得那副疲惫的模样，吃完晚饭，早点去歇息睡觉。”

格姆娜若能把藏于心底的话，对夏希或其他任何人和盘托出，痛快宣泄一下，心里许会好受些。然而，她又羞于启齿。“迄今，我一直把不是自己丈夫的男人，当作自己的丈夫。”——这话能直说吗?能向别人透露这一隐私吗?她还没有勇气对夏希透露一星半点的信息。

格姆娜回到自己屋子，插上门闩，借着灯光又把那封信重新细读了一遍。

信上既没有写抬头，又没写收信人的地址，但信的内容清楚表明，这是写给一位女子的。她已与罗梅锡订过婚，只是由于格姆娜的存在，他们才分了手——这一点在信中，写得极为明确。信中毫不隐讳地表明，罗梅锡以整个身心爱着那位女子，但或许是神明的一时疏忽，格姆娜不知从哪儿来到罗梅锡身旁，格姆娜的不幸命运离奇地和罗梅锡的命运纠缠在一起。他出于对格姆娜的怜悯，才不得不永远割断和海敏丽妮的这一情丝——这一切都分明地写在信中。

从河谷沙滩俩人的初次相遇，一直到来加齐布尔，那一幕幕往事的回忆画面，渐渐地在格姆娜心中展现，已然淡忘了的，如今变得清晰起来了。过去所不可理解的事，现在也渐渐明白了。

罗梅锡早就明白，她不是他的妻子，但又为自己无能处置而苦恼万分。格姆娜却毫无顾忌地把他当作自己的夫君，泰然自若地以身相许，从一而终。——这一令人羞愧的举止，好似一根烧红了的铁条，不时在炙烤着她。回想起来一桩桩离奇荒唐的往事，她羞愧不已、无地自容。这种羞愧，将会永远困扰她，将会使她永远也无法刷洗掉造成这种羞愧的污点。

格姆娜打开房门，冲入后院的花园。冬日的夜晚，黑黝黝的天空宛如一座黑色的大理石拱门，冷漠无情，令人不敢凝视;天上没有云丝，只有几点寒星在闪烁;花园里也没有半点暖人的烟雾，夜色像一块巨大的玄石，令人生寒!不远处，黑魆魆的椰树林把寒冷的夜色，衬托得愈加浓重，越发阴森可怖。

格姆娜殚精竭虑，依然一筹莫展。她似泥塑木雕般地坐在冰冷的草地上，没有流泪，没有叹息。

格姆娜默默呆坐着，忘记了时光的流逝，天晓得她要坐到什么时候。冬夜的严寒，直钻入她的心窝，她开始浑身颤抖。最后，下弦月稍稍撕开黑暗帷幕的一角，从静寂的棕榈树丛背后爬上来，格姆娜才慢慢地站起身，移动莲步，走回屋去，关上门扇。

翌日早晨，格姆娜刚刚睁开眼，发现夏希穆基正站在她床前。醒迟了，她颇觉不好意思，便急忙坐了起来。

夏希温柔地说："妹妹，别起身，再躺一会儿吧。你准是哪儿不舒服了，瞧你脸色发黄，眼圈发黑。究竟怎么回事？妹妹，能告诉我吗？"夏希边说边紧挨女伴的床沿坐下，用手搂住她的脖子。

格姆娜内心顿时翻腾起来，泪水止不住夺眶而出。她一头依偎在夏希的肩上，伤心地啜泣不止。夏希紧紧地把她搂在怀里，却不知说什么话来安慰她。

过了一会儿，格姆娜突然掰开女伴的胳膊，下了床，抹去泪水，纵情大笑起来。

夏希仿佛能探知一切女人心事似的，说："别笑了，何必装傻。什么样的女人我都见过，不过像你那样滴水不漏的女人，我还真没领教过。你以为什么都可以蒙瞒我。别把我当傻瓜！你要我说真心话吗？罗梅锡去阿拉哈巴德多日，没有给你来信，所以你愁眉不展，满腹牢骚——你这个高傲的公主，终归服输了吧！不过，你应该体谅，他去是为了工作，三两天就会回来的，出门的日子并不长。他只是没工夫写信，你就委屈成这个模样了！你有多大理由可埋怨的呢？但是，不瞒你说，别瞧我这会儿劝慰你。若要我换了你，也会像你一样折腾得死去活来的。像这种莫名其妙的烦恼，可把女人闹腾苦了。不过，恼一阵，乐一阵，过后又把先前烦心的事，忘得一干二净了！"

过了一会儿，夏希把格姆娜又拉入怀里："这会儿，你也许想，一辈子也不能原谅他，对不对？你说呀？”

“说实话，真是这样。”格姆娜有气无力地心不在焉地答道。

夏希在格姆娜的面颊上轻轻拍了拍，说：“我想也是，当然你这个想法也在情理之中。好吧！等着瞧吧，敢打赌吗？”

事后的第二天，夏希给住在阿拉哈巴德的父亲去了封信。她信中写道：“格姆娜因收不到罗梅锡先生的信，焦虑不安。再说，她乍到新地方，人地两生，罗梅锡先生又常出远门，不给她写信，让她只身留在这里，形孤影单，好不凄凉，他总该念及；在阿拉哈巴德的事务，为何无终结之日？事务人人有，但不曾见过有谁像他那么醉心于工作，废寝忘食，连写信的时间都抽不出来！”云云。

恰格尔瓦尔蒂带着女儿的信，去见罗梅锡。他把信中有关段落念给他听，说了几句略带责备的话。

诚然，某种程度上说，罗梅锡的心已被格姆娜所吸引，但这种吸引不仅没有使他摆脱那种进退维谷的境地，反倒使他愈发尴尬，愈发不得要领，因而他迟迟未能离开阿拉哈巴德。从恰格尔瓦尔蒂口中，听完夏希在信中所叙的情况之后，他越发明白，格姆娜的哀怨和忧伤，已非同寻常了。

格姆娜或许出于羞怯，不便亲自写信给他，但对他确系万分思念。罗梅锡又面临三岔路口，何去何从，应尽快抉择。现在迫在眉睫的问题，已不是罗梅锡个人的祸福得失，而是关系到格姆娜对他的真心的爱情问题了。命运之神不仅仅假借河神之手，把他们俩撮合到一块，更重要的是把两颗年轻的心，融会到一起了。

想到这儿，罗梅锡不再犹豫了，马上挥笔给格姆娜写信。他写道：

最亲爱的：

格姆娜，且莫把这“最亲爱的”几个字理解为书信中常用的套话。如果我不认为你是我世上最亲爱的人，我决不会如此称呼你。倘如你心中对我有所怀疑，或确有怀疑，假如我曾刺伤过你那颗娇弱的心，那么此时此刻，这“最亲爱的”便是我发自内心的呼唤，它将打破你心中的疑团，冲刷你心灵上的伤痛！

让我如何写出比这更坦诚的话呢？迄今，我的许多作为，成为你万分痛楚的根源，对此，你若是打从心底里诅咒我，我也决不开脱自己，纵然我是可以辩解的。现在，我只重复说一句：你是我最亲爱的，我最挚爱的莫过于你。如果这还不能洗去我对自己那些不当之处所应负的责任的话，那么我就无话可说了。格姆娜，今天我称呼你为“最亲爱的”，以告终你我之间相互猜疑的过去，开始我们光辉的未来。我对你有一个请求，求你对这一称呼——“最亲爱的”给予百分之百的信赖。倘若你能坚信这一点，那么今后再也不会疑窦丛生了。

日后我能否得到你的爱，我不敢问，也不想问。我毫不怀疑，对我这一尚未提出问题的回答，有朝一日总会从你内心深处悄悄潜入我的心房。在炽烈的爱的驱使下，我才如此大言不惭，当然这决非炫耀自己的能力。但我总觉得，我对你的爱不致全然落空，总会如愿以偿的。

我仿佛觉得，这信写得不够简单明了，就像它应有的那样。倒像是一种矫揉的创作，真想立马撕掉它。不过，此刻我写不出能真正充分表达自己内心感情的信，因为书信往来，是双方的事情。待到我们心心相印时，我的信或许才会像个样子，才能体味个中滋味。当两扇相对的房门同时敞开时，风儿才能毫无阻挡地吹过。格姆娜，我最亲爱的，我何时才能完全打开你的心扉呢？

这一切必须慢慢推敲品味，草率从事只能起相反作用，对谁都无裨益。我将于你收到此信的翌日早晨，返回加齐布尔。我期望着，我能在咱俩的新居见到你。那些漫长的无家可归的苦日子，终将成为历史陈迹。我的心早已无法平静了。我将回到属于我自己的家，见到我自己家里的女主人，她就是我心中的女神。我们的幸福相会，就等于是我们的第二次“吉瞻礼”。

你还记得我们的初次幸遇吗？那是个皎洁的月夜，我们依偎在大河的荒寂沙滩上，依偎在袒露胸怀的苍穹下。那里没有家园的屋顶，没有墙壁，没有父母、兄弟、姐妹和邻里亲朋在一旁监礼。

还记得吗？那情景仿佛是一场梦境，虚无缥缈。正因为如此，我渴望重温这幸福，在纯洁柔和的曙光中，在真实可信的现实庭院里，再进行一次“吉瞻礼”。我将把伫立在自家门口沐浴在晨曦中而带着真诚微笑的那尊偶像，永远铭记在心中。正是这种希冀与渴望，使我激动不已。我最亲爱的人儿，今天我已步入你的心坎之中，请你千万别把我拒之千里之外！

你的乞怜者——罗梅锡

三十七

夏希穆基见格姆娜萎靡不振的样子，便故意用话激她：“今天你不去自己的家？”

“不去，现在已经没有这个必要了。”格姆娜无精打采地说。

“一切都安排好了？”

“是的，姐姐，那边已没有我可做的事了。”

片刻，夏希穆基出去，重又回到她面前，说：“要是我给你一件礼物，你说，你用什么作回报？”

“姐姐，我还能有什么东西可谢你呢？”

“什么都没有了？”

“我身边一无所有了。”

夏希拧了一把格姆娜的脸，说：“啊！难道你已把一切都给了那个男人？怎么回事，能告诉我吗？”随即她从衣襟里掏出了一封信。

一看到信皮上罗梅锡的笔迹，格姆娜顿时变了脸色。她急忙转过脸去，欲想离开。

夏希穆基仿佛刺探她心似的，说：“噢，够了，别再装腔作势了。你心里也许恨不得一把就把信夺过去。不过，倘若你不亲口说要，我就不给你，明白吗？看你能忍耐多久！”

正在这时，乌玛用绳子拉着一只装肥皂用的盒子，走了过来：“阿姨，汽车！”

格姆娜立即抱起乌玛，拍打着她身上的尘土，朝卧室走去。乌玛十分不乐意，格姆娜这一突如其来的阻拦，使她不能继续玩弄汽车，于是，她便大声叫嚷起来。格姆娜非但没有放开她，反而把她径直抱入屋里。

屋里，格姆娜极力用各种办法哄逗孩子。此时，夏希走进来，说：“算我输了，你赢了！我就是没有这个能耐！祝你幸福！拿去，何必让人无故诅咒我残忍呢！”说罢，她把信扔在床上，抱起乌玛走了。

格姆娜鼓起勇气，拿起信，翻来覆去看了好一阵，然后才把它拆开。她刚刚扫了一眼开头的几句话，就羞红了脸，把信也扔了。待到这巨大的冲击稍稍平静了一些，她才重新捡起信，看了起来。

信的内容她是否完全理解，无人知道；但给人的感觉是，她仿佛用手从脏水里捞起着什么污秽东西，马上把信又扔下。

她不得不跟那个并非是她丈夫的男人居家过日子！这就是这封信发出的目的！罗梅锡早已知道事情的一切，却还要写信伤害她。自从她来到加齐布尔，她的心每时每刻都在向罗梅锡靠拢。难道这是因罗梅锡之故，还是由于她把对方认作是自己的丈夫？现在，罗梅锡做出了判断，因此他对这个“无依无靠的人”大发慈悲，写了今天这样的求爱信！

阴差阳错，格姆娜错把罗梅锡当作自己的夫君，对他奉献出自己的一切，如今犹如泼出的水，如何收回呢？在格姆娜的命运里为什么会有这样的耻辱和怨恨呢？自来到人间，她做过什么损人的事，不得不忍辱含悲，抱恨终身呢？她似乎感到，现在这个“家”已变成了一个可憎的妖魔，张着大嘴一步步向她逼近，欲把她一口吞掉，可她竟不知如何挣脱掉！即将出现在她面前的罗梅锡，就是这样的妖魔！若是在两天之前，她做梦也想不到会是如此结果。

此时，乌迈希来到她的房门口，他先咳嗽了几声，发现未引起格姆娜的注意，便小声喊着："姐姐！"

格姆娜这才迎了出来。乌迈希搔着头皮说："姐姐，今天从加尔各答来了一队跳舞的，将在希托老爷闺女的婚礼上表演。"

格姆娜顺遂他心意，说："太好了，你去瞧瞧热闹吧。"

"明儿早晨要给你送些什么花来？"

"不用了。"

乌迈希刚要转身离开，格姆娜忽然又叫住他说："噢，乌迈希，等一会儿。你不是要去看跳舞吗？拿这五卢比放在身边。"

乌迈希觉得很奇怪。这五卢比跟人家婚礼上的舞蹈表演有什么关系？观看这种表演又不要花钱买门票。

"姐姐，要我从城里给你捎着买点什么东西？"

"不，我不需要什么。你把它带在身边，有什么好吃的，买点尝尝。"

乌迈希正想走，格姆娜又把他叫住，说："怎么搞的，你就穿这身衣服去？别人见了会怎么说？"

乌迈希从来没有考虑到别人对自己的穿戴，会有什么过分的挑剔，或做出某种评论，所以他一向不注意自己衣饰的光鲜或雅相，一块粗布裹身就行了。格姆娜这一问，他不知所措，只咧嘴付之一笑。

格姆娜取出两套纱丽，扔给乌迈希，说："拿去穿上，去吧！"

这种纱丽衣料，男女都可穿，只是折叠方式上有些不同而已。见到纱丽宽大的精致花边，乌迈希又高兴又激动，便向格姆娜深深一鞠躬，头都快碰触到她的脚了。为抑制住自己的笑声，他憋得脸都走了样，就这样，他离开了她。

他走后，格姆娜擦去脸上的泪水，走到窗前，默默地站着。

过了一会儿，夏希穆基走进屋内，带着埋怨的口吻说："妹妹，为什么不给我看信？"

夏希对格姆娜从不隐瞒什么，所以这次夏希就向格姆娜提出了这个要求。格姆娜无所谓地说："喏，信在这儿，你拿去看吧。"她朝扔在地上的信，指了指。

夏希好生纳闷，暗自寻思：“好啊，现在还没消气哩！”她捡起信，草草浏览了一遍。信中亲亲热热的话可真不少，不过这算什么家信！给爱妻的信哪有这么写的！瞧他在信里尽胡写些什么。夏希问：“我说，妹子，你丈夫平常写小说吗？”

乍听到“丈夫”两个字，霎时，格姆娜的全身乃至心灵一阵紧似一阵瑟缩。“我不知道。”她答道。

“那么今天你还去新房子吗？”

“是的。”格姆娜点了点头。

夏希接着说：“今天我很想陪伴你直到傍晚，不过，纳尔·辛赫老爷今日要迎接新媳妇，我得去那儿做客，让母亲陪你一块去。”

格姆娜忙说：“别，别让妈妈去，她老人家去干什么？那儿有用人。”

夏希笑着说：“对了，还有你的得力随员乌迈希，还有什么可害怕的呢？”

此时，乌玛不知从哪里弄来一支铅笔，正忙着到处涂鸦，嘴里还念念有词，仿佛说：“我在念书呢！”夏希强迫女儿中断“文学创作”，小家伙于是大声吵嚷起来，以表示抗议。格姆娜说：“过来，孩子，阿姨给你一件极好玩的东西！”乌玛听了才安静了下来。

随后，格姆娜把乌玛抱进屋里，让她坐在床上，亲她、逗她。乌玛向她索取已经答应给她的玩意儿。格姆娜于是打开首饰盒，取出一对金手镯，放到孩子手里。乌玛得了这手镯，如获至宝，高兴得心花怒放。待姨妈把镯子给她戴在小手腕上，乌玛便小心翼翼地举着双手，神气活现地蹦跳过去，向母亲显示。

孩子妈见了却慌了神，一把夺过镯子，要归回原处。她边走边说：“妹子，瞧你有多聪明，这种贵重东西，能给孩子玩吗？”

乌玛被这一蛮横的举动激怒了，她扯着嗓子，尖声叫嚷着，几乎把房子都要震塌似的。

格姆娜走到夏希身旁，说：“姐姐，这对镯子是我送给乌玛的。”

夏希惊疑地说：“你没有犯糊涂吧！”

“你是完全了解我的，姐姐，可别把镯子还给我，用它给乌玛打条项链吧！”

“不行。说实话，我从来还没有见过像你这样的傻丫头。”说毕，夏希动情地一把搂住了格姆娜。

“姐姐，今天我要离开你了！这些日子我过得很愉快，我生活中还从来没有这样幸福过。”说着说着，泪水从她的眼眶中涌出。

夏希穆基也强忍着已在眼眶里闪烁的泪花，说：“这是哪儿的话，格姆娜！你好像要出远门似的！我明白你说的幸福！如今一切障碍已经消除，你可以顺遂心意，建立自己的小天地，往后我们会常来看你，就怕到那时我们一转身你将会说：‘老天保佑，他们总算走了。’”

分别时，格姆娜向夏希致谢，夏希说：“明儿中午，我再来看你。”

格姆娜未置可否，既没有表示不同意又没有表示赞同。

回到新居，格姆娜发现，乌迈希还在那儿，便问他：“啊哟！你怎么没有去看跳舞？”

乌迈希说：“今天你要在这里住吧，所以我……”

格姆娜打断他的话说：“行了，行了，不用你操这份心。快去看跳舞吧。这儿有维希努。快走吧，不然要迟了。”

乌迈希却说：“舞蹈演出还早呢。”

格姆娜又说：“婚礼上，不仅仅有舞蹈表演，还会有好多热闹场面，你去见识见识，开开眼界，快上路吧。”

其实，乌迈希不须过多鼓励，他拔脚正要走时，格姆娜又拦住他说：“听着，大叔一回来，你就——”她忽然又打住话头，心里寻思如何说下去。

乌迈希站在那儿，静听下文。格姆娜沉吟地说：“记住，大叔是很疼你的，你要是缺什么，尽管向他要，就说是我的请求。别忘了替我向大叔问好！就这些。”

乌迈希说了声“好吧”一溜烟离去了。他压根儿没有明白这一嘱咐的含义。

傍晚，维希努过来问格姆娜：“少奶奶，您要去哪儿？”

“我去恒河沐浴。”

“要我跟您去吗？”

“不用了，你留在这儿看家。”格姆娜随手给了她一个卢比，便向恒河走去。

三十八

一天中午，安纳达老爷想单独跟海敏丽妮一起喝茶，便上楼找她。起居室、寝室里，都不见她的人影。安纳达老爷便问仆人，说她没有出户外去。他便急匆匆登上屋顶平台。

此时，洒落在加尔各答鳞次栉比的各式屋顶上的冬季阳光，渐渐变得黯淡起来，惬意的晚风，微微吹拂着。海敏丽妮独自在靠楼梯边墙壁的阴影里出神地坐着。

海敏丽妮毫无觉察，安纳达老爷早已站在了她的背后，最后，安纳达老爷把手放在她肩上，她才不免吃了一惊，旋即羞红了脸。她急忙欲站起来，安纳达老爷已坐在她身边。他一语不发，待了半晌，才长长地叹了口气，说：“海敏，要是你妈还在世——我就用不着为你操心每件事了。”

从年迈的父亲嘴里，听到如此忧伤的话，海敏丽妮仿佛从深深的迷茫中惊醒过来。她凝视着父亲的脸。啊，那张脸上流露着多少抚爱、怜悯和痛苦。近来，她父亲那张脸起了多大的变化！他独自承受和抵御着家中因海敏丽妮引起的风暴所带来的种种灾难和混乱。他一次次接近女儿那颗受伤的心，想方设法去安慰她，但一切努力付诸流水，徒劳白搭。于是，他想起了海敏的母亲。他那出自内心的深沉的父爱，及对女儿爱莫能助的感触，只好化作长长的一声叹息。

今天，海敏丽妮突然看清了这一切，就像在白亮亮的闪电里，看清周围的一切似的。在良心的严重自责中，她猛然又从悲痛中解脱出来。对她来说恍若梦境的世界，现在又实实在在地呈现在眼前。

霎时间，一阵羞愧袭上心头，使她不胜惶恐。她用力抖落掉裹挟着她的种种回忆，把自己从回忆的罗网中解脱出来。

海敏丽妮亲昵地问父亲："爸爸，您身体怎样？"

身体！这也值得一提？他早已把自己的健康置之度外了。

安纳达老爷说："我的身体？孩子，我的身体硬朗得很！近来，你的情况很让人揪心。我这身板出不了什么大问题，熬了这么多年，反倒愈发健康。你那弱不禁风的身子，如何经受得住生活中的风风雨雨。我一直担忧着，可别出问题。"说着，他用手轻轻地抚摩着女儿的肩膀。

海敏丽妮问："爸爸，母亲去世时，我多大了？"

安纳达老爷说："那时你才三岁，刚开始学说话。我清楚地记得，你问我：'妈妈去哪里了？'我说：'你妈妈去她爹那里了。'你外公在你出世之前就谢世了。你没有见过他。你自然弄不懂我这话的含义，你只是一股劲儿瞅着我。过了一会儿，你用小手拉着我的手，要去你母亲所去的外公家里。你相信我能从那个纯属子虚乌有的那个家，找回你的母亲。你以为你爸有天大的本事，可你从未想过，碰到生和死的问题，你爸犹同初生婴儿，没有了能耐，没有了悟性。我至今还在想，人是多么软弱无能啊。苍天只给你爸爱你的心，却毫无能力解除你的痛苦！"说到这儿，老人伸出右手，放在海敏丽妮的额上，似乎在暗暗祝福她。他戛然而止，再也不说什么了。

海敏丽妮用右手握住父亲为她祈求幸福的那只满布皱纹的颤巍巍的手，用另一只手在上面轻轻地抚摩着，说："我对母亲的印象已经淡漠。只记得每个下午，她常靠在床上看书。我不喜欢看书，总想从她手中夺去书。"

这席话又勾起了父女俩对往事的回忆。母亲好不好啦，常做些什么啦，她的外表长相如何啦，等等。直谈到日落西山，天空转成暗褐色。在一条被都市生活的喧闹声与嘈杂声所包围的小胡同里，一所住宅的屋顶平台上的一隅，坐着两鬓霜白的父亲和正值豆蔻年华的女儿，流淌在父女谈话间的永恒温馨的天伦之情，在黄昏临近的幽幽天色中，展现出一种凄怆之美。渐渐的，日光完全消失，柔和的夜露已像泪水洒落在他们身上，他们沉浸在温馨甜蜜的回忆里，迟迟不肯离去。

忽然间，楼梯间传来了约庚德拉的脚步声，父女俩的心灵对话戛然而止，俩人同时惊奇地站了起来。

约庚德拉快步走到他们面前，用锐利的目光盯着他们说："海敏的会面竟然搬到了屋顶平台上来，我可明白了。"

近来，约庚德拉大为恼火。痛苦忧郁的阴影日夜笼罩着这个家，使他简直不愿跨进门槛。他又不愿去朋友家散散心，因为他难以招架朋友们的责难和议论，他迫不得已一次次澄清、解释海敏丽妮婚变的个中原因。

约庚德拉多次向别人解释："海敏做得太过分了，这都是女孩子阅读英国小说的结果。在她看来，罗梅锡抛弃了她，她就得心碎。因而她逢人便要'心碎'一番。不过有多少热衷于小说的女孩子，命中注定要经受这种失恋所带来的绝望和痛苦呢！"

为把女儿从约庚德拉的无情讥讽中解救出来，安纳达老爷急忙分辩道："是我想与海敏聊聊的。"言下之意，是他主动把海敏丽妮叫上来聊天的。

约庚德拉大声叫嚷："难道不能在桌边喝茶时闲聊？爸爸，海敏犯糊涂，你还帮她说话，若要这样，我简直难以在这个家待下去了。"

海敏丽妮愧悔不安地问："爸爸，您想喝茶吧？"

约庚德拉气还没全消，接口说："这茶水可不能凭幻想、凭诗的灵感，就会从晚霞中落到你手里的！在屋顶平台的旮旯犄角里守株待兔，是得不到满杯的茶水的，这种显而易见的道理，难道还用我说？"

为了替海敏解围，安抚海敏，安纳达老爷急忙插嘴说："今天我不想喝茶。"

约庚德拉依然不放过，说："怎么啦，爸爸？你们都想当苦行僧？我可怎么办？靠喝空气我可活不了。"

安纳达老爷说："不，不，扯不上苦行主义。昨晚我没有睡好觉，心想，试试不喝茶是否会好些。”

其实，若在往日，与海敏丽妮谈话，潜意识里那满杯的奶茶，不时诱惑着他，但今天这种诱惑失灵了。这么多日子以来，只有今天，海敏丽妮才与父亲推心置腹谈了个痛快；在这清静的平台上，父女俩促膝谈心，情意融融。安纳达老爷已不记得，在这之前，是否也曾有过如今那般敞开心扉的交谈。长谈中，他甚至不敢提议换个地方，唯恐稍一动弹，对方就会像头受惊的小鹿，飞快地逃逸掉。正因为如此，今天安纳达老爷竭力遏制住时时袭上心头的香茶的诱惑。

然而，海敏丽妮根本不相信，父亲戒茶是为医治失眠症。她大声说："爸爸，用茶去吧。"此刻，安纳达老爷早把对失眠的恐惧忘得一干二净，将它抛到九霄云外，快步跟着海敏丽妮朝茶室走去。

安纳达老爷刚跨进茶室，一眼就看见阿克希耶坐在那儿，他不由得惊慌不安起来。他暗自寻思，今天海敏丽妮的情况已恢复正常，可别见到阿克希耶在场旧病复发。但此时，已无退路，海敏丽妮尾随着走进茶室。

阿克希耶见海敏丽妮进屋，便立即起身，告辞说："约庚德拉，我最好不在这儿现眼，我告辞了。"

出乎所有人的意料，海敏丽妮接上说："为什么，阿克希耶先生，您有那么忙吗？喝杯茶再走吧。"

在场的人看到海敏丽妮意外地热情挽留，愣怔着面面相觑。阿克希耶重新落座，说："你们不在时，我已喝过两杯了，但为尊重这一请求，我愿意舍命陪君子，再喝上两杯。"

海敏丽妮笑着说："不，对于好东西，我从来没有说过'用不着'而失礼，造物主还是给了我这点理智的。"

约庚德拉接口说："说得好，但愿上帝保佑，把你从来也没有说过'用不着'的那种'好东西'赐给你。"

今天，在安纳达老爷的茶桌边，重又开始多日未闻的亲切自然的谈笑。平日，海敏丽妮的笑声，总是温文尔雅的，但今天她的笑声，几乎盖过了众人的谈笑声。

谈笑间，海敏丽妮对父亲说："爸爸，你瞧瞧阿克希耶灵巧的动作，就可料想他的身体该是多么结实！曾说他已多日未光顾您的丸药了，但如稍有感激之情的话，或丸药真有什么效验的话，他至少也应该说，这几天有点头疼。"

约庚德拉说："'知治'不报者，还能是谁？他真是对不住丸药。"

安纳达老爷被这种调侃的气氛感染了，极其快活地欢笑着。

多少日子以来，今日又有人嘲笑他的药丸，他把它视作阖家和睦的象征。今天，他终于卸下了压在他心头的一块石头。

"你们安什么心说这种话？你们不该干涉他的信仰！用我丸药者之中唯独阿克希耶情有独钟，是位坚持不懈者。而你们胆大包天，竟敢取笑他！"

阿克希耶开释地说："不必担心，安纳达先生！要'毁灭''永生者'①可不是不费吹灰之力的事。"

约庚德拉说："就像要毁掉你的钱币那么难。你还没有来得及动手时，已经落到警察手里了。"

一个接一个谈笑，一阵接一阵逗趣，如施魔法似的，把安纳达老爷茶桌上盘踞多日的妖气怪味驱散得无影无踪。

今天，茶桌聚会似乎不会很快散去。海敏丽妮还未梳洗，她不得不起身告退。接着，阿克希耶也起身告辞，他想起了一件急需办的事。

约庚德拉等他们离去，只剩下父子俩时，向父亲提议说："爸爸，别再拖了，应该尽快安排海敏丽妮的婚事！"听了这番话，安纳达老爷怔怔地望着儿子。

约庚德拉接着说："与罗梅锡解除婚约后，人们私下都在议论。我在外面单枪匹马，穷于应付，哪天才算完呢？倘若能把全部真相摊开去讲，我倒不怕与他们争。但是为了保护海敏丽妮，我难以启齿。现在除了动拳头，已别无他法。那天我不得不回敬阿基尔几巴

---

① 阿克希耶的名字意为"永生"，而去掉该词的否定式词头，则意为"毁灭"。

掌，听说他常当众胡说什么。如果能尽快把海敏的婚事办了，那么，一切闲言碎语就会烟消云散了，我也不必再到处挥舞拳头，向人挑战了。听我的吧，爸爸，不要迟疑，不要再拖下去了。”

安纳达老爷问：“让她跟谁结婚呢？”

“只有一个最佳人选，此人会同意这门亲事的，虽然发生了这么多荒唐离奇的事。不然，眼下无处可找到合适的人选。”

“他是谁？”

“这会儿，咱所能找到的合适人选，就是阿克希耶。这个人十分恭维顺从我们，您让他吃丸药，他就吃；您吩咐他结婚，他马上会照办的。”

“你犯了什么糊涂！你想想，海敏会同意嫁给阿克希耶！”

“如果您不从中作梗，我会让她答应的。”

安纳达老爷急了：“不行，约庚德拉，不行。你不了解海敏。你吓唬她、威逼她，会使她痛苦的，会雪上加霜的。还是让她过几天舒心日子吧。她刚经历了巨大的磨难，该让这可怜的孩子喘口气。婚事问题暂且搁一下，从长计议吧。”

“我一点也不会威逼她的。我一定好言相劝，把事情办妥。难道您以为我不吵架就办不成事？”

约庚德拉是位急性子人。当天晚上，海敏丽妮刚梳洗完，走出自己卧室，约庚德拉就叫住她，说：“海敏，我有件事要跟你商量。”

海敏丽妮的心猛地一颤。但她顺从地随约庚德拉，走进她的起居室，静候他开口。

约庚德拉慢条斯理地说：“海敏，父亲近来身体很糟，你也发现了吧？”

海敏丽妮没有开口，却神色惶恐。

约庚德拉接着说：“我们应该想个医治的办法，不然他的病会加重的。”

从他谈话的声调语气，海敏丽妮明白了，他认为父亲身体不好的全部责任，应该由她负责。她低着头，依旧默不作声，用手揉搓着自己的衣襟。

约庚德拉继续说："事已到如此地步，不应管那么多了；如果一味追悔往事，只能越发使我们羞愧难当。如果你现在还希望父亲有一个舒畅的心境，你就必须彻底忘掉过去，应完全抹去那件不幸事件的任何痕迹。"说到这里，他观察着海敏丽妮的脸色，希望得到她的积极响应。

海敏丽妮羞怯地说："我不会旧事重提，让父亲为难，心里不安。"显然，海敏丽妮完全误解了他的意思。

约庚德拉进一步开导说："我相信你不会再这么做。不过，光这样是无法让别人闭上嘴的。"

"那你说我该如何办？"

"想要平息人们的碎言闲语，只有一个办法。"

海敏仿佛猜透了约庚德拉的心思，便急忙说："要不，我带着父亲尽快离开这儿，到内地去旅行一趟，换换空气，怎么样？花上两三个月时间，去外面走走，既能使大家身体健康，又能平息流言蜚语，一举两得。"

约庚德拉要把她那个思路拉回来，说："那也不是个治本的办法。只要父亲看不到埋在你心中的伤痛确已荡然无存，扎在他心头的针刺将依旧存在。换言之，他也不能恢复健康，恢复从前的欢悦宁静的心境。"

霎时间，泪水盈满了海敏丽妮的眼眶。她慌忙拭擦了泪水，说："你到底要我怎么办？"

约庚德拉看准了时机，终于摊牌，说："我知道，你会认为我的话太无情，但若要皆大欢喜，让大家过安静的日子，你应该马上结婚。"

海敏丽妮惊得半晌说不出话，发呆地坐着。

见状，约庚德拉丧失了耐心，说："海敏，你们这些姑娘爱小题大做，常把一些微不足道的小事，想象得比天还大。有多少姑娘像你这样在婚姻问题上，闹得鸡犬不宁。最终，她们还不是安安静静，选择一个人结成伉俪，一切就迎刃而解，相安无事了。不然，像小说里写的那些玩意儿，搬进家里，就会闹腾得大家无法活下去了。你也许可以毫不顾利害关系，向人炫耀一番，‘我将静居在屋顶平台上，面对苍穹，以星月为伴，修行终身。我将永远把他供奉在心灵的神坛里，牢记他的虚伪行径。’——从中寻找诗情画意。这或许对你并不感到难堪，但我们却已羞得无地自容了。快寻找一户规矩人家，告别你那套念念不忘的诗的幻境吧，这对大家都有裨益，懂吗？”

海敏丽妮心里很明白，别人以为她的生活充满诗情画意，整天沉缅于幻想中的生活，但她——也只有她——自己晓得，这种耻辱造成她心灵多大的创伤，而约庚德拉的讥讽，却像一支利箭深深扎在她原有创伤的心头，使她的痛苦无以复加。

她痛苦地叫嚷："我什么时候说过我要遁世修身，永不出嫁？"

约庚德拉说："如果你没有这个想法，那你应该快刀斩乱麻，尽快结婚。不过，你若说：'我想找个近似神仙的人物，非他不嫁。'那你只好出家修行，谨守你的独身主义。世上哪有那么多随心逐意的事？你往往不得不使自己适应实际环境，适应对方，这就是现实的人生。"

海敏丽妮不甘示弱地说："你为什么要用这种话来刺我？难道我对你说过喜欢不喜欢，爱与不爱的问题？"

约庚德拉顺水推舟地说："你是没有说过，但是我看得出来，你常常以怨报德，这既不公正也毫无道理。你不得不承认，你在生活中所认识的人里面，只有一个能在苦乐荣辱里，对你海枯石烂永不变心。我对此人是异常钦佩的。他为了你的幸福，可以豁出性命。如果你想要这样的人做自己的丈夫，不必费力去远处寻觅，他近在咫尺；如果你还想继续谱写你的诗文，那就——"

海敏丽妮起身说道："别对我这样说话！父亲吩咐我做什么，要我嫁给谁，我照办不误。倘若我不遵父嘱办，你再说诗文不诗文，为时也不晚。"

这时，约庚德拉口气缓和地说："海敏，好妹妹，别生气！你是了解我的，一旦心情不佳，脑瓜就发热，有话憋不住，非吐不可。难道我不了解从小一块长大的你，你从小爱害羞，你也是十分爱着父亲的！”说完，他起身跑到父亲屋里。

此时，安纳达老爷独自在房里着急，他唯恐约庚德拉威逼他妹妹。他正要起身打断他们兄妹之间的谈话，约庚德拉闯进屋，站在他面前。他凝视着儿子的脸，静候儿子开口。

约庚德拉兴奋地说：“爸爸，海敏已同意出嫁。您一定以为我逼迫她答应的吧。我可没有强迫她。现在，只要您一句话，她就不会不同意嫁给阿克希耶！”

安纳达老爷不解地问：“还待我去吩咐她？”

“您不说，难道让她自个儿跑来说‘我要嫁给阿克希耶’不成？好吧，如果您不便亲自开口，就由我来转达您的意思。”

安纳达老爷忽然警觉起来，说：“该我说的话，还是我亲自去说，用不着你代劳。不过，有那么火急火燎吗？我看拖上几天再说吧。”

约庚德拉着急地说：“不行，爸爸。这事越拖越糟，夜长梦多啊！”

约庚德拉要是发起犟来，家里没有人能扛得住。他坚持要办的，非办成不可。安纳达老爷心里也对他有些发怵，惧怕他三分。

为平息他的火气，把事压一压，安纳达老爷说：“我回头对她说，行了吧！”

约庚德拉紧追不舍地说：“爸爸，不仅答应说，这会儿就去说。她正等着您呢。无论如何今天就把这件事敲定下来。”

安纳达老爷坐在那里思量着。

约庚德拉不耐烦地催促说：“爸爸，您多考虑也无用，您走一趟，一切就妥了。”

安纳达老爷终于下决心说：“约庚，你待在这里，我独自一人去谈。”

约庚德拉无奈地说：“好吧，我坐在这里等候。”

安纳达老爷去起坐间，那里一片漆黑。他感觉到有人从安乐椅上站起身来，随即响起了一个被泪水浸湿了的嗓音：“爸爸，蜡烛灭了，我叫用人点上。”

蜡烛不会无缘无故熄灭的，其原因是瞒不过安纳达老爷的。

“罢了，孩子，用不着！”他便凭感觉，在黑暗里摸索着，走到海敏丽妮身旁的椅子上坐定。

海敏丽妮痛心地说：“爸爸，您怎么一点也不关注自己的身体健康！”

安纳达老爷说：“我身体一向结实，所以实在也用不着特别关照。倒是你，原本弱不禁风，现在身体折腾得更糟了。”

海敏丽妮伤心地说：“你们都这么说我，爸爸，其实都毫无根据！我在家可算百顺百依了，凭什么说我不注意自己的身体呢？如果您认为，为了身体健康必须服用什么药，您只要告诉我一声就行。爸爸，我什么时候没有听从您的吩咐？”说到最后一句话时，她已泣不成声。

安纳达老爷心乱如麻，不安地说：“你从来没有讨价还价过，你一向是听话的孩子！从来不需我说你。你了解我的想法，就像母亲熟悉自己孩子的心思似的，你总是按我的心愿去做。如果我发自内心的对你的祝福能感动上帝，那么上帝一定会让你终身幸福的。”

海敏丽妮说：“爸爸，难道您不想把我留在您身边陪伴您？”

安纳达老爷说：“为什么不想呢？”

海敏丽妮恳切地说：“我至少可以留到哥哥娶嫂子之前！让我留在您身边好吗？我若不在，谁来照顾您？”

“噢哟，照顾我？你真是个傻孩子！你那么惦记着对我的照顾！你可把我身价增加百倍！”

“爸爸，屋里太黑，我去取盏灯来。”说着，她便从隔壁房里取来一盏台灯，放在一边。“近来大家心里很乱。好些日子没能在晚上替您读报，让我给您念，好吗？”

安纳达老爷起身说：“很好。你稍坐一会儿，我出去一趟就回来，听你读报。”

说完，他回到约庚德拉房间。他原打算说：“今天没机会谈，明儿再说吧。”但当约庚德拉问他：“怎么样，爸爸，谈妥她的婚姻大事吗？”他却连忙答道：“是的，谈过了。”

安纳达老爷惧怕，约庚德拉别自己跑过去责骂海敏丽妮，使她伤心。

约庚德拉又追问："她肯定同意了？"

"是的，你可以这样认为。"

"那我可去跟阿克希耶说？"

安纳达老爷慌忙拦住说："不，不，眼下，你什么也不能跟阿克希耶说明，懂吗？约庚，太性急会弄巧成拙，把事情弄糟的。现在对谁都不能提。现在最好是去西部玩上几天，待我们回来，一切都会办妥的。"

约庚德拉一句话也没说，拔脚出去了。他径直朝阿克希耶家奔去。

阿克希耶正在根据一本英文财会书，自学簿记。约庚德拉伸手夺过书和笔记本，扔到一边说："这些以后再学不晚，现在我们商议一下，选择一个结婚日子。"

阿克希耶吃惊地说："哎，你胡扯些什么呀！"

三十九

第二天早晨，海敏丽妮起床梳洗完毕，走到室外，发现父亲默默地坐在自己房内临窗的一把安乐椅上，沉思着。

房内陈设不多，一角放着一张床，另一角立着一口橱柜；墙上挂着他妻子业已变得模糊了的遗像，对面墙上挂着一帧镶有镜框的丝质毛绣，图案是一束鲜花，是妻子亲手绣的。橱内按原样摆放着女主人生前所喜爱的一些小物件。

海敏丽妮站到父亲身后，用娇嫩的手指轻轻摩挲他的额头，装做拔他白头发似的。

"爸爸，快去用茶吧。茶后我来你这儿，听你讲述咱们家往昔年代的故事，我很爱听那些带有传奇色彩的逸闻趣事。"

近来，安纳达老爷对女儿的洞察变得极为敏感。他不用多加思索，便对女儿这一尽早用茶的劝说的含义了如指掌，因为不用多久，阿克希耶就会在茶桌边露面，所以海敏丽妮为了避开阿克希耶，希望尽早用完茶，可躲进父亲屋子，单独与父亲聊天，享受天伦之乐。

看到女儿如此紧张的神情，安纳达老爷感到十分痛心，如今自己心爱的女儿，像一头怕被人捕猎的小鹿，经常处在惊恐之中。

安纳达老爷匆匆走到楼下，发现用人还没有把茶水端来，顿时火冒三丈。用人一再分辩：今日他来得比规定时间早。但安纳达老爷依然固执己见，愤然说，今天连仆人也变成了老爷，还要雇人叫醒他们才行。

一会儿，用人端来了奶茶。今天，安纳达老爷一改往常那种边聊天边慢条斯理、小口啜饮的习惯，大口大口地往嘴里灌奶茶。

海敏丽妮诧异地问："爸爸，今天您有急事要外出吗？"

安纳达老爷解释道："没有，冬天喝奶茶要快，趁热出点汗，身体就会轻松点。"

然而，还未等安纳达老爷身上冒汗，约庚德拉已陪着阿克希耶，出现在他们面前。

今天，阿克希耶还特别打扮了一番：他右手握着一根银柄手杖，怀表的链子垂挂在上衣的胸袋外，左手拿着一本裹着牛皮纸的书。他没有坐在经常坐的那把椅子上，而是紧挨海敏丽妮坐下，咧着嘴，笑嘻嘻地说："今天你们的表，恐怕都走快了。"

海敏既未作答，更没有转脸朝他瞧一眼。

安纳达老爷说："走吧，孩子，上楼去把我冬天穿的衣服拿出来晒晒太阳。"

约庚德拉气急败坏地说："爸爸，太阳跑不了的，急什么呀？"他转身又朝海敏丽妮说："海敏，你不给阿克希耶倒一杯茶？给我也来一杯，不过先得敬客人！"

阿克希耶依然笑容满面，对海敏丽妮说："你看到过为了尽责，竟做出如此大的自我牺牲的人吗？他真要算是菲利甫·锡德尼[①]第二了。”

海敏丽妮不理睬阿克希耶的笑话，她自管倒了两杯茶，一杯给了约庚德拉，另一杯朝阿克希耶那边推了推，便抬头望着父亲。

安纳达老爷说：“再等一会儿，毒辣的太阳出来，热得就没法上楼了。走吧，别再耽搁了。”

约庚德拉气得失去风度，大叫道：“今天不把衣服拿出去晒，就坏了不成！阿克希耶来了，而你们——”

安纳达老爷怒不可遏，突然激动起来说：“你们除了强人所难，就别无他虑了！你们固执己见，总想把自己的意愿，强加在别人的痛苦之上！你们总是欺负着她，让她听从你们的意见！过去我一直默默地忍受着，但从现在起，这种状况再也不能延续下去了。海敏，我的孩子，从明儿开始，你在楼上我的房间里用茶，我将在自己房内用茶。”

安纳达老爷还要女儿跟着上楼去，海敏丽妮却平静地说：“爸爸，再稍坐一会儿。今天的茶，您还没喝完哩。”她转身对阿克希耶说：“阿克希耶先生，我可以问问牛皮纸里裹着的是什么秘密吗？”

“不仅可以问，还可以揭开这个秘密。”他把纸包递给了她。

海敏丽妮打开一看，原来是本精装的丁尼生诗集！她大惊失色。同样的一本书，至今还珍藏在她房内书桌的抽屉里。这书是他人作为礼物赠给她的，谁都不知晓这事的奥秘的。

约庚德拉微笑着说：“秘密还没有完全揭开。”他翻开书的扉页给她看，上面写着“送海敏丽妮——阿克希耶敬赠”。

蓦然间，海敏丽妮的手一松，诗集掉在了地上。她连瞧都不瞧它一眼，便对父亲说：“爸爸，走吧。”

父女俩立刻朝外走去。

约庚德拉气得两眼直冒金星。他大叫大嚷：“这里我再也待不下去了。我要离开这个家，在某个学校寻个职位，自谋生路！”

---

① 菲利甫·锡德尼，十六世纪英国作家。据称曾在战场上舍己为人，不顾自己干渴难耐，将宝贵的一点水，转赠给身旁的伤兵。其慷慨为后人称道。

阿克希耶劝慰且冷静地说："兄弟，别发无名火。我早就说过，你不要白费力气，这是绝对不可能的。是你理解错了。你一而再、再而三地对我做出保证，我才顺从你的意见。但是，我依然断定，海敏的心永远不会属于我的。因此放弃这一希望，是最为明智之举。事实上，她没有忘记罗梅锡。现在你的首要责任是，把她的心灵从对罗梅锡的怀念中解脱出来！"

约庚德拉无奈地说："你只说了责任，还能告诉我一些办法吗？"

阿克希耶老谋深算地说："世上除了我难道没有第二位合适的人选？我想，如果你是你妹妹的话，我们的祖辈就不会为了我不打光棍而一筹莫展，抱恨终日了！不管怎么样，必须尽快物色到这样一位青年，适合她胃口的，她见到他不会不屑一顾而去晾晒衣服！"

约庚德拉说："这可不是向哪家公司预订就能获到的！"

阿克希耶不屑说："这点小事你就束手无策，沉不住气了？我能帮你找到这样的年轻人，但决不能匆忙行事，否则就会功败垂成，前功尽弃。开始先别提什么婚姻大事，以免引起双方疑虑，吓跑双方，只能让他们正常交往，渐渐接近了解，然后我再告诉你如何抓住时机，该怎么办。"

"办法倒是蛮不错，但能告诉我，那位年轻人是谁吗？"

"你肯定见过他，但不一定了解他。此公便是纳利纳克希医生。"

"纳利纳克希！"

"你仿佛很吃惊，何必大惊小怪。是的，梵社里有些人正对他发难，你可置之不管。我想，你不会因此让这个合适的新郎，从自己手缝中滑掉！"

约庚德拉说："只要能抓到一个合适的人，其余的事不去管它，也不会发愁了！不过，纳利纳克希会同意这门亲事吗？"

"我当然无法肯定你今日前往提亲他今日就答应。但是，时间会创造奇迹，水到渠成，事在人为嘛！约庚，听我的吧。明天，纳利纳克希有一场演讲，你就带海敏丽妮去听讲。这位医生有着非同一般的伶俐口才，他滔滔不绝的雄辩，能抓住淑女们的心！唉，这些天真的女士们，就是不懂得，能顺从听话的丈夫不知要比能说会道的丈夫，好上几百倍！”

“不过，你说说他的经历，我得事先摸清他的情况。”

“你瞧，约庚，我可以告诉你他的经历，但你听着，即便在经历上有些缺憾，也无伤大雅，不必伤脑筋，也许还能坏事变成好事，你求之不得的好事！”

接着，阿克希耶扼要介绍了纳利纳克希的情况：纳利纳克希的父亲拉杰巴勒帕是帕星德布尔的一个小地主。三十岁时，他皈依了梵社。但他的妻子怎么也不同意改变自己的宗教信仰，她非常谨慎地使自己的言行不受丈夫的影响，坚守自己的宗教仪式。对此，拉杰巴勒帕极为不快。后来，他的儿子纳利纳克希以自己对宗教宣传的热忱和雄辩的口才，在梵社里赢得了巨大的声望。他被任命为医官，四处巡行。凡他到过的地方，因他无懈可击的品行、高超的医术和待人的古道热肠，留下了不可磨灭的声誉。

后来，发生了一起出乎人们意料的事件，犹如晴天霹雳。已进入暮年的拉杰巴勒帕走火着魔，要与一位寡妇结婚；谁也劝阻不了他的荒唐主意。拉杰巴勒帕说：“我的发妻与我的宗教信仰不同，不是我真正的伴侣。现在，我相识了一位女子，她与我有相同的宗教信仰，相同的思想感情；如果我不娶她为妻，那是极不道德的。”

最后，拉杰巴勒帕置各方指责于不顾，按照印度教习俗与那位寡妇结了婚。

这样，纳利纳克希的母亲打算弃家出走，独自迁居印度教圣地贝拿勒斯。

纳利纳克希得悉此消息，立即辞去楞格布尔的医职，打道回府。他回到故里，对母亲说：“妈妈，我也和您一块去贝拿勒斯。”

母亲流着泪，对儿子说：“既然我与你们的宗教信仰不同，合不到一起，你又何必自找烦恼呢？”

纳利纳克希毅然答道：“我跟着您，不会发生任何不合适的问题。”父亲的再婚，在母亲心上留下了创伤，儿子深感不安，决心使弃夫离家的母亲安度晚年。于是，他跟随母亲去了圣地贝拿勒斯。

在贝拿勒斯住了多日，母亲对纳利纳克希说："孩子，难道这个家庭，总是那么冷冷清清？你不想结婚？"

母亲的发问，使他进退维谷，只好说："没有必要，妈妈。你我不都过得很舒坦吗？"

母亲凭直觉猜测到他之所以犹豫的原因，他为自己脱离了梵社，已经做出了巨大牺牲，现在他决不会愿意娶一个非梵社女子为妻的。

于是，母亲焦急地对儿子说："孩子，你决不能为了我终身不娶。你想在哪里找就在哪里找，想和什么女人结婚都可以，我决不会反对。"

纳利纳克希经过了一两天的思考，对母亲说："我将为您寻找您所希望的媳妇。我决不娶那种与您的意愿不合，只会给您带来痛苦的姑娘。"于是，他便到孟加拉寻觅合适的姑娘去了。

以后的情形，传说不一。有人说，他曾私自去农村，与一位无父无母的孤女结了婚，婚后不久妻子去世了。有人对此深表怀疑。但阿克希耶却认为：纳利纳克希做好了准备与那位孤女结婚，但最后时刻却丧失了勇气，改变了主意，未能成婚。

不管怎样，阿克希耶认为，现在只要纳利纳克希找到了称心如意的女郎，他母亲决无异议的。纳利纳克希上哪儿去寻觅像海敏丽妮这样的姑娘！别的不说，单凭海敏丽妮温柔谦和的天性，就足以断言，她定能尊敬婆婆，决不会因冒犯使老人苦恼。纳利纳克希只需三四天时间，细细考察海敏丽妮，就会得出上述这样的结论的。

所以，阿克希耶的意见，是要想方设法让俩人尽快相识。

四十

阿克希耶一走，约庚德拉马上上楼去。在起坐间，他看到父亲和海敏丽妮正促膝交谈。一见约庚德拉，安纳达老爷的脸上流露出一丝不安的神色。今天在用茶时，安纳达老爷一反自己平和的性格，对儿子严加斥责。对此，他深感内疚。

因此，安纳达老爷用异乎寻常的亲切口吻，招呼约庚德拉：“过来，约庚，坐下。”

约庚德拉说：“爸爸，多日来，你们足不出户，整天闷在家里，不知在做什么。成天关在家里，对你们不会有任何好处的。”

安纳达老爷说：“是，是！不过，我一生就是这样在家里度过的。再说找个什么理由，把海敏带出去也不是那么容易。”

海敏丽妮插嘴说：“爸爸，您为什么怪我呢？您想带我去哪儿，我一定奉陪。您可试试我，究竟去还是不去嘛。”

海敏丽妮说的话，违背她自己的本性，但她这么说，企图证明，她并非内心悲伤或出于某种癖好，幽禁在家室里。她要使人相信，她对周围所发生的一切，都极其感兴趣。

约庚德拉顺势说：“爸爸，明儿有一个演讲会，您可带海敏去听听。”

安纳达老爷明白，海敏丽妮最不喜欢挤会场凑热闹，她羞于抛头露面。因此，他不作答，只是转脸看着海敏丽妮的脸色。

海敏丽妮突然表现出一种极不自然的兴致，说：“演讲会？哥哥，发表演说的都有谁？”

约庚德拉说：“主讲人是纳利纳克希医生。”

安纳达老爷说：“纳利纳克希！”

约庚德拉介绍说：“他是位出色的演说家，此外，他的经历也会让人大吃一惊。他有着无畏的牺牲精神，又有坚定热忱的品行，这种人在世上真是百里挑一、凤毛鳞角。”

其实，约庚德拉对纳利纳克希一无所知，除了一小时前，他从阿克希耶那儿听到的似是而非的只言片语的传闻。

海敏丽妮显出一副心切的表情，说：“那敢情好啊。爸爸，去吧，去听听这位贤者的演说。”

不过，女儿显出的那种热忱，安纳达老爷根本不会信以为真，但他依然暗自欣慰。他心想，即使这一决定违背她的意愿，但只要她坚持这样的外出活动，她的心境定能很快变好。人与人之间的互助友爱，无疑是医治心病的良药。

安纳达老爷对约庚德拉说："好吧，你明天准时带我们去会场，可不要晚了。还有，对了，关于纳利纳克希，你刚才说什么来着？外界可流传着有关他的种种闲言碎语啊！"

约庚德拉先对那些流言蜚语讽刺挖苦了一番，尽情给以痛击。然后，他义愤填膺地说："那些披着宗教外衣的卫道士们认为，他们秉承上帝的旨意，可以任意诽谤污蔑同教人，世上再也找不到像宗教贩子那样心地偏狂的人了。"约庚德拉越说越激动。

为平静约庚德拉的激动之情，安纳达老爷附和地说："你说的我完全同意。经常挑别人毛病，议论别人短处的人，就不会有丰富的同情心。他们心胸狭窄，疑神疑鬼，无聊透顶！"

约庚德拉又叫喊："爸爸，您这话是冲着我说的吧。我可不像那些变态的宗教狂。我能区分好坏，对谁有意见当面直说，说好也说坏，你们知道，我不怕直言明说，必要时，有拳头做后盾！"

安纳达老爷连忙说："约庚，别胡说八道了，我怎么会无缘无故说你。我对你的脾性自然了如指掌。"

接着，约庚德拉大加赞扬纳利纳克希的品行，最后他说："为了母亲的幸福，纳利纳克希牺牲了自己的意愿和自由，跟随母亲去贝拿勒斯。所以，爸爸，我个人对他的行为无限敬佩，而您说的那些朋友，却编造了许多流言蜚语，一味诋毁他。事实胜于雄辩，海敏，你以为如何？"

海敏丽妮附和说："我也持与你相同的看法。"

约庚德拉高兴地说："我早就料到，海敏会有和我一致的看法。爸爸，为了使您幸福，如果遇有这种时机，海敏也会做出牺牲的。这点我是坚信不移的。"

安纳达老爷的脸上，堆着慈祥的微笑。他慈爱地望着海敏丽妮。

海敏丽妮立即满脸绯红，羞涩地低下了头。

四十一

演讲会结束后，安纳达老爷和海敏丽妮回到了家，那时太阳还未落山。

安纳达老爷在茶桌边坐下，说："今天我真高兴，演讲听得真过瘾。"

安纳达老爷心中仿佛有一条感情的小溪在流淌，说了这句话，就不愿再说什么了。

海敏丽妮用完茶，悄悄上楼去了。安纳达老爷也没介意，他正回味着演讲的美好情景。

会上，他听了纳利纳克希的精彩演讲，见他出人意料的年轻、温和，不胜欣喜。在这位年轻人的脸上，似乎依旧洋溢着稚童般的纯真、无瑕的美。他眉宇间透出的仿佛发自心灵的专注和认真，潜向四面八方。他不费吹毫之力，抓住了听众的心。

纳利纳克希演讲的主题是"失"。他说："世上无失便无得，纵有所得非谓全得。唯先失而后得，方可谓得之无愧。若对应得之物视若无睹，避而失之，谓之可惜。实乃将失之东隅，收之桑榆。此种天性，皆存于人之心灵。

"如我们能以虔诚之心看待所失之物，忍着眼泪和痛苦，以弃舍之心献出一切，则卑微也能化作高大，短暂亦可变为永恒。再则，那些权为我所用的自然之物也会变成神圣之物，永存于我们心灵庙堂的宝库之中。"

纳利纳克希的这些话语，一直萦绕在海敏丽妮的心头，不断地叩击着她。她神思恍惚地静坐在屋顶平台上，唯有夜空中闪烁的星星与她为伴。此时此刻，她的心灵感到格外充实，以至于整个天空、整个世界对她来说，都是那样实在，那样完美。

从会场回家的路上，约庚德拉也亢奋地说："阿克希耶，你说的这位年轻人真不赖！是个十足的禁欲者！可他的演说我倒有一半听不懂。有的简直莫名其妙。"

阿克希耶接茬儿说："只有病情确诊后，方可对症下药。海敏丽妮对罗梅锡的怀念，达到了痴迷的程度。像我们这样的凡夫俗子，不是悟彻人生的苦修者，能治好她的这种痴情吗？听讲演时，你注意过海敏丽妮脸上的表情吗？"

"怎么没有。我一眼就看出，她听得津津有味，如痴似醉，但能说她欣赏演讲，就等于爱上这个演讲人吗？"

"如果演说出自像我们这样的普通人之口，难道她会感兴趣？你不懂，约庚，对于女人来说，苦修者有着一种特殊的吸引力。迦梨陀婆的诗里，就有关于乌玛为一苦修者而遏制自己一切欲念的情节。约庚德拉，说实话，如果你让另一个角色在她面前亮相，她定会用罗梅锡与之比较而相形见拙。然而，纳利纳克希却不是平庸之辈，海敏丽妮不会产生要用某人来与他比较的念头。当然，你要是把另一个年轻人唐突地带到她面前，她马上就会看穿你的用意，就会反感，与你作对。但你若巧妙地把纳利纳克希介绍给她认识，她决不会起疑心。之后，从敬慕渐渐发展成爱恋，就不会有什么困难了。"

约庚德拉说："你小使计谋，是较为容易，让我去实行，就强人所难了。我只会直来直去。再说，我也不怎么喜欢这个家伙。"

阿克希耶说："瞧瞧你，约庚德拉！你可别固执己见，弄得啥也办不成。哪能十全十美，什么都符合你的胃口？不管怎样，必须使海敏丽妮从牵挂罗梅锡的忧伤心境中解脱出来，这是当务之急，不先做到这一点，其余的就无从做起。你别以为单凭暴力就能解决一切。如果你能按我的意见办，就有成功的希望。"

"说心里话，我很难接受纳利纳克希这个人。他太神秘玄乎。我怕跟这种人打交道。可别落个小灾刚免大祸又临头的可悲下场。"

"兄弟，你们真是庸人自扰，见风就是雨啊！对罗梅锡你们一开始就盲目信任！'这样的人踏破铁鞋没觅处'！'他压根儿不懂欺骗'！'他是哲学界的商迦罗遮那第二，是文学界十九世纪文艺女神的化身'！但是，我从来就不喜欢罗梅锡，像他那样满脑子崇高理想的人，有生以来我见得多了！但在你们那儿，没有我说话的余地。在你们眼里，像我这样的无能之辈，只会妒忌那些贤哲圣人，别无长处。感谢上帝，现在你们终于豁然开朗了吧！对于这样的大人物只能敬而远之，决不能让他与自己的姐妹结合，不然，日后免不了大祸临头。言归正传吧。你一定记得印度一句古老格言‘一根针顶出一根针’，这就是我要对你说的。舍此别无他法，不必徒劳地去做过多的考虑。”

约庚德拉不服气地说：“我说，阿克希耶，你先于我们看透了罗梅锡，你磨破了嘴皮我也不会相信的。他只是出于妒忌才不愿看到你。仅以此来证明你的非凡洞察力，叫我怎么能信服！不管如何，如果需要耍点手腕，那还是请你单枪匹马地干吧，我可不干了。总之，我对纳利纳克希不感兴趣，我要说的话全说了。”

约庚德拉和阿克希耶走进安纳达老爷的房间去喝茶，正好撞见海敏丽妮从另一个门溜了出去。阿克希耶明白，他们进来之前，海敏已经在窗口看见了他们。他笑容可掬地走到安纳达老爷身旁落座，说：“纳利纳克希所讲的都发自内心，所以他的演讲能打动人心，他的观点很容易被人接受。”

安纳达老爷说：“他确实有非凡的才干。”

阿克希耶说：“岂止才干，像这样的贤哲在这个世上简直是千载难逢。”

约庚德拉曾是这一计谋的参与者，但他还是忍不住顶了一句：“老兄，别提什么贤哲圣人。愿上帝仁慈，让我不见你的那些贤哲圣人们吧！”他昨天还对纳利纳克希的仁爱品格大加赞扬，并把有人对纳利纳克希的不屑看法视为有意诽谤诋毁、造谣生非。

安纳达老爷说：“嗳，约庚德拉，话不该这么说，我宁可相信‘凡有君子之表者必有君子之心’，即使上当受骗，我也不愿妄加猜疑，固守自己之浅薄短见，妄自尊大。纳利纳克希先生所言，并非拾人牙慧，实是发自内心的感受，使我增长了新的见识。伪善者怎能给人以真实？真知灼见不可能胡乱编造，如同真金是无法制造的一样。我很想亲自走访，当面赞扬祝贺他。”

阿克希耶叹息说："我担心他的身体，能否顶得住这种长期耗竭神思的生活。"

安纳达老爷不安地问："怎么，他身体不好？"

"他不应该如此废寝忘食，夜以继日从事这种理性的探求和实证，全然不顾自己的健康！"

"这实在欠妥。我们无权糟蹋自己的身体，因为我们的肉体不是我们自己造就的。他如果在我身边，我就能为他妥善安排，使他数日之内就恢复健康。实际上保养身体也不难，有这么几条简单的规则，首先是——"

对此，约庚德拉已失去了耐心，插话道："爸爸，你瞎操什么心！你的话与之毫不相干，我见他身体棒得很。见到他那个模样，我有这个感觉，苦修苦炼正是养生之道，我很想学学他的这种精神。"

安纳达老爷说："不，约庚德拉，如果事实正如阿克希耶所说的，那他的身体怎能支持得住？我国有些伟人不到寿数就谢世，他们忽视自身健康，实在是给国家造成了重大损失。不应该任其下去。听我说，约庚德拉，纳利纳克希所作所为，并非如你们想象的那样，他确有真才实学。从现在起，要对他多加关照，这是我们的责任。"

阿克希耶说："我会设法带他到这儿来与您见面。如果您能说服他，那太好了。我记得在我考试那会儿，您曾给我试服的那种草药，有提神壮气的效力。对于常用脑的人来说再没有比这更有效用的良药了。如果您也能劝动纳利纳克希服用此药……"

约庚德拉蓦然推开凳子，站起来说："哎，阿克希耶，你简直把我气疯了，太跟我过不去了！你完全是在胡说八道！我听够了！我走！"说罢，他拂袖而去。

四十二

先前，安纳达老爷每感不适，总要服用各种西药以及印度医生开的草药和药丸。但如今，他已觉得这些药索然无趣。那时，所谓肉体的痛苦，仅仅是他的幻觉，而这些幻觉中的病痛感觉，正是茶后饭余闲谈的资料。现在，他的身体真正出了些问题，他反而对自己的身体缄默不语了。

今天，尚不到假寐时间，但因为心神劳瘁，安纳达老爷却坐在安乐椅上睡着了。正在这时，海敏丽妮忽闻楼梯上约庚德拉的脚步声，她便手拿正打着毛线的衣针，疾步走到房门口，示意哥哥小心，不要打扰爸爸的盹睡。但出乎她意料，他看见哥哥正带领纳利纳克希朝楼上走来。她欲想藏进另一房间，但躲闪不及，约庚德拉叫住了她。

“海敏，我特意请纳利纳克希先生上我们家做客。过来，让我给你们介绍一下。”

海敏丽妮急忙收步，朝纳利纳克希先生鞠躬致意，却不敢正眼相视。

此时，安纳达老爷睡眼微睁道：“海敏！”

海敏丽妮又回屋，低声对父亲说：“纳利纳克希先生来了！”

约庚德拉领着纳利纳克希进屋，安纳达老爷惊醒过来，慌忙站起身迎接。

安纳达老爷恭敬地请客人在对面坐下，说：“今天您光临寒舍，实乃我三生有幸。海敏，你别走，就在这儿坐。纳利纳克希先生，这是我女儿海敏，那天我们父女俩都去听了您的演讲，获益匪浅。您说‘得之真实，就不可能再失去，只有那种不实在的东西，才有可能得而复失’——这些至理名言，颇有深意。是这样吧，海敏？要检验我们是否已真正把握事物或真理，就看我们会不会再度失去。纳利纳克希先生，我请求您常光临敝舍，多加赐教，对此我们将大受裨益。我们很少外出，您什么时候光临敝府，总会遇到敝人和吾女海敏。”

纳利纳克希不好意思地瞅了海敏丽妮一眼，说：“我在会上说了不少大话，你们可别以为我是个极其严肃的人。那天迫于学生们的再三恳求，我才不得已而为之。我这个人对于别人的请求，总觉得情面难却。不过聊以自慰的是，这次演讲后，恐怕不必担心再会有诸如此类的邀请了。学生们已经明白无疑地表示他们听不懂我演讲的大部分内容。约庚先生，那天您也在场！我瞧见您不时用焦躁的目光，直视钟表，对此，我不会无动于衷的，那时我也心烦意乱。”

约庚德拉率直地承认道：“我确实理解不了您所讲的，也许是我智力所不及的缘故。请您不要见怪，多多包涵！”

安纳达老爷接着说：“约庚，演说的全部内容，确实不是所有人都能理解的。”

纳利纳克希说：“是的，不需要每个人每时每刻都必须理解。”

安纳达老爷以教诫的口吻说：“但是，纳利纳克希先生，您必须听取我一句劝告。上帝派遣像您这样的人降临人世间，让您担负一定责任，展开济世助人的工作，但这不等于说可以全然不顾自己的健康。您不应该如此忽视自己的身体健康。凡对人类奉献者，都应牢记决不能白白毁掉自己身体资本，不然，就等于毁掉对世间奉献的基础。”

纳利纳克希说：“您如果有机会对我作更好的了解，您就会发现我并不轻视世上的任何东西。我如同一个乞讨者来到人世，求得众人之助，极为艰难地造就了我的肉体和灵魂。因此根本不存在我可以毫不在乎地去毁掉它，而奢望因之而会给我带来那种令人目眩的光彩。凡是人们所不能建造的，我们就没有权利去摧毁它。”

安纳达老爷兴奋地说：“您说得对极了，妙极了！您在那天的演讲中也讲述了类似的话。”

约庚德拉说：“对不起，你们坐。我有事先走一步。”

纳利纳克希抱歉说：“约庚德拉先生，请原谅。喜欢故弄玄虚、使人难堪，这决不是我的本性，至少您不会作这样的判断。好吧，我也告辞了。我陪约庚德拉先生走一段。”

约庚德拉急忙阻拦说：“不，不，您坐，千万别走。我的话请您不要介意。我这个人就没法在一个地方坐住。”

安纳达老爷接口说：“纳利纳克希先生，您不必介意约庚德拉的来去匆匆。他就是这样，想来就来，想走就走，很难挽留住他。让他在一个地方不动窝儿，简直难于上青天。”

约庚德拉走后，安纳达老爷问道：“您住在哪里？”

纳利纳克希笑了笑说：“若要确切地说，我固定住在什么地方，十分为难。这里我有许多熟人，常被他们拉拽着，东住住西宿宿，我倒也无所谓。不过人嘛，有时总想找个清静地方住住。所以，约庚德拉颇费心思为我寻觅到一住所，就在您家隔壁，那条小胡同幽静且干净。”

这一答语，使安纳达老爷大喜过望。但如果他稍微留意一下，就会发现海敏丽妮一听此语，脸上顿时显露出一丝苦涩的痛苦表情。那幢房子正是罗梅锡从前居住过的。

此时，恰好传来了“茶准备好了”的通报声，大家随即移座下楼去。

安纳达老爷下楼，在茶桌边落座，劈头就说：“孩子，为纳利纳克希先生倒杯茶。”

但纳利纳克希谦和地辞谢了主人要为他沏茶。

安纳达老爷不解地问：“您怎么啦，纳利纳克希先生？你真的连茶都不喝？那请用一些点心。”

纳利纳克希又推辞说：“我只能请您包涵。”

安纳达老爷说：“您是一位医生，我当然不能班门弄斧，说些养生之道！但用完饭三四小时，喝点儿热茶，兴许对肠胃消化总有些裨益。若您没有这种习惯，我就给您沏点儿淡茶，如何？”

纳利纳克希瞟了一眼海敏丽妮，觉察她对自己在用茶上所表现出来的拘谨态度颇为疑惑不解，她好像正在暗自揣摩，他为什么要拒绝喝茶。

于是，纳利纳克希索性望着她的脸，解释说：“你们一定误解了。我对你们家这种喝茶习惯没有什么反感。从前，我每天也定时喝点茶，直到现在，一想起那种茶香，依然使我兴奋不已。现在，我看着你们喝茶，我也获得了某种满足。但是，也许你们不晓得，家母严格奉行自己的教规。在她眼里，我就是她的一切。我不愿让自己破坏她遵守的教规，带着一副窘相回去见她老人家，这就是我这会儿戒茶的原因，敬请你们谅解。我定将分享你们用茶后的愉悦。至于我的忌讳，不会妨害我欣然领受你们殷勤招待的心意。”

纳利纳克希最初的那席话，海敏丽妮听了便觉不是滋味。她觉得，纳利纳克希不愿对他们推心置腹，总有意喋喋不休，借此掩饰自己的内心真情。但她哪会知道，凡初遇相识，纳利纳克希无法摆脱自己天生的腼腆性格，所以，在陌生人面前，他常常违背自己的性格，强装出一副老于世故的样子，即使说出心里话，也会走调的，连自己听了也颇觉刺耳。因此，当约庚德拉急耐不住要离座时，他心里也对自己言不由衷的话语感到厌嫌，真想跟约庚德拉一起逃走了事。但当他谈及他母亲时，海敏丽妮不由得用敬佩的目光凝视着他。在他脸上，因谈及母亲而流露出来的纯朴的虔敬之情，深深地打动了海敏丽妮的心。她很想和他谈谈他母亲的情况，终因羞怯而未能启齿。

听了纳利纳克希的这番说明，安纳达老爷连忙抱歉地说：“原来如此！我若事先知道，不会请您喝茶。请原谅我的冒失。”

纳利纳克希微笑着说：“我不能品茶，难道连领受您盛情的邀请也被剥夺了？”

纳利纳克希走后，海敏丽妮陪父亲上楼，拿起一本孟加拉文月刊，选了一篇随笔，给他念诵起来，安纳达老爷听着听着，一会儿便睡着了。近来，安纳达老爷已开始显出这种疲惫的征兆。

四十三

没有多久，安纳达老爷与纳利纳克希的交往，就已经很频繁了。

起初，海敏丽妮以为，与像纳利纳克希这样精通哲理的人交谈，只能获取一些玄妙的教诲。她从未想过，他能与他们闲聊些家常生活琐事。当然，他十分健谈，但在他们说笑戏谑时，纳利纳克希总保持一种超然的态度，与他们保持着一定的距离。

有一天，纳利纳克希正与安纳达老爷和海敏丽妮父女俩闲聊，约庚德拉忽然跑来，气急败坏地说：“晓得吗，爸爸？这几天外面沸沸扬扬，梵社里的一些人都说我们是纳利纳克希先生的门徒！为此，我还与巴瑞西大吵了一通。”

安纳达老爷微笑着说：“依我看，这没有什么难堪。倒是加入那种没有学生、全是老师的圈子，才叫人难堪呢。那时，人人都在喊破嗓子传经授法，却谁也没有机会受教诲，学到东西。”

纳利纳克希附和地说：“安纳达老爷，我也是你们中的一员。在我们这个圈子里，全是学生。哪里有我们可学的东西，我们就背着行李去哪里。”

约庚德拉急了，说：“不，不，说这些话毫无意义，纳利纳克希先生！这是件败坏名誉的事，谁都不能成为您的朋友或知心人。谁要是接近您，谁就会被说成是您的门徒！这种侮辱决不可一笑置之的。请您丢弃掉那一套毫无意义的举止吧。”

纳利纳克希问：“什么举止？我该怎样才行？”

约庚德拉直率地说：“您总像是位瑜伽信徒，清晨，您对着初升的太阳沉思默想，无论吃什么、喝什么都得先来一套仪式。您脱离了一般的社会常规，在普通人眼里，您显得滑稽可笑。”

海敏丽妮见约庚德拉说话如此鲁莽无礼，羞惭地低下了头。但纳利纳克希只是笑了笑，说：“约庚德拉先生，人们觉得可笑的事，难道也是一种罪过？世上真理往往会被看成是可笑的，但皈依真理者就因此非放弃真理不可？我承认一个人脱离社会常规不大正常。可不管怎么说，一个人像一把利剑一样，总不能永远锁在剑鞘里。铸剑的人，在剑柄上表现自己独特的才能，在上面镂刻适合他口味的花纹图案。同样，一个人也可在社会这个剑鞘之外找一个地方，表现自己的独特个性，他这点自由不应被剥夺吧？令我惊奇的是，我已避开众人耳目，独自待在家中修身养性，人们有什么理由抓住我不放，横加指责呢？”

约庚德拉说："难道您不知道，那些肩负促进社会进步的使命者，总认为探听'别人家在哪里发生了什么'是他们义不容辞的责任吗？他们有偷天换日的本领，会得到一切人们未料的信息。世上缺了这批出类拔萃的精英，改造世界的工作如何进行？此外，纳利纳克希先生，人们往往喜欢注意那种连少数人都不敢干的不合习俗的事，即使是躲在阴暗角落里悄悄地干也罢，而那些人人都在做的事反而惹不起他们的注意。您瞧，我们的海敏丽妮就知道您在自家屋顶阳台上常干的一些事儿，她跟爸讲述了您的情况。不过，海敏丽妮并不想担当起改造您的重大使命！"

海敏丽妮的脸顿时红了，心中升起一股莫名的怒火。她正急着要分辩，纳利纳克希为她解围说："您不必害羞。我在屋顶阳台上做早祷或晚祷时，您碰巧在自己屋顶上散步，看到我正在做每日必须做的宗教课目。这谁能责怪您呢？仅因为您长着一双眼睛，发现一些事情，觉得不好意思，这就毫无道理了。倘若这也算是罪过，那么我们人人都有份了。"

安纳达老爷也说："再说海敏对您早晚祷告压根儿没有提出异议抑或反感，反而以十分虔诚的口吻，向我打听有关您那些宗教仪式的意义。"

约庚德拉却说："老兄，我真不明白，您做这一切究竟有何意义！我们是普通人，按常规思考行事，并没有因此遇到什么烦恼。我真搞不懂，您从这种神秘怪诡的做法中能得到什么好处吗？我倒是知道，过分地倾向一边，人们的心灵会因此失去平衡，变得非常偏狭。不过，请您别生我的气，我是个极其平庸的人，我坐在这个世界舞台的最末一排座位上，我不扔石块，不攻击什么，就难以赶上正用各种办法向高层攀登的人们。世上像我这样的人不计其数，要是您抛弃他们，舍弃一切，只顾自己往上爬，爬到那个虚无缥缈的超常世界里生活，那您必然会遭到无数人雨点般的石头的攻击。"

纳利纳克希说："攻击也是五花八门。有的仅仅擦着一点边角，有的正中目标。如果有人说'这是个疯子，干这没头没脑的事儿'，倒也无妨，人们可置之不理，或泰然处之；但当有人说‘此人明为苦修者实是伪君子，明为师尊实是在拉帮结派’，对此您也企图一笑了之，那么您为能‘了之’就必须具有足够的‘笑’！问题就在于‘笑’从何来，还必须‘足够’。总之，法院或世俗社会，决不会容您一笑了之的。”

约庚德拉说：“我再重申一遍，请您别生我的气，纳利纳克希先生。您在自家阳台上爱干什么就干什么。我算老几，有什么权力干涉？我仅仅想说，如能使自己为常人所容，就不会有无妄之灾。踩着别人的脚印走路，万无一失。一旦有越轨之举，便会招众人围观。不管他们是咒骂您，还是敬佩您，对您来说无所谓利，无所谓害。不过，在这样吵吵嚷嚷之中，您能安身养心吗？长期在一大群人的包围之中讨生活，真叫人难以忍受！”说毕，他站起身来。

纳利纳克希忙问：“喂，约庚德拉先生，您这会儿要到哪里去？您把我从我家的阳台上拽拉下来，重重地摔在这块普通人生活的实地上，就想溜走，办不到！请坐下。”

约庚德拉说：“算了，今日话已说够了，到此为止。我想出去散散心。”

约庚德拉依然不理睬别人，拂袖离去。海敏丽妮低垂着头，下意识地抚弄着桌布的花边。此时如果有谁稍许留意一下，就会在她脸颊上发现细微的泪滴在她眼睫毛上滚动。

在与纳利纳克希日复一日的交谈中，海敏丽妮越发看清自己性格上的缺陷，她急于想走纳利纳克希的道路，消除自己内心的痛楚。当她极度苦闷时——无论在生活还是内心世界，都找不到任何支撑点时，纳利纳克希恰在她面前，展现了一个崭新的世界。

多日来，海敏丽妮渴望遵循教规，过一种女修行者的生活。教义教规是一种强有力的心灵上的支柱，宗教的自我克制本身，就可以转化为一种精神上的寄托。再说，痛苦这种感情，原也不能作为一种心态长久存在，它也试图在某种宗教的誓愿中，真诚地宣泄掉抑或融化掉。过去，海敏丽妮一直未鼓起勇气这样做，一直把痛苦埋于心底的密室，离群索居，羞于见人。今天她依照纳利纳克希的实践，过起一种清心寡欲的粗布素食的生活，她的心灵获得了一种从未体验过的满足。她搬走了房内的一切陈设，毯子和地毯都卷起藏好；只在一隅为自己设了一个地铺，用帘子隔开，除此之外别无他物。每天，她亲自朝地上泼些水，擦拭地板；每次沐浴之后，她换上一身洁白衣衫，以示纯洁；然后，盘腿坐于席上，面前置放一盆鲜花，阳光毫无阻拦地从开启着的窗户照遍室内；她让自己的心灵与阳光、清风交融在一起，使之净化。

安纳达老爷并不完全支持女儿的那种宗教热情，但当年迈的父亲看到，海敏丽妮的脸上因严守教规而流露出巨大的满足感时，他的心软了下来，他感到一种欣慰。现在，纳利纳克希来他家做客，三人便在海敏丽妮屋内席地而坐，欢畅闲谈。

约庚德拉却大为不满，几次三番向他们嚷道："这些都是无稽之谈。你们染上了什么鬼气，入了魔。你们三人使这个家圣洁到了可怕的程度，像我这样的人在这儿，简直无插足之地了！"

从前，海敏丽妮一听到约庚德拉的冷嘲热讽，既感到满心痛苦又觉得无可奈何；今天，安纳达老爷反而耐不住约庚德拉的嘲弄，深感不满；但海敏丽妮却一点也不生气，像纳利纳克希一样，泰然处之，并报以温柔的微笑。

现在，海敏丽妮已经实实在在地把握了纯真的精神内涵。她深深感到，羞怯实是一种软弱的表现。她知道，人们都在暗地嘲笑她，说她近来举止怪诞，疯疯癫癫；但由于她对纳利纳克希万分信任，对其理想的无比向往，致使她再也看不到别的，或有别的杂念欲望，因此，她在任何人面前，都表现出一种毫不在意的心态。

一天早晨，海敏丽妮沐浴完毕，做罢晨祷，独自坐在房内，面对窗户入定。此时，安纳达老爷忽然陪同纳利纳克希步入室内。她顿时精神大振，霍地以额触地，对纳利纳克希和父亲行了大礼，用他们足上的尘土，抹在自己的额上[①]。

安纳达老爷却对他说："纳利纳克希先生，不必惊慌，她这样做完全应当的。"

往常，纳利纳克希从不在清晨来访，因此，海敏丽妮不禁感到奇怪，用眼睛凝视着他，听他有什么话要说。

纳利纳克希解释说："从贝拿勒斯来信，得悉我母亲身体不好，所以我决定今晚搭车离开加尔各答。一切事情都得在白天办完，我只得一清早来向你们道别。"

安纳达老爷同情地说："您这个消息真使我不安。您母亲身体欠安，愿上帝保佑她尽早康复。这些日子，我们从您那儿获益不浅，我怕永远也无法报答您了。"

纳利纳克希说："请您相信，我才是个受惠者，对您感恩不尽。您对我无微不至的照顾，尽了邻里之谊；同时，在我至今尚未悟彻的一些问题上，您的探讨给了我莫大的启迪，使我在这些玄奥的问题上，获得了新的领悟。您的生活态度，坚定且有力地鼓舞了我的思辨活动和宗教热忱。我现在明白了，与一些意趣相投的人的真诚交往，会使人受益匪浅。"

安纳达老爷接着说："我一直感到奇怪，我们的内心迫切需要某些东西，却又不知其为何物；我们处在惶遽的心态时，遇见了您，我马上觉得，您的到来将对我们命运具有至关重要的意义。没有您的指引，我们依然在黑暗中摸索。我们闭门独处惯了，几乎足不出户，尤其那种公众集会，我们更是敬而远之，退避三舍。倘若我想出去走走，劝海敏与我同行，简直困难重重。但是那天，您说多么蹊跷，听约庚说您要在一次集会上发表演说，我们父女俩竟然会毫不犹豫地前往，这种情况是破天荒的。纳利纳克希先生，请您记住：您将会明白，我们所需要的，毫无疑问就是您。我们对此将永远铭诸肺腑。"

纳利纳克希也十分激动地说："我也请您记住，除了你们两位，

---

① 印度教徒的传统礼节，适用于小辈对长辈或所崇敬的人的敬礼祝福。

我至今没有对任何人谈过我个人生活中的一些隐私。人能毫不犹豫地表露真实，才会获得最大的教益。我从你们那里所获得的，正是我梦寐以求的、所欠缺的坦诚精神，而这正是追求最高真实所必需的。所以我多么需要你们的帮助，这点也恭请你们记住。”

海敏丽妮一言不发，只是坐在那里默默地凝视着穿过窗棂、射入屋内的阳光。

当纳利纳克希起身告辞时，她才启口说：“到了贝拿勒斯，请来信告诉令母的情况，我们也十分担忧。”

最后，海敏丽妮又匍匐在纳利纳克希脚前，行了大礼，向他告别。

四十四

阿克希耶已多日不来安纳达老爷家做客了。今天，在纳利纳克希去贝拿勒斯之后，他又重新出现在安纳达老爷的茶桌边。

阿克希耶很希望从海敏丽妮的言谈举止上，弄明白她现在对罗梅锡的怀念之情究竟还有多深。他认为，眼前只有一个衡量办法，就看她对自己有多么冷漠。但他发现，海敏丽妮今日的态度平和安详，没有任何异常。

海敏丽妮问阿克希耶：“近来怎么见不到您的踪影？”语气自然又亲切。

阿克希耶答道：“像我这种人，还值得您天天赐面吗？”

海敏丽妮笑着打趣道：“如果因不值得见面而断绝我们之间的来往，那么我们大多数人恐怕不得不发誓过与世隔绝的生活！”

约庚德拉说：“阿克希耶本以为，他装出一副谦虚的模样，就能独揽英雄的桂冠。但是海敏却胜他一筹，她以全人类的名义所表露出的谦恭，将了他一军。不过，我对此有个小小的注释。其实像我们这样的平庸之辈，才能够相互交往，对那些出类拔萃的人物，还是少露面为好，若经常与他们见面，恐怕人们会受不了。所以，他们只好常年住在人迹罕至的深山老林、星岩洞壁里。如果他们在世俗之地定居，那么阿克希耶、约庚德拉等卑贱之人，就不得不移居到山林去！”

约庚德拉带刺的话海敏丽妮当然明白，她内心颇觉伤心，但她找不到恰当的词语回敬。她倒了三杯茶，依次送到安纳达老爷、阿克希耶和约庚德拉面前。

约庚德拉对海敏丽妮说：“看来你不想喝一杯啦！”

海敏丽妮明知道，她的回答一定会受到约庚德拉的攻击，但她仍是平静地说：“不想喝，我已经戒掉了喝茶习惯。”

约庚德拉说：“看来你已经变成苦行主义者，开始进行艰苦的修炼了。或许茶里没有激发宗教情绪的灵感，那种激发灵感的功力，也许只存在于苦行者吃的诃梨勒干果里吧。搞什么鬼名堂，海敏，别干那种蠢事了。倘若一杯茶破坏你的功力，那就让它见鬼去吧。世上最坚硬的东西都保存不住，怎能相信那些随时都会破碎的东西呢！建立在极脆弱的基础上的社会，也不得不依靠自己的凝聚力，继续存在下去，你又何必拿这些小事当真呢。”

说完，约庚德拉倒了杯茶，放到海敏丽妮的面前。

海敏丽妮没有伸手去接，只朝父亲说：“爸爸，今天你只喝点茶，不想吃点什么？”

安纳达老爷双手发抖，声音打颤，说：“孩子，说实话，在这张桌子上，已没有什么东西引起我的兴趣，倘若我勉强吃点什么，就会给噎死的。很久以来，对约庚德拉的无礼的谈论，我一直强忍着。我只要一开口，就会压不住心头的愤怒，不知会说出什么来！事后我一定会后悔的！”

海敏丽妮走到父亲身旁，劝慰说：“爸爸，您别难过。哥哥劝我喝茶，也是出于好心，我一丝也没见怪。爸爸，您得吃点东西，空肚喝茶，您会觉得不舒服的。”她把点心盘子推到父亲面前。

安纳达老爷慢慢地吃起来。

海敏丽妮重新在自己的椅子上坐下，端起约庚德拉给她倒的那杯茶，正要喝时，阿克希耶突然说：“对不起，您得把茶给我喝，我的茶已经喝光了。”

约庚德拉站起身，从海敏丽妮手里夺过茶杯，转身对父亲说：“爸爸，我犯了个错误，请爸原谅我吧。”

安纳达老爷沉默不语，泪水渐渐地从眼眶溢出。

约庚德拉跟随阿克希耶一声不响溜走了，安纳达老爷吃了几口点心，站起身，让海敏丽妮搀扶着，颤巍巍地上楼去了。

当天夜里，安纳达老爷感到腹部胀痛。请大夫来家诊查，大夫说：“他的肝脏有问题，但不太严重。如果有条件，去哪个疗养胜地住上一年半载，就有可能康复。”

待到胀痛减弱，大夫走后，安纳达老爷说：“走吧，海敏，咱们去贝拿勒斯住些日子。”

海敏丽妮恰好也抱有这种想法。

自从纳利纳克希走后，海敏丽妮总觉得自己修炼身心的效果不理想，宗教热忱有所减退。纳利纳克希在时，她常讨教于他，获益匪浅。那时，他脸上洋溢着的专注、宁和和愉悦的光彩，似乎每时每刻都在增强她的宗教信仰。

纳利纳克希离开以后，她虽竭力和自己的惰性斗争，加倍严谨地恪守教义，但纳利纳克希不在身边，她的热情仿佛蒙上了一层忧伤的阴影。也许正是基于这个原因，她整天都强迫自己依照纳利纳克希的指点，做着宗教课目。但一种百无聊赖的情绪越做越涌满心头，因此而产生的一种绝望，使她终日以泪水洗面。

刚才在茶桌边，她强打着精神招待客人，但她总感到心情沉重，仿佛一块石头压心头，往事创伤的回忆又变本加厉地折磨着她，她那颗无依托的心，哀号泣血。因此，她父亲的提议，正合她心意，她便急不可待地答道：“对，爸爸，咱们就到那儿去。”

翌日，约庚德拉发现父亲与妹妹似乎在做出远门的准备，他便问道：“这是怎么回事？”

安纳达老爷说：“我们准备去西边走走。”

“究竟在哪儿落脚？”

“边走边看，哪儿合适就在哪儿歇脚扎营。”安纳达老爷突然感到，不便对约庚德拉直说去贝拿勒斯。

约庚德拉也不经意地说：“这次我无法跟你们一块出远门旅行啦。我已提出辞去校长职务，不得不在家等候回复。”

四十五

清晨，罗梅锡从阿拉哈巴德回到了加齐布尔。

街道上，行人稀少。路旁的树木，仿佛都蜷缩在树叶丛里，抵御着冬日的寒冷，显得毫无生气。村舍上滞留的白色晨雾，仿佛是一只蹲伏在那里孵蛋的巨大玉鹅。载着罗梅锡的大车，在这寂静无人的大道上慢慢滚动着，朝他的居地驶去。

罗梅锡裹着大衣，蜷缩在车内。那时，一种莫名的感觉升上他的心头，他仿佛感到他的心已不属于自己，每分每秒都可听到它那不断加速的跳动声和颤抖声。

车刚在新居的大门前停靠，罗梅锡便跳了下来。他思忖着，一听到大车声响，格姆娜准会出现在外屋廊下。他从大衣口袋里，摸出装着镶嵌价值连城的宝石项链的小盒，那是他在阿拉哈巴德特意挑选购买来的，他要亲自为她佩戴上。

可是，他跨进大门后，发现男仆维希努正躺在廊房下酣睡着，所有的房门都紧闭着。他像挨了一记闷棍，不由得停止脚步。随即，他大声喊道：

“维希努！”

他原想用大声喊叫惊醒高卧在里屋的人。然而，他的大声嚷嚷，反把自己震得十分难受。昨天一整夜，他可是睁着眼睛度过的。

他又连叫了几声，未能把维希努唤醒，只得走过去把他推醒。维希努惊跳起来，懵懵懂懂，呆坐着，望着罗梅锡。

罗梅锡问道：“少奶奶在哪里？”

维希努一时弄不明白主人的发问，过了一会儿，他才突然醒悟过来，急忙说：“太太在家，老爷！”说完，他重又躺下睡觉。

罗梅锡轻轻推开房门，见室内静悄悄的一个人影都没有。

他高声喊道：“格姆娜！”但无人应答。

他翻身出屋，在花园树林里转了一圈，接着又找遍厨房、仆人的住室、马厩，哪儿都没有格姆娜的影儿。

此时，太阳已升起，栖息在树梢的乌鸦，开始呱呱噪叫，二三村姑，顶着水罐，朝这边水井走来汲水。

房子后面的农舍院子里，几个农妇开始推磨，拉开嗓子唱起了歌儿。

罗梅锡又转到房子正面站定，看见维希努依然躺在那儿打鼾。罗梅锡弯腰使劲推了推他，从他身上闻到一股酒味。猛烈的摇撼，使维希努有了几分知觉，他慌忙站了起来。

罗梅锡问道：“少奶奶上哪里去了？”

维希努答道：“也许在屋里，老爷！”

罗梅锡愤然道：“胡说，她不在屋里，我已找遍了。”

维希努神情稍显紧张地说：“昨晚，她还待在这里。”

罗梅锡又问：“后来她又去哪儿了？”

维希努张口结舌，怔怔地望着他。

这时，乌迈希穿着格姆娜送的阔边碎花纱丽外披毯子，走到他们跟前。因睡眠不足，他双眼通红。

罗梅锡问乌迈希：“乌迈希，你姐姐到哪里去了？”

乌迈希答道：“昨天，姐姐来这儿了。”

罗梅锡又问：“你去哪里了？”

乌迈希说：“昨天，她放我的假，让我去希托家看演出。”

这时，赶大车的车夫过来，打断他们的谈话，说：“老爷，车钱——”

罗梅锡二话没说，急忙上车，吩咐车夫把车赶往他大叔家。

一抵达那儿，他跨进门槛，发现全家上下一片慌乱。他猜揣，兴许格姆娜突然发病了。但他完全判断错了。他们告诉他，昨天夜里乌玛突然惊叫哭喊起来，手脚冰凉，脸色铁青，全家慌作一团，谁也没有合眼，脸上堆满了愁云。

罗梅锡又寻思，准是因乌玛病倒，他们把格姆娜叫唤过来照料患病的孩子。他于是问维宾："格姆娜在乌玛身边照料吧？乌玛的病情怎样了？"

维宾不知格姆娜究竟来过没有，但他还是主观推测说："是啊，她很喜欢乌玛，一定来过了。但现在不必担忧了。大夫说，她的病并不十分要紧。"

不管怎样，这些话本可使罗梅锡安下心了。罗梅锡原本满心喜悦，编织着种种幻想罗网，但不料却遇到种种波折，他懊悔至极。他不禁暗自感叹，仿佛至高无上的神明，在暗中作梗，阻碍着他俩的相聚。

这时，乌迈希也从罗梅锡家赶来了。因为夏希十分喜欢他，他可以在这家毫无阻拦地自由进出。

乌迈希刚要跨进夏希的房门，夏希也正好快步走到房门口，她似乎听到女儿乌玛醒了，想赶过去看一眼，不料门口撞上乌迈希。

乌迈希问："夏希姐姐，我姐姐在哪里？"

夏希穆基诧异地说："怎么了？昨天是你送她回家的呀。昨晚，我本想让勒希姆尼娅去那儿与她做伴，可后来乌玛突然病倒了，我才没有让她过去。"

乌迈希脸色陡变，说："她没有在那栋房子里待着。"

夏希惊慌不安起来，说："这是怎么回事？昨晚你跑到哪儿去了？"

乌迈希说："姐姐没有让我待在那里！一到家，她就让我去希托老爷家看戏了。"

夏希又急又气地说："你这个死心眼儿，维希努呢？"

乌迈希说："维希努什么都不知道，昨晚他喝得酩酊大醉。"

夏希急忙吩咐道："快去，快，把维宾老爷叫来！"

夏希对走到自己面前的维宾说："听见了吗？闯出大祸了！"

维宾大惊失色，慌忙地问道："发生了什么事？"

“格姆娜昨天傍晚回那边房子，可现在到处都找不到她！”夏希穆基说。

“她昨夜没有到这里来？”维宾问道。

夏希答道：“当然没有！乌玛闹病时，我本想找她来帮帮忙，可谁也腾不出手去接她。罗梅锡老爷回来了吗？”

维宾说：“罗梅锡已经来了。他在那边屋子里没有找到格姆娜，以为她到这里来了。现在他正在外面坐着呢。”

夏希说：“去，去，赶快与他一块去寻找。乌玛睡着了，看来她好多了。”

维宾和罗梅锡坐上大车，赶回那边的居所，又费尽口舌问维希努。经过多次盘问，拼凑起来，才获得下面的支离破碎的一些情况：

昨天傍晚，格姆娜独自朝恒河的方向走去。维希努准备陪她去，但她拒绝他的陪送，给了他一个卢比，让他看守家，她便独自走了。那时有一个卖酒的人，提着一壶酒到门口叫卖。以后究竟发生了什么，他已经记不清了。

维希努指给他们看格姆娜去恒河所走的路。

罗梅锡、维宾和乌迈希便顺着维希努所指的方向，走上凝结着露珠的田间小道，寻找格姆娜。乌迈希惶恐不安四下张望，像一头被捕获的母鹿挣扎着想回头再看一眼将离别的小鹿一样。

三人在恒河岸边会合。四周一览无余，河滩上的沙粒在阳光下闪烁。他们的目光仔细地朝四周搜寻，但依然看不到任何蛛丝马迹！

乌迈希扯开嗓子大声呼唤：“姐——姐！噢——姐姐！您在哪儿？”但除了从河对岸的远处传来的回声之外，再也没听见任何回响。

找着找着，乌迈希忽然发现，在较远处有一个白色的东西，他急忙跑过去，看到一块白色手帕，里面裹着钥匙，它们搁的地方近在水边。

罗梅锡已赶了过来，问道：“喂，那是什么？”

这确是格姆娜的一串钥匙。在离钥匙不远的潮湿泥沙滩上，乌迈希又发现一双小脚印。这一连串脚印，是从河岸一直延续下来，最后隐没在水里。

过不多时，乌迈希又在紧挨水边发现一个亮晶晶的东西。他立即把它捡了起来，是一枚小小的金别针。罗梅锡一眼就认出，这是他送给她的礼物。

这一连串的发现，都把他们的视线引向恒河中流，格姆娜肯定被卷入河中心了。这时，乌迈希再也抑制不住自己，号啕大哭起来。

乌迈希疯狂地叫喊着："姐姐！姐姐！"一头扎入水中。他一次又一次地潜入河底，到处摸索。他在找什么，只有他自己知道。那时的河水，已被他搅得混浊不清了。

罗梅锡呆呆地伫立在河边，一句话也不说。维宾大声呼叫："乌迈希，你在干什么？快上来。"

乌迈希从嘴里喷出一口水，说："不，我不上岸，不上岸。姐姐，您扔下我到哪里去了，把我也带走吧！"

维宾害怕了，其实维宾的担心是多余的。乌迈希在水里灵活得像条鱼，即使他想让自己淹死，也难以办到。他在河里折腾了好半天，最后累得直喘气才爬上岸，躺在沙滩上，像鱼儿似的扑腾着，哭喊着。

维宾摇着罗梅锡的肩膀，使他从痴呆中醒悟过来。

维宾说："罗梅锡先生，走吧。再待在这里是白费时间。该去警察局报案，让他们帮忙，四下搜寻。"

那天，夏希穆基没有生炊，谁也没进一口食、合一下眼皮。夏希悲戚的哭泣声响彻全院。

渔民们驾船在那段河面上，撒网打捞；警察也奔走乡村，各处寻觅。派人去火车站寻问，但谁也没有在那天夜里，见到过这么个模样的孟加拉姑娘上火车。

那天晌午，恰格尔瓦尔蒂也赶回来了。他听了有关格姆娜几天来种种离奇举动的叙述，便完全相信格姆娜投河自尽了。

勒希姆尼娅说："这会儿，我才明白了。昨晚乌玛为什么大哭大叫，突然病倒了，咱们得找个人来给她驱驱邪！"

罗梅锡的眼眶里一切都干涸了似的，连一点水都耗尽了，以致无法湿润他的眼睛。

罗梅锡痴呆地坐在那里，心中暗自寻思："那一天，这个格姆娜从恒河水里冒出来，依偎在我身边；而今天，她却像一朵献给神明的圣洁鲜花，又消失在这恒河水中！"

太阳西沉了。罗梅锡又来到恒河边，站在那块曾经捡到裹着钥匙的手帕的地方。他怔怔地望着河滩上的足印。稍顷，他脱掉鞋，挽起围裤，步入水中，从衣袋里摸出从阿拉哈巴德带来的那条项链，直向河心抛去。

恰格尔瓦尔蒂大叔一家都沉浸在悲痛之中，谁也没有留意罗梅锡什么时候离开了加齐布尔。

四十六

现在，罗梅锡四顾茫茫。他再没有任何期望，再没有任何事情要做。他感觉，今后他再也无所作为了，也不可能常待在一个地方，他的心身都处在漂泊之中。若说他心灵深处，已经忘怀对海敏丽妮的旧日恋情，那倒也不是，不过他有意从内心驱赶掉那段恋情的痛苦回忆。

罗梅锡暗自思忖："在我的生活里，命运带来的意外事件给了我沉重的打击，使我永远变成一个对世界毫无用处的废物。这样一棵遭雷击的大树，何必还要抱着奢望，重新跻身于葱翠的树丛里呢？"

于是，罗梅锡出门云游。他从不在一个地方常驻，他马不停蹄地从一个地方到另一个地方飘游，从中寻求安慰。他泛舟恒河，观赏贝拿勒斯的码头；他到德里，攀登顾特布石塔；在阿格拉，他饱览了泰姬陵的月夜景色；又去阿姆利则尔瞻仰了金庙；然后又绕道去拉吉布那，去阿布山上的神庙进香。总之，他不想让自己的身心获得某种永久的依托、片刻的安静。

最后，这个年轻人经过四处漫游，身心疲惫不堪，从内心发出了呼号，祈求有个“家”。对往昔那个平和安宁的家的回忆，和对将来可能有的幸福美满的家的幻想，不时叩击着他的心灵。

一天，他终于抑制不住强烈的乡愁，突然结束了这种于痛苦之中寻求慰藉的云游，毅然购了去加尔各答的火车票，登上东去的列车。

抵达加尔各答，罗梅锡不敢贸然闯入那条名叫戈尔胡多拉的胡同。去那里他会看到什么、听到什么，无从估摸！他心中一次次猜测，那里肯定发生了巨大的变化。一天，他已走到巷子口，最终仍调头而返。

次日黄昏时分，罗梅锡终于鼓起勇气，强迫自己走到安纳达老爷府邸，见门窗都紧闭着，看不到任何地方有人出入。但他觉得，仆人苏肯一定会留下看守屋宇。于是，他喊叫着苏肯的名字，敲起门来，但未闻有人应声。隔壁邻居金德尔莫亨正坐在自家屋廊下的台阶上，抽着水烟。他走过来招呼说：“是谁？罗梅锡先生？安纳达老爷一家子都不在家，倾巢外出了。”

“您知道他们到哪里去了？”

“说不清，好像到西部哪个地方，换换环境去了。”

“能告诉我都有谁去了？”

“安纳达老爷和他的千金小姐。”

“您能肯定再也没别人，随同前往？”

“没错儿。走时，我还跟他们聊了几句。”

此时，罗梅锡再也忍耐不住了，便直截了当地说：“我听说有纳利纳克希先生跟随他们一块去西部了？”

金德尔莫亨斩钉截铁地说：“弄错了。纳利纳克希先生曾在您那座房子里住过一阵，但他比他们早几天去贝拿勒斯了。”

罗梅锡又和金德尔莫亨闲聊了一会儿，知悉了一些有关纳利纳克希的情况。他全名叫纳利纳克希·恰道巴梯亚耶，起初行医，后来和母亲一块住在贝拿勒斯。

罗梅锡在那儿思索了片刻。最后，他问：“您能告诉我，约庚德拉在哪儿吗？”

金德尔莫亨说："约庚德拉在比沙依布尔的一所高中工作，担任校长职务。"

接着，金德尔莫亨问罗梅锡："罗梅锡先生，好长日子没见您人影，您近来在哪儿？"

罗梅锡觉得，现在没有必要隐瞒自己的行迹了。

罗梅锡答道："我在加齐布尔实习律师业务。"

金德尔莫亨问："现在您想在这儿居留？"

罗梅锡说："不，离开了那儿，眼下我还拿不定主意，究竟在哪儿落脚。"

罗梅锡走后不久，阿克希耶就来了。在离开加尔各答，去比沙依布尔赴任时，约庚德拉请阿克希耶照看这所宅院。

阿克希耶受此重托，不敢有丝毫懈怠。只要有闲暇，便过来看看两个用人是否尽职，在府看守。

金德尔莫亨一见到阿克希耶，便说："罗梅锡先生刚才来过，他才走了不一会儿。"

阿克希耶纳闷地问："噢！他来这儿干什么？"

金德尔莫亨说："这我不知道。他向我打听了安纳达老爷的情况，我把所知道的全告诉了他。他削瘦得很，气色也不好，猛一瞧差点认不出来了。若他不叫仆人的名字，我还真认不出他。"

阿克希耶说："你没问他现在住在哪儿？"

金德尔莫亨说："他说住在加齐布尔。现在他或许搬这儿来了。究竟落脚在哪儿，他说还没拿定主意。"

"好吧。"阿克希耶说完，便离去了。

罗梅锡从那儿回到留宿地，躺在床上浮想联翩：

"命运之神是怎样地捉弄人啊！一面是我和格姆娜的纠葛，另一面是纳利纳克希和海敏丽妮的微妙关系——这是多么富有戏剧性！不过，只有像命运之神一样的漫不经心、毫无顾忌的作家，才会利用那些纠葛不清的素材，乱点鸳鸯谱，谱写离奇的故事。然而这些素材在人间的荒谬绝伦，连那些谨慎胆小的作家，在自己的幻想故事里也不敢拿它作为素材，公之于世！”

罗梅锡寻思，不管如何，他现在似乎已经摆脱了困袭他身心的纠缠不清的那些生活烦恼。他祈愿，命运之神尽可能地不要在自己这一复杂多变的话剧的最后一幕，写出可怕的结局，施以无情一击。

在比沙依布尔，约庚德拉居住在紧挨学校东家的那位地主住宅的一所小府邸里。星期天早晨，他正在阅读报纸，有位从市场上来的人捎给他一封信。他刚看了信的开头几行，就愣住了。罗梅锡写道：“我在市场的一家商店里恭候你，有紧要事与你谈谈。”

约庚德拉猛地从椅子上跳了起来。虽然上次在一场剧烈争吵中他羞辱过罗梅锡，但过了这么长日子，这位童年的伙伴又赶到这穷乡僻壤来拜访他，他不能拒人门外，让他失望。更何况，在异乡能与童年挚友相逢，约庚德拉早已弃置前嫌，不由得感到一阵兴奋，当然也不乏好奇。海敏丽妮不在这儿，更不用担心罗梅锡会做出什么令人不快的举止来。

约庚德拉跟随送信者一块来到市场，寻觅罗梅锡。他远远望见了罗梅锡默默地坐在一家糖果店里的木箱上。商店老板曾取出专门招待婆罗门的水烟袋，装好烟，请罗梅锡抽，但这位戴眼镜的先生没有抽烟的习惯。店老板觉得，这个家伙一定染上什么城市恶习，他便没有兴趣去和他攀谈寻根问底了。

约庚德拉见到他，急忙大步走进去，握住了他的手，把他拉起来。

约庚德拉大叫说：“真拿你没有办法！你跟从前一样，仍不脱俗，顾虑重重！你本该直接去我家，可你却偏偏在半道上，坐在这儿的糖果箱堆里，别人还以为你是爱闻糖浆和烤饭的香味哩！走吧，伙计！”

他的热烈且诙谐的话语，出乎罗梅锡的意料，罗梅锡不好意思地笑了笑。一路上，约庚德拉一边唠叨个没完，一边拉着罗梅锡走向自己的住所。

约庚德拉说：“不管人家怎么说，我们之中，谁也弄不懂这个造物主。它让我降生在都市里，长了这么大，成为一个彻头彻尾的城里人；而现在，它却让我跑到这个鬼哭狼嚎的穷乡僻壤里来，过这种孤寂无聊的生活！”

罗梅锡向四下瞧了瞧，说：“这个地方也不算坏！”

约庚德拉说：“你说的什么意思？”

罗梅锡说：“我是说，这个地方十分清静、安宁。”

约庚德拉自我嘲弄地说：“正因为这个缘故，我才跟与我差不多的一个人分道扬镳，为增添你所说的这种安宁清静而奔波！”

罗梅锡说：“不管你怎么说，想过安静的精神生活，这个地方是很……”

约庚德拉打断了他的话说：“这种教诫口吻的话别跟我说！多少日子以来，这儿的过分安静，已压得我喘不过气来了！我竭力想打破这种岑寂，也做了种种努力，甚至差点跟校方秘书打起架来。我也向地主校董描述了我的性格，现在他大概不会很快来找我麻烦。老先生想让我在英文版报纸上，撰写吹捧他的文章，可我是个有独立见解的人，谁也左右不了我，我也决不会替别人唱赞歌，这点我已经明明白白地向他讲清楚了。即使如此，我还是在这儿待了下来，这倒不是我有什么可取之处。这儿的副县长对我很有好感，那位地主老爷就不敢贸然把我赶走。哪一天，若从政府公报中看到该副县长的调任消息，你就可以认为，我这颗校长星星从比沙依布尔的天空中陨落了。这儿，我唯一的朋友是我的小狗庞西，至于其余人，都用那样的眼光斜视我，使你在任何情况下都不能认为他们怀有好意。”

跨进约庚德拉居住处的门槛，罗梅锡便在一张椅子上坐了下来。

约庚德拉说：“你现在别忙着坐下。我知道，晨浴是你的癖好，快去洗一下，也让我有时间煮茶。既然我已答应接待你，就让我跟你再痛饮一次！”

整个白天，就在俩人吃喝谈笑中消磨着。罗梅锡来此找他有特殊的目的。但约庚德拉一整天，都没有给他启齿的机会。

他们用完晚餐，便坐到安乐椅上小憩。这时远处郊野里传来了狼群的嗥叫声，黑夜也在蟋蟀的鸣叫中战栗。罗梅锡终于找到一个机会，说明来意："约庚，凭你的灵气，你大概已经猜到我来此想跟你说什么紧要事。曾有一天，你向我提出了一个问题，那时没有办法回答你。今天我就是来答复你的，眼下已没有任何阻碍了。"

罗梅锡突然打住话头，沉思了片刻。他终于慢慢地把他和格姆娜的关系，从头到尾叙述出来，他时而喉咙哽塞，时而声音颤抖，时而半晌无言。约庚德拉始终一言不发，静静地听着。

直到听完事情的全部经过，约庚德拉长长地吁了口气，说："你如果那天对我讲这些事情的原委，我肯定不会相信。"

罗梅锡说："其实，这事儿今天和昨天一样，教人没法相信。我请求你一件事，你跟我一块到我结婚的那个村子去一趟。之后，我将把你从那儿带到格姆娜的外祖父家去。"

约庚德拉说："我一步也不想离开这儿。坐在这把椅子上，我相信你说的一切。按理，我从来就盲目相信你说的每句话，这几乎成了我的习惯。一生只有一次例外，我希望你能原谅。"

约庚德拉从椅子上，霍地站起来，走到罗梅锡跟前，四目相视。片刻，两个孩提时代的好友，紧紧拥抱在一起。

罗梅锡清了清嗓子说："我不知怎么会落入命运之神所虚设的一张无法解脱的罗网之中，一旦坠入，除听任其摆布外，别无他法。今天，我既然彻底摆脱了那张罗网，也就无须做任何隐瞒，还我本来的面目。我至今不明白，恐怕将来也永远不会明白，格姆娜究竟怎么想的，得出了什么样的结论，然后走上了自杀的道路。但是，有一点可以肯定，这是结束我们之间关系的唯一办法。我们既已莫名其妙地结合在一起，如果她不这样死，快刀斩乱麻，割断这不解之缘，那么我们将会落得个什么样的悲惨结局。一想到这点，我的心就发颤。那时，格姆娜意外地逃脱了死神的血盆大口，而如今她又突然地被死神吞噬了！"

约庚德拉说："格姆娜自尽是确定无疑的，可你还是无法完全置信。算了，不管如何，从你这方面来说，已不存在任何阻碍了，一切都是一清二楚了。现在，我倒是考虑纳利纳克希这个人的举止，我没法猜透这个人，更谈不上喜欢。可是我们接触过的多数人恰好相反，他们越是不了解的东西，对他们越有诱惑力，他们更喜欢自己所不了解的人。所以我们为海敏丽妮担忧。她最初戒了茶，也不吃鱼肉，我觉得情况有些异样，没隔多长日子，她的眼睛丧失了往日的光彩；别人挖苦讽刺她，她也麻木地微微一笑了事。那时，我明白，她的境况已到了令人担忧的地步。我现在断定，只有你能使她回心转意。只要你助一臂之力，我们完全可以把她抢救回来。所以，请你做好准备，让咱们两个朋友联合起来，开始讨伐那些苦修者。”

罗梅锡听了不禁开怀大笑。

罗梅锡说：“我尽管不属于勇士之列，我也尽力做好准备干。”

约庚德拉说：“但要耐住心，咱们且等圣诞节放假时再动手。”

罗梅锡说：“离放假还早呢，为什么不让我先行一步呢？”

约庚德拉说：“不，不，绝对不行，我拆散了你们的婚姻，就由我亲手再连接那一段婚缘。在这神圣行动之前，你不能扫我的兴，从我手中夺走这件令人快活的事。现在，离放假还有几天……”

罗梅锡插嘴道：“在此期间，让我……”

约庚德拉不让罗梅锡说完，抢口说：“不行，别废话了。你老老实实在这里待上十天，做我的客人。我已经把那些经常与我作对的人一一赶走了，我需要有朋友做伴，改变一下我的生活情趣。在这种情况下，我能放你走吗？你甭白日做梦！在这儿，只有狼嗥伴随我度过一个个夜晚，处境是如此险恶乏味。现在你的说话声，对我来说简直像是天上最美妙的乐曲。说真的，我的境遇已经落到了令人不堪设想的地步！”

四十七

阿克希耶从金德尔莫亨的嘴里听到罗梅锡来访的一席话，弄得他满腹狐疑，惶恐不安。

他暗自思忖：过了这么长时间，罗梅锡又突然在这儿出现，葫芦里究竟卖的什么药？他在加齐布尔当实习律师，把自己隐匿多日，现在不知又发生了什么事，促使他突然放弃律师实习业务，匆匆跑到这儿来。眼下紧要的是，一定要探听他会不会去贝拿勒斯，寻找安纳达老爷和海敏丽妮。

最后，阿克希耶决定去加齐布尔一趟，搜集有关罗梅锡各方面的情况，然后再去贝拿勒斯，向安纳达老爷他们禀报。

阿格赫纳月[①]的一天晌午，阿克希耶拎着手提箱，风尘仆仆，抵达加齐布尔。

阿克希耶先到市场，向店铺的人询问，一个名叫罗梅锡的孟加拉律师居住在哪儿，但谁也不甚了解。他又东窜西问，仍然一无所获，无人知晓一个名叫罗梅锡的孟加拉律师。

最后，阿克希耶来到法院，恰好遇见一位孟加拉律师，正从法院出来要回家。阿克希耶忙上去打听："劳驾，先生。我要打听一位名叫罗梅锡的孟加拉律师，新近来这儿实习的，请问他住在何处？"

那位孟加拉律师告诉他："罗梅锡一直住在恰格尔瓦尔蒂大叔家。不知他现在还居住在那儿没有。他妻子有一天突然失踪，传说投河自尽了。"

阿克希耶不断打听，才找到恰格尔瓦尔蒂大叔家。

一路上，他边走边想："现在，罗梅锡的行径有了些眉目。妻子死了，他一定会去找海敏丽妮，信誓旦旦向她保证，他根本没有变心，没有与人结过婚。依照海敏丽妮目前心情，她不可能怀疑罗梅锡的话。有那么一种道貌岸然的人，表面十分正直，富有理性，但一旦摸透了他们内心的底儿，他们的真实面目才更加狰狞可怕。"想到这儿，阿克希耶不禁为自己堂堂正正做人而暗自庆幸。

抵达恰格尔瓦尔蒂家之后，阿克希耶向大叔问起有关罗梅锡和格姆娜的情况。经他一问，大叔控制不住自己的感情，满面泪流。

恰格尔瓦尔蒂一边抽泣一边诉说："您既是罗梅锡的好朋友，您

---

① 阿格赫纳月，印历九月，相当于公历十一至十二月。

一定很熟悉我那亲如女儿的好孩子格姆娜了。那几天，她把我糊弄得使我根本不会想到她将会寻死！我的好闺女瞒了我几天，撇下我走了，谁会料到啊！”

阿克希耶装出一副天真无邪的模样，说：“这怎么会呢？我真不明白，我也给弄糊涂了。一定是罗梅锡待她不好。”

恰格尔瓦尔蒂说：“您是罗梅锡的朋友，别因为我多嘴生气，您的那个罗梅锡我至今也没摸透。从外表看，他讨人喜欢，文质彬彬，给人印象很不错；可他内心想什么，脑子里转什么念头，只有老天爷晓得。他可能神经不正常，哪根神经搭错了。要不您无法说清楚，谁会不心疼像格姆娜这样既贤惠又漂亮的妻子呢？格姆娜和我女儿相好得亲如姐妹，但格姆娜从来不对我女儿提起自己丈夫什么的。我女儿看出格姆娜内心并不愉快，仿佛她只把苦水往自己肚里咽，从不对别人掏出心事。像这样的女孩子，只有遭到了巨大的痛苦打击，才会走上这条自绝的路。您也许也会这样想的吧。想到这一切，我真觉得仿佛万箭钻心一般痛苦。当时我正好去了阿拉哈巴德，要不我这个闺女决不会离开我，撒手人寰的！”

第二天早晨，大叔陪着阿克希耶去看了看罗梅锡租下的那栋房子，又去格姆娜投河自尽的恒河岸畔。

阿克希耶在整个参观过程，没有发表任何高见。回到恰格尔瓦尔蒂大叔的家后，他说：“大叔，您完全相信格姆娜是投河自尽的？我可不太置信。”

大叔困惑地问：“您的意思是什么呢？”

阿克希耶说：“我认为，格姆娜是离家出走的，应该四处找一找。”

大叔经他一提示，激动得跳将起来，说：“您说得对！这不是断乎不可能的。”

阿克希耶又推断说：“圣城贝拿勒斯离这儿不远，那里有我和罗梅锡的一个好友，很有可能格姆娜去他那儿了。”

他的话给大叔一线希望，老人家说：“您这个提示太好了！罗梅锡从来没有向我提到过贝拿勒斯的那位朋友。若早知道，我怎会不跑一趟贝拿勒斯，就轻易认定她死的事实呢？”

阿克希耶说：“那么我们一块动身走吧，我们去贝拿勒斯，先察看察看情况，您对贝拿勒斯一带情况很熟悉，我们可以仔细地寻觅一番！”

恰格尔瓦尔蒂大叔立刻赞同这个建议。阿克希耶心里明白，海敏丽妮不会贸然相信他的话，所以带上大叔，作为见证人，戳穿罗梅锡为人卑劣的行径，让海敏丽妮幡然醒悟。

于是，阿克希耶踌躇满志带着大叔朝贝拿勒斯进发了。

四十八

安纳达老爷在贝拿勒斯城郊去兵营的路上租了一栋别墅居住。

他们一到贝拿勒斯，就获知，纳利纳克希的母亲克谢姆卡莉先是咳嗽发烧，而后转为肺炎。

在发烧时，她又不顾冬日的严寒，依然坚持去恒河沐浴，因而她的热度越发增高，病情变得越发严重。

几天来，海敏丽妮悉心服侍照料，老太太的病情有所好转，摆脱了危及生命的险境，她遭受这次病魔的困扰，她的身体已是虚弱不堪了。

克谢姆卡莉严守丘阿丘德[1]等各种宗教清规，决计不许一个梵社姑娘海敏丽妮伺候她的饮食。

先前，她只吃自己亲手做的饭菜，现在则由纳利纳克希来照管她的起居饮食。克谢姆卡莉不得不让儿子亲自伺候她的饮食，心里觉得不好受。

一天，她悲戚地对儿子说：“我要是死了该多好。要知道，维希戈纳特师父救了我，只能给你们带来麻烦。”

克谢姆卡莉对自己在清心寡欲方面的要求极为严格，但对周围

① 意即按印度教规，上层种姓的人不可与下层种姓的接触，否则违反教规。

环境，她却十分注意清爽和幽雅。海敏丽妮早已从纳利纳克希嘴里听说过这一点，所以，她竭尽全力把这个家里里外外打扫得一尘不染，精心加以布置；她自己也穿着得干净利索。安纳达老爷也每天从自己庭院花园里摘取鲜花，让海敏丽妮用各种样式十分得体地摆设在克谢姆卡莉的病榻边。纳利纳克希几次劝说母亲，找个贴身侍候的女用人，但老太太执拗地不同意让别人伺候她。从前，家里曾雇了一个女佣，来干打水和洗碗等粗活，但老人决不容忍任何一个拿工钱的下人插手和她自己密切相关的事务。她年幼时，赫利亚的母亲曾带过她，但这位老保姆故世后，即使她病得厉害，她也不雇用女仆打扇或捶脚。

她非常喜欢漂亮的孩子和俊美的脸蛋。她每日清晨，总要去恒河德夏希迈克码头洗澡；途中，她总虔诚地向所见的湿婆神庙撒鲜花，洒恒河圣水，与此同时，只要在路上见到漂亮的小男孩或小女孩，她就会把他们带回家。这一街区漂亮的孩子，常成群结队到她住处，获得玩具和糖果；有时，他们满屋子疯闹，而她却从中得到乐趣。

她有个癖好，只要见到精致的小玩意儿，就非买不可。这些小玩意儿，倒不是她自己需要或喜欢收藏，而是因为她总惦记着谁喜欢什么，她会高高兴兴地把它作为礼物，亲自送给对方，或是派人送去，或是通过邮寄馈赠远方的诸亲好友，使他们喜出望外。

她有一只黑檀木箱，里面装满了花样繁多的惹人喜爱的小玩意儿和五光十色的丝绸衣服。她已暗自决定，一旦纳利纳克希讨娶老婆，就把箱里珍藏的东西全送给儿媳。她已在心中为纳利纳克希勾勒出一个俊俏绝伦的媳妇。她常想象着，她的儿媳是一个既年轻又漂亮的姑娘，活泼可爱，性情温柔，过门后，穿上她珍藏的华丽衣服，将使死气沉沉的家蓬荜生辉，喜气洋洋。

她自己的生活过得像个修女那样清苦，沐浴和祈祷占据了她全部生活，一日只用一餐，还仅是些水果、牛奶和甜点心。可是对纳利纳克希如此一丝不苟地恪守教规，她却不以为然。她认为，过分严格的宗教生活，对男人是不适宜的。

她常规劝儿子："你们男人就不应该那样循规蹈矩，对自己那么苛刻。"其实，她总把男人看作一个大孩子，在饮食起居上不知节制或不加选择，无可厚非。即使他们不信守宗教教义，也是可以宽恕的。

她认为，男人们为什么非得严格遵守教规呢？按说人人都应该遵守教规礼仪，她不能容忍亵渎神明的事，但这些规矩不是为男人，而是为女人所设置的。倘若纳利纳克希像别的普通男人一样，做出一些鲁莽和任性的举动，如随意闯入她的祈祷室，打扰她的祷告活动，不在一般时刻对她施以触脚礼，那么她反而觉得高兴。

克谢姆卡莉病愈后发现，海敏丽妮依照纳利纳克希的指点，开始遵循教规，过起苦行生活，甚至连头发花白的安纳达老爷，对纳利纳克希的话也像对待有道行的师尊的训诫一样，洗耳恭听，深信不疑，虔诚悦服。见此，克谢姆卡莉大为惊讶。

一天，克谢姆卡莉把海敏丽妮叫唤到身边，笑着对她说："孩子，看来你们父女俩合伙怂恿纳利纳克希遵奉那种荒诞的行径。你为什么要听信他胡说八道的疯话？你正值豆蔻年华，正是吃喝玩乐、花枝打扮的享乐年华，而你却偏偏违背自己的天性，反而沉浸于修身养性的禁欲生活之中！你也许问，我为什么这样做？我这样做是有缘故的，是环境所造成的习惯。我父母都是虔诚的教徒，我们兄弟姐妹是自幼在这种宗教环境熏陶中长大的，我们放弃那种宗教生活，就会觉得无所依托，如无根的浮萍。但你不是生活在那种浓厚的宗教环境中，你所受的教育我知道一二。你现在的所作所为，并非出自于你内心。孩子，悖于自己的天性，轻易改变自己的旨趣，有百弊而无一利！我说，你还是去好生培植你已经得到的东西吧。孩子，顺从自己的天性，快放弃这一切无谓之举吧。像你这样受过现代教育洗礼的女孩子，为什么要吃素守斋，修炼生活根本不符合你的天性！还有，纳利纳克希算哪家的师尊，也值得你言听计从？他懂什么教义教规！不久前，他还顺着自己的性子，想什么就干什么，一听到那些宗教经文的诵颂声，就嗤之以鼻。现在他压抑自己个性，虔诚地念祷告，完全是为了让我高兴。我倒要看看，他究竟会不会变成超脱红尘的高僧！我常对他说：‘你从小怎么过来的，你还是怎么走下去。只有这样，才能使我心安理得，使我高兴。’他听了总是一笑了之，你说得厉害，痛骂一顿，他却连哼也不哼一声，从不还嘴，我行我素。”

大约傍晚五点光景，克谢姆卡莉一边替海敏丽妮梳头，一边讲述了上面这番推心置腹的话，她不满姑娘头上原先简单的发式。

克谢姆卡莉继续说：“你也许以为，我是个老古董，老派人物，两耳不闻窗外事，不谙当今的时髦！但我会梳多种多样的发式，连你都不见得全会梳。我曾经结识一位高雅的英国太太。她教我缝纫，还教我梳各种发式。但每当她一离去，我就不得不去洗澡，把她梳的发式弄乱，恢复我原先的发式。叫我怎么说呢，孩子，教规养成我这种一丝不苟的生活，对抑或错，我也不甚清楚。只不过是心理上过不去，习惯使然，倒也不是有什么厌恶。我一向对你也非常挑剔，你千万别介意。后来，纳利纳克希的父亲放弃了正统的印度教，信奉别的教，这对我简直是晴天霹雳的震动，但我还是认了，没有说什么，没有抱怨，只是对他说：‘顺着你的天性，想怎么好就怎么做吧。我是个傻女人，我不能放弃多年沿习的生活方式。’”说着，克谢姆卡莉两眼湿润了，止不住拭擦了眼泪。

老太太解开了海敏丽妮的发辫，把她的长长的秀发梳成新的式样，像往常那样从中获得了满足。有时，老太太从自己的黑檀木箱里，取出自己珍藏的丝绸纱丽，给姑娘装扮。给人梳妆打扮，似乎是老太太的一种令人快乐的消遣。海敏丽妮也几乎每晚拿针线活儿来，向老太太学习缝纫，以此来消磨傍晚的时光。

克谢姆卡莉喜欢阅读小说。海敏丽妮常从当时孟加拉月刊里，遴选一些短篇小说或短文随笔，念给她听。而老太太竟能一一切中要害地评论，使海敏丽妮惊叹不已，佩服得五体投地。海敏丽妮以前总以为，这种鉴赏识别能力，只是受过高等教育的人才能具备的素养。老太太的谈吐的风雅，宗教的笃信，经历的神秘，举止的超俗，无不使海敏丽妮惊喜，与她原先的想象大相径庭！

四十九

克谢姆卡莉又发了一次烧，病情不大严重，没隔数日，身体就恢复健康了。

一天早晨，纳利纳克希给母亲行了触脚礼，请过早安，劝说道："妈，您该像个病人那样好生保养自己，衰弱的病体经受不了您那套近乎严酷的清贫生活。"

克谢姆卡莉反驳说："要我像病人一样生活，而你自己呢，却在苦修瑜伽，这究竟是什么道理？纳利纳，我再也不想听你这套鬼话了！你若听从妈妈的吩咐，你现在快着手结婚！"

纳利纳克希怔怔地站在那里，默然无语。

克谢姆卡莉继续开导说："听着，孩子，我这副老骨头，一天不如一天，不可能出现转机的奇迹。我总想在升天之前，亲眼目睹你成家。以前我曾打算替你找一个媳妇，教她知书达礼，按我的心意调理她，给她穿好吃好，让她舒舒服服地与你过日子。这会儿，我一病倒让我开了窍，这是天帝的旨意，年龄不饶人啊！我现在是风烛残年，今天还活着，明日或许就不在人世了。现在我硬给你找个不懂世事的毛丫头，不仅不会给你带来快乐，反而会增添无穷烦恼。倒不如你自己去相中称心如意的姑娘。在病榻上，我天天都在苦思着，有段时间，彻夜无法入眠。我心里明白，我必须趁自己还有口气，了却这件事，尽自己一生中的最后一个责任。要不我会死不瞑目。"

纳利纳克希不安地说："妈，我从哪儿去寻觅那样的姑娘，她事事都能称您的心？"

克谢姆卡莉说："你不用操心，我替你物色。有了眉目，我会告诉你。"

克谢姆卡莉至今也不曾在安纳达老爷面前露过面。每当安纳达老爷到她家来拜访，她总躲在自己的内室。

但是，今天傍晚，安纳达老爷像往常那样，闲步来到纳利纳克希府邸，不料克谢姆卡莉传出话，让他进入内室。

一见他被人引进里屋，她就开门见山地说："您女儿文雅善良，令我怜爱。我的纳利纳克希的品行，您是熟悉的，恐怕没有毛病可挑的。在医术上他的名声也好。您女儿到哪去寻觅这样的好夫君？"

安纳达老爷惶恐地说："您说到哪里去了！我从不敢抱有这样的奢望。倘若我女儿能与纳利纳克希联成婚缘，哪还有比这更使我幸运的！不过，他们自己……"

克谢姆卡莉说："纳利纳克希不会有意见的，他与当今的青年迥然不同，什么事都听从妈妈的安排；再说，谁见您女儿不会爱上她？您女儿究竟喜欢不喜欢我儿子？我希望，倘若双方心灵相通，尽快正式订下婚约。我身板不硬朗了，说不准哪天不在了。"

那天晚上，安纳达老爷兴冲冲地回到了家，一进屋就把海敏丽妮唤来。

安纳达老爷对海敏丽妮说："我已到风烛残年的时候了，身体又不好。我总替你的终身大事担忧，总想把你托付给一位可信赖的夫君，死后也安心了。孩子，别不好意思，恕我直言。你没了母亲，全部的责任重担，落在我的肩上。"

海敏丽妮难过地望着年迈体弱的父亲，不知话从何处说起。

安纳达老爷接着说："孩子，我为你找到一门好亲事简直太高兴了。我真怕夜长梦多，中途变卦。今天，纳利纳克希的母亲把我请进内室，她替她儿子求婚，打算让你做她的儿媳妇。"

海敏丽妮听了，两朵绯红的云彩，马上飞上了她的脸颊。她极其惶恐地说："爸爸，您在说什么呀！不，不，这是决不可能的！"

海敏丽妮从来没有想过要与纳利纳克希结成联姻。父亲突然提到这门亲事，直使她窘困得不知所措。

安纳达老爷不解地问："孩子，为什么不行呢？"

海敏丽妮失态地嚷道："与纳利纳克希先生结成伉俪！这哪行？"

这难道是合乎情理的回答，但无疑，这一回答比任何情理更有分量，更难以置辩。

情势已闹僵了，海敏丽妮也坐不住了，站起身，走到阳台上去了。

安纳达老爷的希望完全泡汤了。他万万没有料到会有如此障碍。他满以为，女儿海敏听到要嫁给纳利纳克希的消息，一定会异常兴奋。意外的失望，使老人惶恐不安，惘然若失，他黯然神伤地望着一盏闪闪发光的烛火；他感到女人的脾性难以捉摸，为海敏丧母深感悲伤。海敏丽妮在黑暗的阳台上独自坐了好一阵，才偶尔抬头，朝里屋瞧了一眼。她的视线落到了父亲那张愁云密布的脸上，她的心灵受到了重重的一击。于是她立即起身，走到父亲坐的椅子背后，用手抚摩着他的头发，低声地说道："爸爸，吃饭去吧，饭菜恐怕都凉了。"

安纳达老爷机械地站起身来，走到饭桌前坐下，但他没咽几口，他毫无食欲。他满怀着希望这件婚事一定会成功，不会遇到什么障碍。万万没有料到海敏会一口拒绝，让他碰了这么大的钉子，真使他伤心至极。他懊丧地叹了口长气，暗自寻思：海敏至今依然念念不忘罗梅锡！

平日，安纳达老爷用罢晚饭就上床歇息，但今晚，他却呆坐在廊下的一张安乐椅上，凝视着花园前面通向兵营的业已沉寂的荒村古道，心里又盘算起海敏丽妮的事。

海敏丽妮看到父亲坐在那里出神，走了过去，笑吟吟、柔和地对父亲说："爸爸，这儿太冷，快回屋歇息去吧！"

安纳达老爷说："孩子，你先去睡吧，我坐一会儿就进屋。"

海敏丽妮不作声，依然站在那里。稍顷，她又启口说："爸爸，在这儿您会着凉的，要不您去会客室坐坐。"

安纳达老爷执拗不过女儿的催促，从椅子上站起身，默然无语地走进卧室。

海敏丽妮已经竭尽全力不使自己陷入对罗梅锡的眷念的罗网之中而不能自拔。她担心可别因此而搅乱了自己的宗教热忱，在应尽的责任中出现什么闪失，她为这种自我克制已经在内心进行过无数次搏斗。然而，一旦外界出现某种诱惑，昔日的创伤又会发痛，伤痕又会被撕破！她对自己将来的生活，始终没有做出决断，因此，她想方设法抱住自己内心下定誓愿的那根支柱。

她遇到了纳利纳克希，认他为导师，并遵照他的训诫安排自己的生活。但当要她同他结婚的提议摆在她面前，她也试想从获得心灵庇护的最严肃的思考去接受它时，她发觉，她与罗梅锡的维系是如此地牢固，以至于有人企图打开这种维系时，她的心就慌乱不安，就自觉不自觉地用倍增的力量，去加固那种维系。

五十

克谢姆卡莉把纳利纳克希找来说："我为你相中了一位姑娘。"

纳利纳克希笑笑说："您真的看准了？真快呀！"

克谢姆卡莉说："当然看准了，姑娘品貌是不错的。我不快为你张罗，难道我能长生不老？仔细听着，我相中了海敏丽妮。她是位不平凡、富有气质的姑娘，这样的女孩千里难觅啊。肤色倒不是那么白皙，但是……"

纳利纳克希急忙打断她的话："不，不，妈妈，这会儿我还没有时间考虑她的肤色问题。但是我怎么可能与海敏丽妮结成伉俪呢？哪能这样做呢？"

克谢姆卡莉说："怎么了？难道这里面还有为难作梗之处？"

纳利纳克希一时也难以说出反对的理由，但是，自认识海敏丽妮以来，他一直像老师一样，毫无拘束地对她进行指导，而现在突然要娶她为妻，这实在太唐突，让他万分尴尬。

克谢姆卡莉见纳利纳克希不吭声，误以为他默许了，便说道："这回，我再也不听从你的任何反对理由了。我实在于心不忍，你为了我，在风华正茂的年华里，断绝尘缘，居住在贝拿勒斯，苦修做隐士，真叫荒唐透顶。我再也不能让你任性胡闹下去。这一回，我死也不让这个好机缘错过。挑个吉祥日子，把你的事办了，我就死也瞑目了。”

纳利纳克希半晌沉默无语。

片刻，纳利纳克希终于鼓足了勇气说：“妈妈，这回，有件事一定要跟您讲明白。不过，我得先提醒您，请您冷静地听，千万别难过悲伤。这样不幸的事已经过去十来个月了，再用不着大惊小怪，抑或悲天恸地哀伤。但是，您这个脾性，即使没有任何凶险恶浪，您也会担惊受怕。所以，多少日子以来我总想启口告诉您，但话到了嘴边又缩了回去，不敢和盘托出。现在，您可以祈求神明清除我命中注定的灾星，但您千万别因这个早已无法挽救的逝事而徒自悲伤。”

克谢姆卡莉一听就惶恐不安起来。她说：“孩子，这可难说，谁知道你要说的是什么！但是听了你的开场白，我已经感到一种无名的恐惧攫住了我的心。只要我活着，你不该对我封锁消息，把什么都包得严严的，但纸包不住火。我有意避开尘世的纷扰，也是无用的。现在管它是好消息，还是坏消息，究竟是怎么回事，你应马上告诉我，我可判断。”

纳利纳克希这才开始讲述：“妈，您曾否记得，去年法尔衮月[①]，我到伦加布尔去处理我们的家事。我把家里的东西都变卖了，果园和屋子也租了出去。归途中，我忽然产生一个怪念头：放弃乘火车，雇一条大船，顺水路回家，一面观赏两岸景色，一面往家赶。船在水上行驶了两天，第三天船停泊在一个沙滩畔。我下河洗澡，蓦然发现我们的老朋友普班德尔，肩上扛着一支枪，朝我奔来。一看见我，他乐不可支，说：‘我是打猎出来的，老兄，这下可击中了一头大的猎物了，我可老远就瞅准了。’他在那边任区长，那天出远门，在他所管辖的地区作巡回视察。我们好久没有见面了，所以他缠住我，不放我走，要我陪他到各处去转悠转悠。一天，我们转悠到一个名叫托比伯克尔的村庄，在那里支起帐篷，住了下来。

“傍晚，我们在村里信步闲游，走到一户人家，瓦房四周围着院

① 印历十二月，相当于公历二至三月。

墙，紧绕水田旁边。主人拿来两个蒲团，请我们坐。那时，一位村塾老师，脚蹬廊柱，坐在一把椅子上，他正教一班学童念书，学童们都蹲在地上，念诵着老师教给他们的功课。

“这家的主人名叫达利尼· 吉德尔基。普班[1]详细地向他介绍了我的情况，那位主人还不厌其烦地向普班打听他想了解的情况。归途上，普班说：‘老兄，你的艳福真好，一来就攀上了亲！’我说：‘你这话是什么意思？’普班说：‘和我说话的那个人名叫达利尼·吉德尔基，是个放高利贷者，一个十足的守财奴，上万人里也挑不出一个来。一次，一位新县长上任，为了显示自己热心于慈善事业，他在家里办起了学校。但实际上，他只管教师的两顿饭，其余一切不管。教师吃了他的饭，只好替他管账，直忙到深夜十点，学校的一切花销——包括教师的薪水和学生的学费，全由政府津贴支付。

“‘吉德尔基有一个守寡姐姐，丈夫死时没有留下分文，她没有长处，无依无靠，只得投奔他处。当时，她正怀孕，不久生下一个女孩，她本人在生产时，因缺乏医生的悉心照料而死去。他还有一个守寡的妹妹，也住在他家，一切家务全由她包揽，替他省下雇人的钱。这个可怜的寡妇，抚养她姐姐的孩子。待女孩稍许长大些，她劳累成疾，不治而死。自那以后，那个女孩就过着非人的生活，像女奴一般为舅父母干着繁重的家务，除了挨骂遭打，得不到任何报酬。

“‘女孩长到该婚嫁的芳龄，但到哪儿去寻觅一位愿与孤女成亲的丈夫呢？村子里谁也不晓她父母姓甚名谁，她又是个遗腹子。村里爱说闲话的人，议论纷纷，怀疑她的出身。谁都晓得，达利尼·吉德尔基是个爱钱如命的大财主，人们故意把姑娘说得低卑不堪，想在娶她时敲他一笔竹杠，挤出丰厚的嫁资。达利尼总把姑娘的年龄说得小，估计姑娘已到十四芳龄。她的名字叫格姆娜，是随拉克什米女神的名称叫的，而她那副模样小巧玲珑，活泼可爱，宛然是女神的完美化身。每逢有哪位婆罗门小伙子做客这个村子，达利尼总

---

[1] 普班德尔的昵称。

盯着不放，恨不得向他磕头烧香，望他娶走自己的外甥女。但难就难在即使有人同意娶她为妻，村里人就会变出法儿，从中挑拨，把他吓跑。所以，现在轮到了你。’妈妈，为了让您看到我美好的那一刻，我心里一直着急牵挂。所以，我当时不假思索地说：‘我欣然同意与这位姑娘结婚。’我明白，我若跟一位成年梵社姑娘结婚，您我都会不痛快；我一定要为您领回一个信奉正统印度教的儿媳妇，好让您惊喜万分。不过，普班听后大为惊愕，普班说：‘你不是在开玩笑吧？’我斩钉截铁地说：‘我不开玩笑，我已经深思熟虑过了，我一定把她娶回家。我的主意已定了。’普班又追问：‘你说的是真话，考虑成熟了？’我答道：‘是的，完全是真话，已再三考虑了。’

“当天晚上，达利尼·吉德尔基就来到了我们帐营，捧着圣线[1]，双手合十对我说：‘您是我救命恩人，我请求您去见见姑娘，相不中也没有关系，但千万别听信我那些仇人诬蔑她的话。’我断然说：‘不用见了，请您选好黄道吉日，准备结婚。’达利尼可能事先早已选好了日子，因此他说：‘后天就是吉祥日子，婚礼就在那天举办吧。’他为什么那么着急匆忙办事，这样可省去一大笔办喜事的花销。所以，他又说了一大堆央求我赶快办事的话。最后，婚礼如期举行了。”

克谢姆卡莉惊愕不已，说：“你胡说些什么，竟然结了婚？”

纳利纳克希说：“一点儿也不胡说，妈妈，事情原本就是这样。就在那天，我带着娇妻坐船离开了那里。那会儿不过是三月份，谁都不会怀疑有坏天气。但天有不测风云，傍晚刮起了大风，船莫名其妙地被掀翻了，最后船顷刻间不见影了。我糊里糊涂，不知发生了什么。”

克谢姆卡莉听后吓得不敢吱声，汗毛直竖，嘴里不住地叨念：“罗摩，罗摩！”

纳利纳克希继续说：“过了一阵，我清醒过来，发现自己已在恒河水面上挣扎着，漂浮着！附近已见不到船只和人的任何踪迹！我

---

① 印度教四个种姓中仅前三种姓可使用，表示圣洁、高贵。一般婆罗门种姓的人佩戴上这种圣线。

报告了警察局，他们派人在河上打捞了一番，什么也没找着。”

克谢姆卡莉吓得脸都变了色。

“罗摩，罗摩，”她说，“算了，过去的事已是无法挽回，今后别对我提这件事，我听后感到心惊肉跳。”

纳利纳克希说：“这一切以前我从没有对您讲过。现在您逼我娶亲，我不得不明言了。”

克谢姆卡莉说：“怎么遭受一次不幸你就不想娶亲了？”

纳利纳克希解释道：“倒不是一朝被蛇咬，十年怕井绳。妈妈，倘若她还活着呢？这就是我对结婚踌躇的原因。”

克谢姆卡莉说：“你真傻！全说的是疯话，她倘若还活着，难道直到现在还不跟你联系！你会早就听到她的信儿了。”

纳利纳克希说：“她哪里认识我！连我的相貌她都没有见过，拜堂时她蒙着脸，当晚就上了船。出事后回到贝拿勒斯，我曾写信给达利尼·吉德尔基，我告诉了自己的地址。他回信说，她是死还是活，一点音讯也没有。”

克谢姆卡莉说：“那今后你准备怎么办？”

纳利纳克希说：“我心里早拿定主意，等她一年半载。以后我就可认为，她已不在人世了。”

克谢姆卡莉说：“凡事都有你自己的主张，为什么非要等一年呢？”

纳利纳克希耐心说：“妈妈，现在离开一年期限不远了。眼下是九月，十月是不宜婚嫁，紧接十一月，尾随十二月，到明年一月就满期了。”

克谢姆卡莉说：“那敢情好，不过要娶的姑娘还是她！我已经向海敏丽妮的父亲许下了诺言，他也同意我替你求婚的事。”

纳利纳克希说：“妈妈，许诺是可以的，但谋事在人，成事还在天呢，最终还得由老天爷做主呢。”

克谢姆卡莉说：“好吧，就这么定吧。不过听了你的叙述，我的心到现在还跳个不停，这件事来得太唐突，太可怕了！”

纳利纳克希说：“我明白，妈妈，不知待多少日您的心才能安静下来。您每次受惊吓，往往很久才能使自己的精神状态恢复正常。所以我不敢也不想把这件事告诉您。”

克谢姆卡莉说：“你做得周全，孩子。近年来，我不知咋的啦，乍听到一星半点儿的不幸事就心惊肉跳。来信我也不敢随意拆封，唯恐有什么坏消息传来。我都跟人说了，任何尘世消息不要告诉我。我明白我已活过分了，对这个家来说我已经死了，已经得到了彻底的解脱，而我现在为什么要为它担惊受怕呢？”

五十一

格姆娜姗姗来到恒河岸边，冬天的太阳已带着淡淡的余晖，消失在西边的天际。

她迎着渐渐降落的黑暗帷幕，向落日深深鞠了一躬。然后，她把几滴恒河水洒在自己的额头，跨入水中，向前蹚了几步，把捧在手里的鲜花，溅着河水，献给了圣洁的恒河。

格姆娜又虔诚地俯首，向所有的长辈鞠躬致意。当她抬起头，又记忆起一位亲人，她也应该对他膜礼顶拜。她从未抬起眼皮瞧过他的容貌，甚至头天的新婚夜，她紧挨着他坐着，她那低垂的视线都未敢落在他的脚上。新婚之夜，别的新娘常会从新郎嘴里，听到几句悄悄话，而当时，格姆娜蒙着面纱，在万分羞怯的心态下，也似乎未曾听见诸如此类的亲昵的话语。

此刻，她伫立在恒河岸边，聚精会神，努力回忆他的嗓音。她追忆了很长时间，依旧想不起来。

婚礼仪式一直闹到深夜。从彩棚回到新房，格姆娜已困乏不堪，不知什么时候，她一倒在床上就昏昏睡去了。早晨，她睡眼惺忪，发现自己是被邻居一位小媳妇推醒的。床上已没有了他，只有那个小媳妇还在痴笑着。她失去了最宝贵的东西，它能使她保留对生活伴侣最后一刻的回忆。但她记不起主宰她生命的那个人的形象，他的身世、面容、声音、服饰等，她都无法记起。

现在，四周除了即将吞噬大地的黑暗没有任何人影，没有话语声，似乎一息生命的痕迹都消失得无影无踪！甚至把她和他所披的毯子联结在一起的那条红色纱丽系带。她并不知道达利尼送的这条普通纱丽系带的价值，也被她不经意地丢弃了。

她只把罗梅锡写给海敏丽妮的信揣在衣襟里。现在，她坐在沙滩上，打开信，借着即将消失的落日余晖，重新阅读了一遍。信里介绍了她的丈夫，但情况写得不详细，只说了他名叫纳利纳克希·恰道巴梯亚耶；说他在伦加布尔行医；如今他又不知跑到哪儿，就写了这些简约情况。她还找其余信页，已不翼而飞，怎么也找不到了。

“纳利纳克希”这个神圣的名字好似甘露，开始滋润她的心田，盈满了她空虚的胸膛。这名字仿佛用它无形的胳膊，把她揽在怀里，两行热泪禁不住扑簌扑簌从她面颊上淌下，流入了她的心田，融化了她自尽的决心。她似乎感到，难以忍受的痛苦的烈焰已完全熄灭，柔情和爱怜重又回到她身上。她心中暗想：“这不是空幻的，也不是妄想！我看到了，是他，他是属于我的！”然后，一种带着哭啜的声音，从她内心响起：“倘若我是一位忠贞的妻子，那么在我有生之年，一定能获得他脚上的尘土，命运之神决不能阻碍我；上天保存我的生命，正是要让我作为他的忠贞的妻室！命运告诉我，只要我活着，他决不会抛弃我！”

活着的信念又复燃。她把用手绢包着的一串钥匙，扔进河心。忽又想到罗梅锡送给她的那串项链，还包在纱丽里，她又急忙解开取出，扔进河里。然后，她举步朝西边走去。

去何处，如何探询他的消息——这一切她还来不及细想，心中也没有底。她只知道，她必须向前走，这里一分钟也不能多停留，这儿决不是她滞留的地方。

冬日的白昼，渐渐收起了它最后一缕余晖。白色的沙滩在黑暗中依稀可辨。突然在一个地方，不知谁把美妙离奇的系列作品中的一段文字和图画抹得一干二净。

正是印历下半月，黑夜托出满天星斗，在荒无人烟的沙滩上，缓缓地喘息着。

前面，一片寂寥无间的、永无止境的黑暗，她几乎什么也看不见，心中只有一个念头，她必须往前走，至于能否寻觅到什么落脚地，此时她已无暇顾及。她决定沿河岸朝前走，这样可以不必向人问路；若遇什么意外，她可纵身投向恒河母亲的怀抱，求取最终的庇护。

空中没有一丝云雾，洁净的黑暗，团团裹着格姆娜，但并没有遮挡住她的视线，让她迷失方向。夜色渐渐浓重，原野荒郊里传来了狼嚎声。格姆娜走到了沙滩的尽头，穿过了耕耘的田地，一座村落展现在她面前。

她怀着一颗忐忑不安的心，走到村边察看，发觉全村已进入梦乡。她怯生生地屏声静气绕过村子，继续前行。她走得实在筋疲力尽，几乎已迈不开步子。她又挣扎着走上一个空旷的土坡，前面已无路可走了。她已体力不支，便坐到一棵大榕树底下，竟昏昏沉沉地睡过去。

拂晓前，她苏醒过来，睁眼一看，只望见下弦月的冷辉，已驱走了几分黑暗，地面上已有依稀可辨的几分微光。一位老妇人站在她身旁，用当地方言问她："孩子，你是哪里人？怎么大冷天你竟然睡在树底下？"

格姆娜惊慌地坐了起来，两眼望去，看见河边拴着两条船。她发觉，这位老妇人是在她苏醒前刚洗完澡，走到她面前的。

老妇人问道："孩子，看样子你是位孟加拉姑娘？"

格姆娜答："是的，我是孟加拉邦人。"

"怎么躺在这儿？"

"我打算去贝拿勒斯。昨晚天太黑，我困乏了，就沉睡过去。"

"我的天哪！你就这样步行去贝拿勒斯？好吧！到我船上去吧，我送你去贝拿勒斯。"

在船上，老妇人向格姆娜作了自我介绍。她是从加齐布尔来的，在那里参加了西太希瓦尔老爷家隆重的婚礼。西太希瓦尔老爷是她的亲戚。老妇人名叫纳维纳加丽，她丈夫名叫穆贡德拉尔。他们属于卡亚沙种姓，生长在孟加拉邦，近来他们住在贝拿勒斯。这次西太希瓦尔老爷家办喜事，没有邀请他们，但他们仍坐船来加齐布尔，满以为西太希瓦尔家会殷勤款待，却不料西太希瓦尔太太再三解释道："亲爱的，你明白，我丈夫体弱，从小就另起炉灶为他做饭，家养一头奶牛，以挤出牛奶酪成黄油，做煎饼给他受用。无论从人手或精力，我们都无法招待……"他们一听就心里明白，没有在加齐布尔多逗留就坐船上路了。

纳维纳加丽叙述了上番经历，接着问："你叫什么名字？"

"格姆娜。"

纳维纳加丽又问道："从你的衣着打扮，可看出你丈夫还健在，但你怎么又独自去贝拿勒斯呢？"

格姆娜说："完婚后，他不知到哪里去了，杳无音讯！"

纳维纳加丽从头到脚打量了她一番，说："真是闻所未闻的奇事！愿上帝保佑你！从年龄看，你还是位妙龄少女，超过不了十五岁吧？"

"我记不清了，也许就是十五岁吧。"

"是婆罗门家庭的女孩子？"

"是的。"

"你家人住在哪里？"

"我没去过婆家，娘家在比斯卡利。"

虽然，格姆娜从没有去过比斯卡利，但她知道父亲出身于比斯卡利。格姆娜就知道这么多情况。

纳维纳加丽问："你的父母……"

"都早已故世了。"

"我的老天爷！那你现在怎么办呢？"

格姆娜说："我到了贝拿勒斯，倘若有哪家好心肠人收留我，给我口饭吃，我就帮他家干活，我会做菜烧饭，其他杂活也都能干。"

纳维纳加丽意外地弄到了一个不花工钱的厨娘，心里有说不出的高兴，但表面上她不喜于形色。

纳维纳加丽忙说：“我们倒不太需要再雇请一位女厨娘，家里已有厨师，男仆、女佣都全有了。最大的麻烦，就是我家里人在饮食上一点儿也将就不了，真烦死人！雇一个像样的男厨，至少一个月得开销十四五卢比，还要管吃管住。不管怎么说，你是位婆罗门家庭的女孩子，又确有困难，我能看见不管吗？你就到我家去吧。我们一家那么多人吃饭，多添你一张嘴，也多耗不了多少粮食；再说活也不多，全家就我们老两口，不会叫人累着的。几位女儿早出嫁了，都有美满的家庭。我只有一个儿子，谋取了一官半职，住在西拉吉根吉。总督大人常给他去信。我对我丈夫常唠叨：‘家里什么都不缺。不愁吃，不愁穿，干吗让孩子远离家乡，待在那么远的异乡？真是受罪！’可我丈夫嗤之以鼻，说：‘这些事儿你们女人是不懂的，你认为我让孩子去做官，是为了混生活吗？我们还没穷到这个份儿上。但在家无所事事，像他那么年纪轻轻，待在家里，不会有任何裨益，只会更糟蹋人，弄出是非，到头来你就会后悔莫及的。’我也寻思，当个政府官员是件体面的差使，就同意儿子上任了。”

适逢顺风，沿着河上行，不久就抵达了贝拿勒斯。穆贡德拉尔的两层楼别墅坐落在城郊的一座花园正中间。格姆娜开始与这一家人一起生活了。

格姆娜不久就悉知，那个在他们家做饭的精明能干的厨师，在她来之前已不知何因背着他们跑回了家，一去不复返。还有个奥里萨邦用人，是位婆罗门。在印度东北部，奥里萨一向以劳动力低贱而闻名的。自格姆娜来之后，纳维纳加丽无缘无故地对这个用人大发脾气，一气之下把他辞退了，连工钱也不付给。这样，只要那个“精明能干”的厨师一天不返回，厨房的活儿就全部落在了格姆娜肩上。

可是，纳维纳加丽不吝惜规劝的言辞。

纳维纳加丽提醒格姆娜：“孩子，贝拿勒斯城很不安全，你年纪轻轻，千万别随意出门。如果想去恒河沐浴，或想去见维希瓦法师，那就跟我一起去！”

纳维纳加丽担心，格姆娜可别受人挑唆而溜之大吉。因此，她总把格姆娜放在自己的眼皮底下，加以严格管束，甚至不让她接近邻家的孟加拉妇女。她竭尽全力不使格姆娜受外界的种种诱惑。白天的繁重家务纠缠住格姆娜，不由她分身；晚上，纳维纳加丽对她没完没了地唠叨，说她有价值连城的金银首饰、珍珠宝石、锦缎丝绸，怕盗匪偷窃才没带到贝拿勒斯来。

“我丈夫可说：‘这些东西叫人偷去，值得大惊小怪吗？我们可以随时去买来。’我可不让随便糟蹋，我得严加保管。我们老家拥有几百用人的大庄园。我丈夫想在这座别墅附近租上一所院子，让三四十个用人住。我是决不答应，不仅要浪费钱，还会干扰我清静的日子。我丈夫从来不习惯使这里的粗器皿吃饭，成天抱怨。但我不愿把家里的金碗银盘带来……”纳维纳加丽天天重复那些令人作呕的话语，已把格姆娜的头脑弄得烦恼不堪。

五十二

在纳维纳加丽家，格姆娜的生活简直像条在快临近干涸的池塘里扑腾的鱼儿一般。她想挣脱这个家庭的羁绊，思忖逃离这个牢笼，她就有了生路。但是，她到外面哪儿去找寻自己的落脚地呢？就在那天出逃夜里，她第一次看到了面貌狰狞、深不可测的外面世界，却也没有出于愚昧而勇敢地了却此生。

倒也不能说纳维纳加丽不喜欢格姆娜，但她的喜欢方式实在缺乏真情实感，令人作呕。当格姆娜偶有不适，纳维纳加丽也会照看她一两天，更何况格姆娜于危难之中，她曾经拔刀相助，拯救过她。但格姆娜却难以用感激的心情去接受她的这种爱抚方式，倒不如多干千百倍的活儿更痛快。她也不情愿被迫陪伴纳维纳加丽闲坐，听那极其无聊的唠叨，忍受不堪的精神折磨。

一天早晨，纳维纳加丽把格姆娜唤过去，吩咐说：“格姆娜，今天我丈夫身体欠佳，别做平常的饭菜了，烙一些饼。不过，你得千万留心，别下死劲放酥油！你的手艺我可领教过了，真弄不懂你干吗要放那么多酥油！那个奥里萨厨师在这方面比你强多了，他也用酥油，可在厨房里，你闻不到什么酥油味。”

格姆娜对纳维纳加丽的唠叨向来采取一只耳朵进一只耳朵出的办法，不予理睬。但今天格姆娜尽管默默地做着饭，心里却因刚才无故受辱而感到烦恼怨恨。她进而觉得人生是那么索然无趣，生活是那么不堪忍受的负担。忽然，从女主人房里飘传出一句话，钻入她的耳朵，听后她大为惊异。纳维纳加丽叫一个男仆到自己屋里，吩咐他去办一件事，她对用人说：“杜尔西，快进城把纳利纳克希医生请来，对他说：‘老爷病了，请您去一趟。’”

纳利纳克希医生！格姆娜顿时觉得，整个天光像被拨动的金色弦琴一样颤抖起来。她立即扔下手上的活计，疾步跑到厨房门口站定。待到杜尔西从楼上下来时，她便拦住他问道：“杜尔西，到哪里去？”

杜尔西答道：“去城里请纳利纳克希医生。”

“你认识他？”

“是的，他是这儿赫赫有名的大夫。”

“他住在哪儿？”

“住在城里，离这约莫两英里路。”

格姆娜自来这里后，她在厨房里或多或少尽量留出一点食物分给用人吃。为此，她没有少挨主人的呵斥，但她仍始终未改。女主人十分苛刻吝啬，用人们常忍饥挨饿。更何况男女主人的午饭常迟迟不开，弄得下人们不得不在傍晚时分才吃上饭。在这段时间里，用人常跑去找仁慈善良的格姆娜说：“密什拉妮[①]，我饿得肚里直冒火。”格姆娜十分心疼，总设法给他们一点吃的。她这种举动很快博得用人们的信任，极愿意为她效劳。

---

① 对女婆罗门的尊称。

纳维纳加丽见杜尔西站在厨房口与格姆娜嘀咕什么，便尖声呵斥道："杜尔西，站在厨房门口有什么可商议的，嗯！我长着眼睛，懂吗？进城就进城吧，难道你不去厨房就办不了事？怪不得我家老丢东西，这下我全明白了！还有你也够呛，格姆娜！我可怜你，才把你从半路上带回家来，难道你就这样恩将仇报对待我？"

纳维纳加丽总也打消不了自己的怀疑，觉得下人们全都偷了她家里的东西，而后悄悄拿到市场上变卖。尽管迄今没有抓到证据，但她嘴上从没有放松过。她认为，哪怕向黑暗中扔石块，十有八九会击中目标的；她要让用人们明白，女主人的眼睛尖着呢，想蒙骗她没有那么容易。

不过，女主人刚才那些话虽然尖锐刺耳，但并没有刺痛格姆娜。今天，她一直像机器般地不停地干活，而她的心却像长了翅膀，满天飞舞起来。

格姆娜站在一楼厨房门口等候着。这时杜尔西回来了。格姆娜见只有他一个人时，便启齿问道："杜尔西，大夫没有来？"

杜尔西答道："没有，他不来了。"

"为什么？"

"他母亲病了。"

"他母亲病了！难道他家没有别人侍候他妈妈？"

"没有，他还没有结婚。"

"没有结婚，你怎么知道？"

"听他家用人说的，他还没娶妻子。"

"兴许他娶了，而后妻子死了。"

"也许吧，可他家用人比尔久说，自从他老爷开始在伦加布尔开业行医，就没有见过他的妻室。"

此时，从楼上传来了一个发怒的尖声："杜尔西！"

格姆娜立马钻进厨房，杜尔西又急忙上楼，赶到他女主人跟前。

格姆娜心中的疑团解开了，对纳利纳克希在伦加布尔行医一事，她已确信无疑。当杜尔西从楼上下来时，格姆娜又抓住他，探问道：

“我说，杜尔西，我有个与这位大夫同名的亲戚，这位大夫是婆罗门吧？”

杜尔西道：“是的，他是婆罗门，他姓恰德尔基[①]。”

杜尔西慑于女主人的淫威，不敢和格姆娜多聊，急忙干自己的活儿去了。

格姆娜自己走到纳维纳加丽跟前，说：“今天的活儿，我全干完了，我现在想去德夏希迈克码头沐浴。”

纳维纳加丽严加驳斥道：“这可不行，格姆娜！别把我当成老傻瓜，像我这把年纪的人，对你葫芦里卖的什么药了如指掌，甭想瞒天过海。谁给你通风报信？还不是这个杜尔西！我现在就把这头蠢驴赶出去。听着，只要你一天待在这儿，就一天不准你独自去河边洗澡，或去城里找亲戚，全都不准许！我说话算数！”

纳维纳加丽立即命人把杜尔西撵走，另行高就，从今不许他在她家门口露面。从此，惧怕女主人淫威的用人，便尽可能避开格姆娜，不与她接触。

格姆娜不晓得纳利纳克希任何信息时，倒内心平静，相安无事，但现在她难以使自己平静下来。她的丈夫就住在城里，那她为什么还要在一个素不相识的人家待下去呢？哪怕就是短暂的一分钟呢！

格姆娜难以忍受目前的处境，也没心思集中精力干活，因而她做活儿常常出错，免不了遭受纳维纳加丽的训斥。

纳维纳加丽说：“这是怎么回事，我的小奶奶，瞧你那副模样，竟然一天不如一天！不会是走火入魔了吧？你跟谁赌气，不吃不喝，那是你自个儿的事，难道我们也跟着你当饿死鬼不成？这几日你做的饭菜，连牲畜都不吃！”

格姆娜央求道：“我现在再也干不了这儿的活了。我实在受不了，请求您开恩，放我走吧！”

纳维纳加丽跺着脚说：“好啊！大劫之时原本不该管别人的死活。

---

① 在印度，能从印度教徒的姓氏看出他的种姓。

我可怜你，把你从荒野上带回家，也没有打听一下你的种姓，就相信你的话，让你下厨干活。我们辞退了多年在我家干活的老婆罗门厨师，这会儿让我们去哪儿找他呢？亏你说自己是真正的婆罗门，出尔反尔，今天跑来说：'请放我走吧！'仔细听着，你若私自逃跑，我马上报告警察局，放聪明点！我儿子是当官的，不会吃素的。有多少人已经在他命令下被送上绞刑架！你尽早收拾起自己那套骗人的花招！你听说了吧，葛达伊至今还在蹲监狱，就是因为他做了对不起主人的事，顶了嘴。你仔细掂量掂量，你是在谁家干活，别逗着我们玩，做白日梦！"

她说葛达伊蹲监狱之事倒是不假。那时主人硬说葛达伊偷了他家的钟，送交警察局。现在他还在狱里服刑。

黑暗又开始包围格姆娜，她深感自己思尽虑竭了。正当她的终身幸福垂手可得时，一副手铐将会落到她手上！她不寒而栗，还有比这更残忍狠毒的吗？她现在对这个监狱式的家，对这种被囚禁的劳役生活，实在忍无可忍，她怎能再让自己被禁锢在这个牢笼里！

晚上，她干完活，披上一条毯子，独自跑到寒冷而黑暗的花园里坐了下来，怔怔地凝视着通向城里的大道。为侍奉一个人，为对他表示虔敬，这颗急于曲尽妇道的妙龄少女之心不安地跳动着、翻腾着，沿着这条孤寂且黑暗的路，不知奔向哪一个陌生的家。她又默默地站了一会儿，最后她以额触地，向远方深深鞠了一躬，便转身回房歇息。

然而，格姆娜的命运里，连这一丁点自由半星点慰藉也没能维持多久。一天夜里，格姆娜终于干完了所有家务，不一会儿，纳维纳加丽不知何故又遣人去叫格姆娜。那个仆人去了一阵回来禀告说："密什拉妮没有在屋里！"

纳维纳加丽顿时警觉起来，嚷道："啊，真的逃跑了？"她提着马灯楼上楼下满楼找遍，都不见格姆娜的踪影。

纳维纳加丽最后跑到其丈夫穆贡德老爷跟前，他正闭着眼睛吸水烟。她气急败坏地说："听见了吗，密什拉妮跑了！"

但穆贡德老爷并未因此破坏了自己的悠闲心境。他懒洋洋地说：“我当时就奉劝你，不该把一个素不相识的人收留在家里。快去察看察看，偷走了什么东西！”

女主人说：“那天天冷，我给她披的那条厚毯子不见了！其他东西是否少了，还没有来得及查看。”

她丈夫用无可置疑的口吻说：“快去报警察局！”

于是，一个用人提着马灯，急匆匆地出门办这件事了。不久，格姆娜回到了自己小屋，发现纳维纳加丽正在屋里，翻箱倒柜，查点有什么东西被偷走。

她突然抬头，看见格姆娜站在自己门前，便大声斥责：“好个密什拉妮！玩什么鬼花样？你上哪里去了？”

格姆娜淡淡说：“干完活，我去花园走了走，散散心。”

纳维纳加丽怒不可遏，把想骂的话一股脑儿端了出来。家里的用人全聚在门口看热闹。

对纳维纳加丽通常像凶神恶煞般的辱骂，格姆娜从未掉过泪，今天还是那样。她站在那儿一言不发，像一尊石雕。待纳维纳加丽的谩骂稍一停顿，格姆娜不失时机地说：“既然你们不满意我，讨厌我，那就放了我，让我离去。”

这席话，简直是火上添油，纳维纳加丽咬牙切齿地说：“放你走？不放你走，难道还让我继续收养像你那般忘恩负义的家伙不成！别白日做梦，异想天开！不过，待我放你走前，我设法让你脑子清醒清醒！”

此后，格姆娜再也不敢迈出门槛一步。她闲时把自己关在房里，常常暗自念叨：“天神一定会拯救遭受大苦大难的人跳出火坑。”

第二天傍晚，穆贡德老爷带着两个用人，坐车外出闲逛。大门从里面上了闩，夜幕渐渐降临。

门外，忽然响起了一个声音：“穆贡德老爷在家吗？”

纳维纳加丽惊喜道：“噢哟，纳利纳克希大夫莅临寒舍！布提娅，嗳——布提娅！”没听到布提娅的回声，于是她转唤格姆娜：“密什拉妮，快下去开门。跟大夫说老爷外出闲逛，马上就会回来的，让大夫在他屋里稍坐一会儿。”

格姆娜提着马灯下了楼。她浑身打颤，心里升腾起了一种不可名状的欣喜；她手脚透凉，僵硬麻木。她害怕，别在慌乱中，花了眼，看不清他的容貌。

她好不容易卸下门闩，打开门，蒙上面纱，掩在了门背后。

纳利纳克希轻声问：“老爷在楼上吗？”

格姆娜极力控制住自己，说：“不在，您请上楼，在他房里……”

纳利纳克希上了楼，在客厅里坐下。这时，布提娅匆匆走来，禀告道：“老爷外出散步去了，请您稍坐一会儿，他可能即刻就会回来的。”

格姆娜感到自己的心肺快要炸裂了。她勉强走出客厅，站在昏暗的走廊里，从那里恰好能看清纳利纳克希，无奈她两腿发软，身一歪倒坐在台阶上，好让那颗急剧跳动的心平静下来。急速的心跳加上冬夜刺骨的朔风，使她浑身颤个不停。

纳利纳克希独自坐在台烛前凝思出神。黑暗中不停发抖的格姆娜目不转睛地望着他，看着看着，热泪盈眶，遮断了视线，她急忙挥手擦去泪水，又全神贯注地凝视，这种凝视，仿佛具有一种磁性，要把纳利纳克希整个吸入她生命之光的焦点上。此时此刻，她那贯注的凝视中凸现出来的那张安详面容和轩昂眉宇，被昏昏欲睡的烛光映照着。她愈是看它，它也就愈发清晰地印刻在她的心灵上，她也愈加感到自己的身体仿佛在渐渐变轻，渐渐融入周围的太空里去。在这个世界上，除了这张脸，已不存在她所要看的东西了。周围的一切，甚至她自己都慢慢消融，慢慢和它合为一体了。

无法说清，她神志清醒着呢，抑或麻木着。待她从半昏迷状态中惊醒过来，她突然发现，纳利纳克希已从椅子上站了起来，正站着与穆贡德老爷说话。那时，她直害怕，俩人可别说着说着走到外面走廊上，发现自己在偷听。于是，她急忙离开那里，只身躲到楼下厨房里去了。

厨房设置在院子一角隅，屋里人外出必经的小路，就在它旁边伸延。格姆娜满心欢欣，坐在那里寻思：“像我这样卑贱苦命的人，竟拥有如此气度不凡的丈夫！看他是那么纯洁漂亮，那么和颜悦色，那么温文尔雅，宛若神仙下凡！”她暗自念道：“我的神灵，我的一切痛苦今天都得到了补偿！”一想到自己终将有一个苦尽甜来的日子，她一次次叩拜，感谢神灵的恩泽。

这时，从楼梯上传来下楼的脚步声，格姆娜慌忙起身躲到门后的阴影里。布提娅提着风灯在前面引路，纳利纳克希大夫紧随其后，走过了前面的小路，走出了大门。格姆娜这时竟听到自己用诗人的语言，暗暗祈祷说：“我主！我是你脚下的奴仆，却被禁锢在陌生人家中。你从我面前走过，却全然不察觉！”

穆贡德老爷用完晚餐，歇息去了。格姆娜便蹑手蹑脚走进那间空屋，半晌前纳利纳克希曾在那里待过。格姆娜走到他坐过的那把椅子前，以额触地，深深鞠躬，亲吻了那块地面的尘埃。她因得不到伺候他的机会，无法宣泄她的满腹的虔诚激情，而深感悲不自禁。

翌日，格姆娜获悉，大夫规劝穆贡德老爷去远方气候适宜的休养胜地居住一段时间，以便换换空气，调节心情。全家为此都在打点行装，准备出远门！

格姆娜立即走到纳维纳加丽面前说：“我恐怕无法离开贝拿勒斯。”

纳维纳加丽嘲讽地说：“我们全家都能去，怎么你就去不了？你一下变得那么虔诚了吗？”纳维纳加丽认为，格姆娜是故意拿对圣地的虔诚来掩饰自己不愿去的心情。

“不管你怎么说，反正我决定要留下来。”

“那敢情好，我倒要看看你怎么留下来！”

“可怜可怜我吧，请你不要把我带走！”

“瞧你心多狠，我们一切准备就绪，马上要出发，你却前来找麻烦。时间这么紧促，我们从哪儿去寻找厨师，不成，这会儿你必须去！”

格姆娜百般恳求，依然白费口舌。最后她只得孤立无援地跑回到自己的小屋，关上门，呼唤着神灵，痛哭起来。

五十二

安纳达老爷与海敏丽妮谈起有关她婚姻的那天夜里，他的腹部突然像针扎一样疼痛不堪。他好不容易地硬支撑着，熬过了那一夜。第二天早晨，他腹痛稍缓，便叫人搬一张椅子到花园里，他坐在这张安乐椅上，在十二月柔和的阳光照拂下，不经意地观看着大路边的景致。海敏丽妮在他身旁准备早茶。彻夜的折腾，使老人的脸色变得苍白，两眼深陷，似乎一夜间苍老了许多。

海敏丽妮望着父亲憔悴的面容，心头像刀割一样疼痛。她深知，自己不同意与纳利纳克希的婚事，父亲深感失望，这也是父亲病痛的直接原因。为此，她简直懊丧到了无以复加的地步，然而怎样做才能使年迈的父亲获得慰藉呢，她委实殚思竭虑，仍找不出一个两全其美的办法。

突然，阿克希耶先生和恰格尔瓦尔蒂大叔出现在他们面前。这不免使她大吃一惊，她正要赶紧躲开，阿克希耶阻拦说："请您别走，这是西部加齐布尔的恰格尔瓦尔蒂大叔，那儿的人都认识他。他有件极其重要的事想和你们谈谈。"

说完，俩人就在安纳达老爷身旁的靠背长椅上坐了下来。恰格尔瓦尔蒂开始说明他们的来意。

"我听说，罗梅锡先生与你们有着非同寻常的关系，我此行的目的，想向你们探听一下，关于罗梅锡妻子格姆娜失踪后的消息。"

刹那间，安纳达老爷愣住了，一时连话也说不出，半晌才恢复常态，脱口而出："罗梅锡的妻子！"

海敏丽妮低垂着双眼。恰格尔瓦尔蒂又继续说："你们一定认为，我这个老头古怪，不懂事。不过，请你们耐着性子听完我的叙述，你们就会豁然明白，我远道而来决不是无缘无故地跟你们闲聊别人的家庭琐事。罗梅锡在祭杜尔迦之神节日之际，带着妻子格姆娜坐汽轮外出游览，恰好我也乘坐这条船，与他们萍水相逢，结识了。我虽已过花甲之年，已到风烛残年，饱尝了人间多少悲哀痛楚，我的心早已麻木不仁了，但一见到格姆娜，我麻木的心被唤醒了。她是那么惹人怜爱，不认她做我的干女儿我决不甘心。罗梅锡先生正拿不定主意去哪儿。尽管我们才相识一两天，格姆娜已经不愿离开我，一股脑儿撺掇其丈夫跟随我去西部。我当时力劝他们：‘到加齐布尔去吧，就住在我家吧。’我就把他们带到敝舍，格姆娜跟我二女儿亲密得胜过亲姐妹，数日后我为他们租了一栋房子居住。后来恰好我有事去了阿拉哈巴德，回来后听闻格姆娜投河自尽，我如遭到五雷轰击，伤心到了极点，整日泪水洗面，我女儿也像掉了魂似的。”说到这里，恰格尔瓦尔蒂已泣不成声了。

安纳达老爷惊恐万状地问：“究竟发生了什么意外的事。她为何要投河自尽呢？”

恰格尔瓦尔蒂大叔说：“阿克希耶先生，事情经过您全听闻了，请您说给他们听吧，我想起这些事，心都要碎了。”

于是，阿克希耶把事情的来龙去脉叙述了一遍，详尽且明晰，不加任何评判。不过，他对罗梅锡行为举止的描绘，已经给人丑恶不堪的印象了。

安纳达老爷郑重地一再表明：“我们什么也没听说过，自从罗梅锡离开加尔各答，我们没有收到他一封信札，没有获悉他一星半点的音讯。”

阿克希耶立即附和着说：“这可不。我们一直被蒙在鼓里，不晓得罗梅锡什么时候和格姆娜结的婚。”接着，他又问道：“恰格尔瓦尔蒂先生，您能断定，格姆娜确是罗梅锡先生的结发妻子？没准是他的姐妹或者是他的一个亲戚呢？”

恰格尔瓦尔蒂嚷道：“您说的什么话，阿克希耶先生，不是他的妻室还会是谁！世上有几个人命中注定会拥有如此贤惠忠贞的妻子！”

阿克希耶不无挖苦地说：“这倒是件千古怪事。按常理说，妻子多一份贤惠，夫君应多一份敬重；现在妻室越是贤良，她受到的待遇却越是难堪，也许上帝让好人受更多的磨难。但我愿苍天惩罚那些应受惩罚的人！”他长长叹了口气，结束了他的话。

安纳达老爷搔着自己稀松毛发的头皮，感慨地说：“无疑，这确是件令人痛心的事，不过事已到如此地步，无法挽回，再伤心也是茫然的，我们不必作过多无谓的伤感。”

阿克希耶分析地说：“说实在的，我压根儿不相信格姆娜投河自尽。很可能她离家出逃了。出于这种考虑，我才带着恰格尔瓦尔蒂先生来贝拿勒斯寻访，也许从你们这里能打听到一点消息。现在看来，你们也一无所知。不管怎样，我们还得在贝拿勒斯待上三四天，再费些工夫细细寻找寻找。”

安纳达老爷问道：“罗梅锡现在在哪里？”

大叔说：“他没跟我们打声招呼就走了。不知他的去向，他没有给我们留一个地址。”

阿克希耶插嘴说：“他也没有来找我。不过，听说他眼下滞留在加尔各答，有可能在阿里布尔重新开始律师业务实习。人嘛，总不能没完没了地陷在无限悲痛中不可自拔，尤其像罗梅锡那般年龄的人。好吧，恰格尔瓦尔蒂先生，我们走吧，再去转转，看看能否找到一丝蛛丝马迹。”

安纳达老爷接口说：“你还回到我们这儿来住吧？”

阿克希耶满怀忧愁的心情，说：“我恐怕没法给你一个确切的答复。这几天我的心情十分糟糕。只要我待在贝拿勒斯，我就得外出寻访格姆娜的踪迹。您说说，出身于好人家的这位不幸姑娘，若确实受不了精神上不堪忍受的折磨而背井离乡出走，那现在她该是多么孤立无援，该是多么痛苦？这种难熬的日子，她是怎么打发的，谁能说得上来？罗梅锡先生也许可以心安理得，无牵无挂，对她漠不关心，我这个要命的天性可受不了。”

阿克希耶和恰格尔瓦尔蒂大叔告辞走了。安纳达老爷不安地朝海敏丽妮瞟了一眼。海敏丽妮竭力控制住自己，使自己保持镇静。她明白，父亲为她的事忧心如焚。

稍顷，她若无其事地说："爸爸，今天您应该请大夫好好检查诊断一下，一点儿小事就会影响您的健康，如今您病恹恹成了这个模样，该好好治一治，不能再拖延了。"

听了她这番关切之语，安纳达老爷打心底里感到莫大的慰藉。在听到别人百般指责罗梅锡的话后，海敏丽妮居然所牵挂的依旧是他父亲的病情！因此，安纳达老爷如释重负。换了别的场合，安纳达老爷也许会对自己的病情一笑置之，岔开这个问题，但今天他却说："是的，你说得对，我该好好检查检查。要是没有其他紧要的事，我即刻派人去请纳利纳克希大夫来府，你觉得好吗？"

对于纳利纳克希，海敏丽妮不好意思说自己的想法，自己也怕别人提起纳利纳克希的名字。她再也不能像先前那样当着父亲的面大大方方地接待纳利纳克希。然而，她仍高兴地道："好吧，我马上派人请他来给您仔细查查。"

安纳达老爷从女儿的口气感觉不到丝毫犹豫勉强，便渐渐胆壮起来，提出了那个刺心的问题，说："海敏，瞧罗梅锡干的那些事！"

海敏丽妮立即岔开话头说："爸爸，这儿太阳光太强烈了，还是回屋去吧。"不容他答话，她就搀扶着老人回到客厅，让他在一张安乐椅上坐下，拿毯子给他围上，把一张报纸塞在他手里，又给他戴上眼镜，然后说："您先看看报，我出去一会儿就回来。"

安纳达老爷像个听话的孩子，试图使自己按海敏丽妮的吩咐去做，但女儿的事使他内心纷扰，他怎么也无法使自己的注意力集中在报纸的消息上。最后，他索性丢开报纸去找女儿，但当他走到女儿闺房门前，发现房门从里面上了闩。此时还是上午，还不是闭门休息的时候，他心里直嘀咕，摸不透女儿的心思，但他没有作声，悄然而返，在廊下踱起步。过了好一阵子，对海敏的关切使他无法安下心来，他又重返到海敏丽妮的寝室门前，见房门依旧紧闭着。他又踱回客厅，疲乏地跌坐在一张椅子里，用手搔弄着稀松的头发，一副忧心忡忡的样子。

纳利纳克希大夫到府，立即为安纳达老爷查看、诊断，开了药方，并叮嘱“该如何配合”等治疗注意事项。然后，他向海敏丽妮问道：“看来他思虑过度，难道发生了什么令他不安的事？”

海敏丽妮含糊其辞地说：“有可能吧。”

纳利纳克希说：“如果条件允许的话，他应该彻底地休养一段时间。我为了让母亲称心，也弄得焦头烂额！我母亲动辄为一星半点的小事就担忧万分，有时彻夜不眠，这样，难以保养好身体。我想方设法使她满意，不让她听到任何激动的话，但生活中总有一些意料不到的事，总有一些不胫而走的伤透脑筋的消息。”

海敏丽妮关切地说：“您的身体看来也不怎么好，气色不好。”

纳利纳克希说：“不，我的身体一直很棒，疾病几乎与我无缘。噢，是的，今天我的脸色不好看，那是昨晚没睡好的缘故。”

海敏丽妮说：“若您家里有个女眷该多好啊，她可以随时照料您母亲。您独身一人，又有公务，怎能照顾得周全呢？”

尽管海敏丽妮说得很在理，也很自然，无可挑剔，但话刚说完，她便不好意思起来。她突然意识到，纳利纳克希先生可别把她的话误解成另一种意思，她情不自禁地羞得满脸通红。纳利纳克希忽见她羞怯娇态，也顿时忆起母亲提到自己的婚姻事。

海敏丽妮随即使自己恢复常态，为掩饰自己的失言说：“您应该尽快雇一女佣伺候您母亲。”

纳利纳克希说：“我也曾经劝说多次，雇个女佣服侍，母亲执意不肯。她那种对宗教仪式的一丝不苟的谨慎举止，简直到了令人不可思议的地步。她决不答应花钱雇人，也不相信雇来人能与她事事贴心。再说，她的性格也使她无法接受别人并非出自内心的照顾。”

海敏丽妮在这个问题上还能说些什么呢？沉默了半晌，她又开口说：“我一直按您的指点练功，但总有这样那样的干扰，打断了我练功的进程，渐渐觉得自己没有进步反而退步了。我担心自己不能成功，一种绝望感困袭着我。难道我的心就永远平静不了？难道外界的干扰将伴随我终身，使我一刻也不得安宁？”

海敏丽妮的哀怨，使纳利纳克希深感不安，低头沉思着。

片刻，纳利纳克希说：“你瞧，神灵设置的种种阻碍，恰恰是要唤醒我们心灵里的全部力量。所以你无须自悲，不要丧失勇气。”

海敏丽妮问：“明天早晨，您能过来坐一会儿吗？您的帮助使我获得了巨大的力量。”

纳利纳克希的神情和语态中蕴涵着一种永恒的宁和感，无形中海敏丽妮获得了她所需要的心灵的巨大抚慰。纳利纳克希告辞走了，她的心还能感觉到经他抚触的余温。

她伫立在自己卧室前的阳台上，眺望着沐浴在阳光下的世界。冬日正午的景色，依旧那么迷人，劳与逸、动与静、进取与舍弃并存于这大千世界之中。海敏丽妮那颗焦躁不安的心，渐渐融入了这博大的天地胸怀。就在这物我两忘的刹那间，明媚的阳光和闪亮的蓝天，已在她的心灵中播下了无时不在天地间回响着的庄严的祝福，驱散了郁结在她心头的全部烦恼和痛苦。

海敏丽妮想到了纳利纳克希的母亲，她终于明白了使老人如此忧心忡忡、彻夜难眠的根由。她开始摆脱因要把她许配给纳利纳克希而给她带来的初始的困窘，她觉得自己比过去更不能离开纳利纳克希，对他的信赖和虔诚日益增长，但也不能说此刻此时在海敏丽妮的情感中不带有倏忽即逝的爱的隐痛。在清心寡欲、极为自信的纳利纳克希身上，没有追求异性的欲望，这是显而易见的。不过，任何男子都需要女子的照料。他母亲年迈多病，那谁去顾怜、伺候他呢？纳利纳克希决不是来这个人世受辱受苦，何况，对这种高尚的人的服务，就是对宗教信仰的献身。

今天早晨，海敏丽妮所听到的有关罗梅锡的那一段话，使她的心灵遭受了莫大的打击。为保护自己免受其害，她竭尽全力躲闪，以无比的毅力站起来。她如今没有理由为罗梅锡而苦恼万分，心怀悔恨。当然，她无意去评判罗梅锡的功过，说他是罪人或什么。世上不知有多少行善者，亦不知有多少作恶者，人事沧桑自有定论。她再也不想为那些事多费心思，也不愿让罗梅锡在自己心灵中还占有一席之地。

但是，当她想到那个自杀身亡的格姆娜，不免为之惊颤，难道苦命人的自尽与自己有着某种牵连？羞愧、怨恨、怜悯折磨着她，使她心如乱麻。她双手合掌，祈祷说：“啊，我的神灵，我没有罪过，为什么把我卷进去呢？求你帮我解开这个死结，撕破这张网，把我解救出来吧！让我断绝一切尘缘！我没有太大的奢望，只求你让我在这世上过一种清静自在的生活。”

安纳达老爷急于想知道海敏丽妮听了有关罗梅锡和格姆娜的这段奇闻逸事有何反响，但他又没有勇气当面问她，他进退维谷。海敏丽妮独自坐在阳台上，做着针线活儿，安纳达老爷几次走近女儿身旁，见她满脸愁云，又几次返回，始终张不开口询问。

傍晚，海敏丽妮遵照医嘱，给父亲喝了掺有药粉的热牛奶，然后便在老人身旁坐下。安纳达老爷这才找到了一个说话的机会，说：“孩子，把灯从眼前移远点！”灯移开后，安纳达老爷借着昏暗的光线，缓缓搭讪着说：“早晨来的那位老人看来是个直性子的好人。”

海敏丽妮似乎对这一话题不感兴趣，不置一词。安纳达老爷也无法再顺这个话题说些什么，便转话题说：“罗梅锡的举止真让我吃惊。过去人们对他说三道四，我不予理睬，不相信那些道听途说的东西，可现在……”

海敏丽妮用乞怜的口吻说：“爸爸，别再提这些事了，你的身体要保重。”

安纳达老爷说：“说心里话，我真不愿再提这些事，但如果命运的捉弄，我们的欢乐与痛苦又与另一人联系在一起，那也不应该对他的行为置若罔闻。”

海敏丽妮大声嚷道：“不，不，我们不该随便让人摆布，让人扰乱我们的生活。爸爸，我现在活得很痛快！你别再羞辱我，给我带来烦恼了。”

安纳达老爷也动情地说：“孩子，我已到风烛残年的岁数了，不看到你有个着落，叫我怎能安心得了？你说，我能让你过修女般的生活而就此撒手吗？”

海敏丽妮无言以答。安纳达老爷继续说："你瞧，孩子，我们决不能因为生活是一种希望的泯灭，就此毁掉其他一切有价值的东西。你的生活怎样才能幸福，怎样才能不虚度一生，尽管你现在由于心灵上的伤痛，一时不能仔细推敲，但我却一直为你的未来幸福而殚思竭虑。我深知你的安福系于何人，孩子，别把我的话当作耳边风！"

海敏丽妮眼眶里已盈满了泪水，嚷道："爸爸，请您别这么说！您的每一句话，我都放在心上。您怎么吩咐，我就怎么做。只要您同意，我不会拒绝别人的提亲。现在我只求您给我一段时间，让我好好清除一下心灵上的疑团，让我有个心理上的准备。"

安纳达老爷在昏暗中用手指轻轻抚摩了海敏丽妮那张沾满泪水的脸，然后把手贴在他的额头上，再也没有说什么。

第二天早晨，安纳达老爷和海敏丽妮父女俩坐在花园里的一棵大树下喝茶，阿克希耶闯了进来。

安纳达老爷用疑问的目光打量着他。阿克希耶未等到他们开口询问，说："到现在也没有找到她的影儿。"然后接过主人沏的一杯茶，坐在桌子边。

稍顷，阿克希耶缓缓叙道："罗梅锡先生和格姆娜女士的一些家什，存留在恰格尔瓦尔蒂家里。他正在考虑把这些东西往哪儿送，交给谁。我揣想，罗梅锡先生定会打听你们的住址，找上府来。所以您这里如果……"

安纳达老爷突然发火地说："阿克希耶，你难道真是那么糊涂，一点也不了解情况。罗梅锡为什么要投奔我们这儿来？我们又为什么非要照管他的东西？岂有此理！"

阿克希耶装做正经规劝："罗梅锡不管是否犯了罪，是否做错了事。我相信，罗梅锡先生这会儿定会痛定思痛，幡然改过。难道现在给他一丝安慰同情，不是朋友应尽的责任吗？难道应该完全丢开他不管，一刀两断？这种绝情的做法是朋友应守的道义吗？"

安纳达老爷直截了当地说："阿克希耶，你一次次提起这些事，是否存心想折磨我们？现在我郑重提醒你，今后你别在我们面前重提这类事！”

海敏丽妮用温和的语调，安抚地说：“爸爸，别动辄就生气动肝火，跟自己的身体过意不去。阿克希耶先生想说什么，就让他说什么，有什么关系，能触犯谁的神经？”

阿克希耶喏喏说：“不不，今后再也不提及此类的事，请原谅，我不了解情况，考虑欠周全。”

五十四

穆贡德老爷决定举家去迈勒特，行李都已收拾妥帖，明儿一早就驱车前往。格姆娜满心希望能在这段时间内发生意外之变故，阻止这次旅行，好让她走不了；她更内心祈求纳利纳克希大夫能再来病家作访。可惜，她这两个希冀都没有变成现实，都成为泡影了。

纳维纳加丽唯恐格姆娜乘乱逃跑。因此，她把收拾行装的全部事务都交给格姆娜做，一刻也不让格姆娜从自己的眼皮底下溜开去。

在万般无奈的情况下，格姆娜只能在心中暗暗祈求神灵，让她在今晚暴病一场，逼使纳维纳加丽无法把她带走。她心里设想，将由那个大夫为她治病。既使那场病会夺去她的生命，她也会闭上眼睛想象，自己临终前如何匍匐在大夫脚前，带上那位大夫脚下的尘土，安然死去。

当天夜晚，纳维纳加丽让格姆娜睡在自己的卧室里。第二天一早，纳维纳加丽又把格姆娜安排在自己的马车上，疾驶去火车站。穆贡德老爷坐二等火车车厢，纳维纳加丽带着格姆娜坐在了经济二等车厢[①]里。火车启动，就像一头狂怒的大象席卷走一棵小树似的带着格姆娜，飞驰着离开了贝拿勒斯。

格姆娜怀着依恋、渴望的目光痴痴望着窗外。纳维纳加丽突然嚷道：“密什拉妮，槟榔包盒在哪里？”她的喊声打碎了格姆娜的

① 等于二三等之间的车厢。

沉迷。

格姆娜找出槟榔包盒，递了过去。纳维纳加丽打开小盒，马上怒吼道："哼，我早就料到了，那只装石灰的小盒还是忘了带上！这会儿叫我怎么办？凡不经我亲手办的事，准出差错。密什拉妮，你使坏，你捣乱！你存心与我过不去。不是今天烧菜忘放盐，就是明天牛奶粥里带着烟火味！你以为我什么都不清楚？好吧，走着瞧吧，到了迈勒特再看颜色，看看到底谁厉害！"

当火车驶过城外的大桥，格姆娜把头探出窗外，深情地朝卧伏在恒河岸畔的贝拿勒斯圣城看了最后一眼。

格姆娜根本不知道纳利纳克希家在贝拿勒斯哪个地区，但她似乎觉得，在风驰电掣的火车上，所见到的码头、房舍、庙宇和其他的一切景致，仿佛都幻化成纳利纳克希，离她越来越远，她心都要碎了。

纳维纳加丽见状嚷道："你探着身子痴呆呆地瞧着什么？你莫非以为自己像只小鸟，一展翅就可飞离掉？别异想天开了！"

贝拿勒斯的朦胧的轮廓，不知藏匿到了哪里。格姆娜木雕似的坐着，望着窗外的辽阔的天空出神。

火车驶进莫卧尔什拉耶站停住。站上喧闹和拥挤的人群在格姆娜的眼里仿佛虚无得如梦似幻。她机械地下了车，上了站台，又失魂落魄地上了另一节车厢。

火车就要启动了，格姆娜突然一惊，她意外地听到了一个熟悉的声音在唤她："姐姐！"她朝月台望去，看见了乌迈希！刹那间，她脸上闪出光芒。

"哎，乌迈希！你怎么在这儿？"她大声喊叫着。

格姆娜立即打开了车厢门，转眼间，她下了车，和乌迈希站在一个月台上了。乌迈希伏地行了一次最大的尊敬礼——触脚礼。这一意外相逢，使他欣喜若狂。

不一会儿，乘务员关上车厢门。

纳维纳加丽惊叫着："密什拉妮，你站在那儿干什么？火车快开了，快上车，快上车！”然而，格姆娜对她声嘶力竭的喊叫根本不理睬。

火车拉响了长鸣汽笛，突突地吐喷着气，缓缓地开出了车站。

格姆娜问道：“你从哪儿来？”

乌迈希回答：“从加齐布尔。”

“大家都好吗？大叔怎么样？”

“都好。”

“还有夏希姐姐呢？”

“她为你出走哭得死去活来。”

一听此话，格姆娜的眼睛马上湿润了。

她接着又问：“乌玛好吗？她想念我吗？”

“姐姐，若不给她戴上你送给她的那串项链，她就不肯喝奶！她常边摇晃着戴着手镯的小胳膊，边满口乱喊‘舅妈的车开走了，舅妈的车开走了’，夏希姐姐一听那声儿就止不住掉泪了。”

格姆娜说：“你为什么到这儿来？”

乌迈希说：“我觉得待在加齐布尔没意思，待腻了，所以跑出来，来了这里。”

“你打算上哪儿去？”

“我哪儿都不去了，我要和你在一起。”

“我身上可是一个铜板也没有啊。”

“不要紧，我有。”

“哪儿来的？”

“你给我的，五个卢比，我留着没花。”说着，他便解开围裤腰角，从里面掏出一张五卢比的钞票给她看。

“乌迈希，那咱们返回贝拿勒斯，你说好吗？你能去购两张火车票吗？”

“行，我就去把车票买来。”说完，他便跑去买车票。

去往贝拿勒斯的那趟火车已停在站台上。乌迈希把格姆娜安排在妇女车厢的座位上，而后说：“姐姐，我就坐在隔壁的车厢里。”

列车抵达贝拿勒斯，下车后，格姆娜问："乌迈希，你说，我们现在该去哪儿？"

乌迈希答道："姐姐，您不用操心，我会带您去一个好地方的。"

"在哪儿？你知道贝拿勒斯这块地方的东西南北吗？"

"我对这块地方熟极了。您等着瞧吧，看我把您带到哪儿去！"

乌迈希雇了一辆马车，他让格姆娜上了马车，安顿坐下，他自己坐在马车夫旁边。在一幢房子前，乌迈希让马车停住，他下车后马上招呼："姐姐，下车吧！"

格姆娜下车，紧尾着乌迈希，跨进那座院子，这时乌迈希向屋子里叫喊："老爹！"

从厢屋里传来一个声音："谁？乌迈希？你又从什么地方跑来了？"

转眼间，恰格尔瓦尔蒂大叔手执水烟袋，走到外间屋。乌迈希哈哈笑着。

万分惊讶的格姆娜慌忙上前，向大叔行了个触脚礼。一时间，大叔光张嘴，却说不出话来。他惊喜得不知说什么好，也不知把水烟袋往哪里搁放。

最终，他托起格姆娜尖尖的下巴，抬起她那张削瘦且羞怯的脸，说："我的孩子，你终于回来了！走，上里屋去。"

到了屋里，大叔喊开了："夏希，噢，夏希！快来看是谁来了！"

夏希急忙跑出来，格姆娜在她面前伏身，抚足行礼。夏希扶她起来，一把搂住格姆娜，亲吻她的额头。她泪流满面，说："哦，亲爱的，哦！天哪！你丢下我们出走，让我们多么伤心。你出走究竟是为了什么？"

大叔说："先别说这些，快安排一下，让她洗洗，吃点东西。"

这时，乌玛伸展着两只小胳膊，跑了过来，高兴地叫喊："姨，姨！"

格姆娜立马把她紧紧抱在怀里，使劲地亲她搂她，差点儿把她弄哭了。

夏希见格姆娜蓬头垢面，衣衫污秽，好不心痛。夏希拉拉她的手，把她带进里屋，让她梳洗一番，又给她换上了漂亮的衣服，说：

“昨晚，你好像没睡觉吧，脸蛋儿也瘪了，眼眶也塌了。你就在这里美美地睡上一觉，我去厨房准备早餐。”

格姆娜急忙说：“不，姐姐，我也和你一块儿去厨房。”

俩人如手足姐妹，一块儿下厨做饭。

当初，恰格尔瓦尔蒂跟随阿克希耶来贝拿勒斯寻访格姆娜的下落，夏希却缠着大叔说：“我随同你们前往。”

大叔反驳说：“维宾请不了假。”

夏希自信地说：“我一人走。母亲在这儿，会照顾好维宾的，没问题。”这是她第一次自愿与丈夫暂时分离。

大叔只好同意。乌迈希也偷偷随同他们一起从加齐布尔来贝拿勒斯，不过，事先他们根本没觉察。直到在贝拿勒斯火车站上，乌迈希下了车，他们才发现了乌迈希。

大叔惊讶地问：“哎呀，你怎么也来了。”自然，他也是抱着与他们一样的目的而来的，但那时乌迈希已成为大叔家不可缺少的劳力，所以他也随同而来，夏希母亲一定会着急生气。为此，大叔他们三番五次劝说，打发乌迈希回到加齐布尔。此后所发生的一切，读者一定明了。乌迈希没有心思待在加齐尔布。当夏希母亲让他去市场购东西，他却直奔火车站，用买东西的钱购了票，上了火车。那天，夏希母亲生了好一阵气。大叔听到他逃跑的消息也异常气愤。就目前他的“功绩”，这个逃犯是不应受到谴责的。

五十五

今天，阿克希耶来恰格尔瓦尔蒂府拜访过，但恰格尔瓦尔蒂没有提及格姆娜回来的消息。现在，他已明白，阿克希耶并非是罗梅锡的亲朋好友。

格姆娜为什么要出走，又去了哪里？家里谁也不会问她。人人都装得挺自然，似乎格姆娜就是和他们一块来贝拿勒斯游玩的。只有乌玛的保姆勒希姆尼娅又生气又心痛，止不住想开口问她，却被大叔叫到一边，劝她什么都别问。

夜里，夏希穆基让格姆娜与自己同睡一床。夏希一手挽住格姆娜的脖子搂在怀里，另一手摩挲着她的身子，那轻柔的抚摩，仿佛要探寻她深藏在心底的痛苦。

格姆娜不解地问：“怎么样，姐姐，你对我是怎么想的？你们不生我的气？”

夏希穆基善解人意地说：“我们并不傻，非往坏里想不成？有一点我是清楚的，若有别的途径，你决不会走这一条令人担心的路。我感到不解且伤心的，是老天为什么要让你遭受这样的苦难？凭什么要让清白无辜的、压根儿没有恶意的人遭受惩罚呢？”

格姆娜动情地说：“姐姐，你想听听我的身世吗？”

夏希穆基温和地说：“好妹妹，我为什么不愿听呢？”

格姆娜说：“当初我为什么没能及时告诉你，连我自己都不清楚。当时我什么都不敢想，事情的发生简直是晴天霹雳，突然遭此打击，羞得我都不敢抬头见人。在这世上，我是个失去双亲的孤儿，也没有兄弟姐妹。现在只有你，姐姐，你既是我的姐姐，又是我的母亲。正因为如此，我才敢推心置腹，愿意把一切都向你倾诉，要不然，我不会把自己的遭遇向别人讲述。”

说到这里，格姆娜再也躺不住了，索性坐了起来。夏希穆基也起身和她对坐着。于是，在黑暗中格姆娜开始讲述自己从结婚直到最近遭遇的经历。

当她说到婚前甚至新婚之夜自己都没有瞧丈夫一眼，夏希打断说：“我从来没有见过像你这样的傻姑娘！我结婚时比你岁数还小，你一定以为，不管在什么场合，我准会羞得不敢瞧他一眼！”

格姆娜说：“我不是因为害臊，夏希姐姐！当时我早已过了结婚的年龄。但当突然给我定了亲，村里的姑娘尽情戏弄我。我当时想，就要让他们瞧瞧，我这么大岁数才找到丈夫，决不是件了不起的大喜事，我因此而急得不顾一切。于是，那天我硬是没有正眼朝丈夫瞧一眼！然后我就睡下了，早晨醒来一看，哪儿都没有他！今天我尝到了这份苦果！”

格姆娜沉默了半晌，然后又继续说：“婚后在去婆家的路上，大风掀翻了船，船下沉了，我恰巧没有被淹死。后来我是怎么得救的，只有天才晓得！我曾告诉你这件事时，连我自己都不知道，在我死里逃生后所遇到的那个人，我原以为是我的丈夫，实际他根本不是我的丈夫！”

听到这话，夏希穆基万分惊愕，她立即移过身子，紧紧搂住格姆娜，说：“天哪，这叫什么事？你好命苦啊！现在我全然明白了。还有谁会遭此大难！唉，我的天哪！”

格姆娜说：“姐姐，倘若我被淹死，也就一了百了，可造物主偏偏把我救起，让我受苦受难！”

夏希问：“罗梅锡先生一点都不知道吗？”

格姆娜说：“完婚没几日，一次他喊我‘苏希娜’，我纠正他说：‘我叫格姆娜，你为什么叫我苏希娜？’现在我明白了，就在那天他一定明白了这里面有了差错。不过，姐姐，一想到那些日子，我简直羞得抬不起头。”说到这里，格姆娜又沉默不语了。

最后，夏希穆基终于一点一滴从格姆娜嘴里，了解了事情的全部经过。

听完格姆娜的诉说，夏希说：“我的妹妹，你的命真苦！可我认为你还是幸运的，命运使你遇上了罗梅锡先生！不管怎么说，我一想到那个可怜且善良的罗梅锡先生，心里就异常难受！

“这会儿夜很深了，妹妹，你早点安歇吧，你几天没有好好休息，整夜的哭泣，脸色都发青了！事情该怎么办，等明儿上午再细细切磋琢磨。”

格姆娜一直保存着罗梅锡给海敏丽妮的那封信。翌日，夏希穆基拿着这封信把父亲叫到一边，讲了事情的始末，让他看了那封信。

大叔戴上花镜，把信仔细阅读了一遍，然后把纸装回信封套里，摘下眼镜对女儿说：“噢！现在该怎么办？”

夏希穆基说：“爸爸，乌玛着了凉，近来常咳嗽，是否请纳利纳克希大夫来瞧瞧。他和他母亲已成为贝拿勒斯人们议论的话题，我们至今还没见过他的风采。”

大夫上门给孩子瞧病，夏希急忙丢下手中活儿，去看上大夫一眼。同时，她又叫喊着：“格姆娜，快来！”

昨夜的深谈，密切了他们之间的关系，因此，她招呼格姆娜时把“你”都省略去了。今天，夏希格外高兴的原因，是不言自喻的。

当初，在纳维纳加丽家，因急于要见到纳利纳克希而万分惊喜且惶恐的格姆娜，几乎不能自已，但今天出于羞怯，她竟挪不动步子离座！

夏希穆基说：“瞧你那张嫩脸皮，还要我怎么讨好你，你还充耳不闻！我没有那么多时间跟你磨蹭。乌玛的病是借口，真正病入膏肓的是你！难道让我劝得连我自己也无暇见成？快起来，死丫头！”说完，她硬拽格姆娜到门背后躲藏起来。

纳利纳克希仔仔细细诊视了乌玛的胸背，开完药方离去了。

夏希说：“格姆娜，造物主让你受尽了磨难，吃了苦头，但你的命运还是好的。痛苦归痛苦，福气在后头呐！现在你还得忍耐一两天。等着吧，我会安排你们相会！乌玛生病期间，我短不了常把纳利纳克希大夫请来，你会常见着他，明白了吧！”

一次，大叔特意挑纳利纳克希不在家时，前往他府邸请大夫。仆人告诉说：“大夫先生不在家。”

大叔说：“他家母在家吗？请你去通报一声，说有个老婆罗门特意登门拜见。”

仆人请示后，招呼他请进。大叔进屋上楼，见着老太太，请了个安，说：“在贝拿勒斯，您可遐迩闻名，妇孺皆知。今天我能拜见您，以积善德。我别无他求，只因我的一个外孙女病了，特来请贵公子出诊。恰巧他不在家，扑了个空。我想既然来到贵府，何不拜访拜访您，向您请个安。”

克谢姆卡莉似乎感到有些受宠若惊，岔开自己说：“纳利纳一会儿就回来，您稍坐。天不早了，您请用些茶点吧。”

大叔笑着说：“我早料到，您不招待我，是不会放过我的，我也乐意从命。我生性贪吃，可人们总纵容我这个贪嘴的毛病。”

克谢姆卡莉高高兴兴地招待了他一番，说：“我请您明天中午再来寒舍。今天，实在没有准备，招待不周。”

大叔顺水推舟地说：“一旦有所准备，请您老人家想着我这个婆罗门。我的住所离您家不远。只要您发话，我今天就带您的仆人去认认我家门！”

这样一来二往的接触，大叔已成为纳利纳克希家的常客，给他们留下了极为深刻的印象。

一天，克谢姆卡莉把儿子叫到身边说：“纳利纳，你别收咱们的朋友恰格尔瓦尔蒂先生家的诊疗费，懂吗？”

大叔笑着说：“母亲吩咐之前，他早已执行了。他从没有向我收过一个铜子的诊疗费。善良的施主能一眼就看清乞求者。”

父女俩执行他们计谋两三天后，一日早晨，大叔对格姆娜说：“孩子，到德夏希迈克码头沐浴去，今天是祭神节日。”

格姆娜对夏希说：“姐姐，你也随我们一块去！”

夏希推辞说：“不，不，乌玛病还没痊愈，我得留下照料。”

沐浴后，大叔没有领着格姆娜循原路返回，而是走上了另一条路。

走了不多远，他们便望见一位在恒河沐浴完毕手捧盛有恒河水的小罐身穿绸衣的老妇，迈着坚实的步履从他们身后走来。

大叔把格姆娜推到老妇面前，说：“孩子，快向她老人家施礼，她就是纳利纳克希大夫的母亲。”

格姆娜先是一愣，随后便俯下身去，行触脚礼，手沾一点她脚上的尘土，抹在自己的额上。

克谢姆卡莉说：“孩子，你是谁？让我瞧瞧——啊！瞧这个绝伦模样，宛如小拉克什米女神下凡！”她边说边撩起格姆娜的头巾，微屈身子，仔细地朝格姆娜的脸端详了一番。她问道：“孩子，你叫什么名字？”

大叔抢在格姆娜回答之前，说：“她叫赫莉达茜。她是我一家远房的侄女，已失去双亲，就住在我家。”

克谢姆卡莉盛情邀请说：“恰格尔瓦尔蒂大叔，你们到我家坐坐。”

到家后，克谢姆卡莉便去叫纳利纳克希，不巧他不在家。

大叔在一张椅子上落座，格姆娜就坐在地板上。

大叔开了话匣子：“瞧，我这侄女是多么命苦！婚后的次日，丈夫把她丢下，出走修行去了。打从那天起，她再也没见过他。现在，只有宗教才能慰藉她的心，她愿意献身宗教，想在圣地贝拿勒斯过宗教生活。可我在这儿没有自己的房产，我在加齐布尔谋生，靠薪金过活，我没有能力带着她在这儿生活。为此，我来求您的庇护。倘若您能把她当作亲生女儿，留在身边，那我就可放心了。当然，您什么时候觉得不合适，您可以马上把她遣送回加齐布尔。不过，我想说，您若把她留住，两三天后您就会觉得，她是位多么惹人喜爱的孩子，她简直是一个宝贝！那时，您也许一刻也不想她离开您左右！”

克谢姆卡莉高兴地说：“嗯，您这个主意不错。您若把她留在我家，正合我心意，对我来说，真是天赐良机，再好不过了。我呀，收留过多少无家可归的孩子，给她们好吃好喝，让她们过得快快乐乐、舒舒服服，可到头来，没有一个能挽留住。今天我似乎福星高照，能如愿以偿了。从现在起，赫莉达茜就是我家里人了，请您一百个放心。我那个儿子嘛，您也一定听说过，他是个很乖的好孩子。这个家除了我母子俩以外，再没有别的人了。”

大叔喜上眉梢，但尽量不喜形于色，说：“纳利纳克希先生的大名，妇孺皆知，如雷贯耳。这么说他就在您身边了，这我便放心了。听说，他妻子在婚后的一次翻船事故中被淹死，从此他没有再娶，几乎过着苦行者生活，真是位非凡的君子！”

克谢姆卡莉叹气说：“过去了的事就让它过去吧。一想起来就让人心惊肉跳，心烦意乱，请您别提它了。”

大叔说：“那我就告辞了，倘若您老人家愿意的话，我现在就让她留下。我会常来看她，她有个姐姐，她也会过来向您请安。”

待大叔走后，克谢姆卡莉把格姆娜拉到身边说：“来，孩子，让我瞧瞧！你还很年轻。世上竟有那样铁石心肠的丈夫，抛下你不管！孩子，我为你祈福，他定会回心转意归来的。造物主决不会创造出这样一位似花如玉的形象，而又毫无意义地把它毁掉。”说着，她用手轻柔地抚摩了格姆娜的下巴，然后吻了自己的手，继续说：“我家里没有和你年龄相仿的女伴，独自留下与我老婆子做伴，你不会感到腻味吗？”

格姆娜用她那双柔情如水的大眼睛，表示着全身心奉献的神情，说：“不会的，妈妈！”

克谢姆卡莉说：“我正在考虑，你的日子如何安排打发。”

格姆娜说：“我替您干家务活。”

克谢姆卡莉说：“命苦啊！我哪有多少事要做？家里就这么一个儿子，还过着修身禁欲似的生活。哪怕说点假话也好，比如说‘妈，我想要这’‘我想吃那’‘我喜欢这些东西’，那我该多高兴啊！可他从来也没有说过，天天忙得四脚朝天。挣了不少钱，却留不下几个钱；做了多少慈善事，用了多少钱，从来不让人摸透。我说，孩子，你若整天待在我身边，我可把丑话说在前，我成天价念叨我儿子的长处，你会听腻的，会听得生耳茧子的——但你得硬着头皮听。”

格姆娜低垂双眼，装出一副若无其事的模样，内心有说不出的高兴。

克谢姆卡莉说：“我琢磨着你能干些什么。会针线活儿吗？”

格姆娜说：“做得不太好，妈妈！”

“没关系，我教你。还有，你识字吗？”

“我识点字，能看书。”

“那敢情好，我不戴眼镜看不了书，往后就由你来念给我听。”

“我还会烧饭做菜，一切家务我都会做，妈妈，您尽管放心！”

“你有一张难近母的脸，你不会做饭谁会做！从前，纳利纳克希的饭一直由我做，我若是病了，他宁愿自己动手，也不愿吃别人做的饭菜。现在你能下厨房，我就不再让他自己做了。往后，我动不了精神不济时，你给我做些简单的饭菜，我十分乐意享用。走，孩子，我带你去察看仓库和厨房。”

然后，她领着格姆娜参观了那小小的天地。

格姆娜瞅准了时机，小声地提出了自己的请求：“妈妈，今天就让我下厨吧！”

克谢姆卡莉舒心地笑了，说：“内当家的大权，就在于掌握仓库和厨房。生活中我不得不舍去了许多事，但家务职责我依然保留着。好吧，今天就由你来做饭，两三天后视情况看归谁掌管。我也可偷几天闲，今后就有时间专心伺奉神灵，虔诚膜拜了。不过，眼前我还不可能全脱身出来，还得操些心。掌管家务这把交椅也不是那么好坐的！”

说完，她又对厨房活计清楚地交代了一下，便上祈祷室去了。从今天起，格姆娜的聪明才干和料理家务的本领，将在克谢姆卡莉面前经受考验。

格姆娜进了厨房，撩起衣服下摆，系在腰里，用毛巾把头发扎结起来，麻利地干了起来。

纳利纳克希从外面回来，头一桩事就是去看他母亲。他无时不牵挂母亲的身体健康。他刚跨进家门，从厨房里飘出的饭菜香味还有响动声一起向他袭来。他心里纳闷，今天母亲怎么现在就开始下厨做饭？他径直去厨房，一到门口他便愣住了。

格姆娜听见脚步声，略微一惊，便回头望去，恰好遇上纳利纳克希的目光，四目对视。她立即放下手中的炒勺，急忙欲拉起面纱，但她忘记了它与衣服下摆都系在腰间，她慌乱中欲想去解开它为时已晚，同样感到惊诧的纳利纳克希已转身离开厨房。

格姆娜定了定神，重新执起炒勺，她的手却不停地颤抖。

克谢姆卡莉做完祈祷，跑来厨房，见饭菜已全部做好，厨房收拾得干净利落。格姆娜还把家里上上下下擦洗得窗明几净，一尘不染。

见此情况，克谢姆卡莉暗暗窃喜，说：“孩子，你到底是婆罗门家的后代！”

纳利纳克希坐下用饭，克谢姆卡莉坐在他对面，不时给他夹菜吃。

格姆娜羞于露面，正藏在门后，紧张地支着耳朵偷听着。她没有勇气朝里面窥探一下，她惶恐得几乎灵魂都出了窍。她担心自己做的这顿饭菜，可别出差错，不合他口味！

克谢姆卡莉故意问：“纳利纳，今天的饭菜怎样？”

纳利纳克希一向不注意吃喝，所以克谢姆卡莉从来认为，与他讨论菜肴问题是多此一举。但是今天她非旦发问，而且热切地期待着他的满意的回答。

其实，纳利纳克希已经知道了这顿美味佳肴的秘密，他母亲自然蒙在鼓里。自从他母亲的健康每况愈下，年老体衰，纳利纳克希多次提出雇一个厨娘，但她无论如何也不答应。今天，他见到新厨娘已下厨做饭，暗中窃喜。至于饭菜做得可口与否，他并不十分留意，只用满意的口吻附合着说：“做得好极了，妈妈！”

躲在门后的格姆娜，听到这一句夸奖的话，再也沉不住气，急忙跑进隔壁房里，用双手捂住那颗激烈跳动的心。

饭后，纳利纳克希仍和往常一样，踱进静养斋，独自沉思着，他仿佛要弄清游移于心头的一种模糊的感觉。

下午，克谢姆卡莉把格姆娜拉到身边，替她梳好头，在发缝中涂上朱砂，然后，把她的脸转过来，详细地端详，说：“啊哟，我若有这么如花似玉、聪慧贤良的儿媳妇，该多么有福分呀！”

她这个举止和话语，使格姆娜羞得直垂下头。

夜里，克谢姆卡莉又开始发烧，纳利纳克希万分不安，说：“妈妈，我想带你离开贝拿勒斯，到哪个休养胜地小憩几天。您不适应这儿的气候水土，待在这里，恐怕对您的身体不利。”

克谢姆卡莉急忙说：“不成，孩子！为了让我多活几天，我也断不能离弃圣地贝拿勒斯。我不能死在一个陌生的地方。”她转向格姆娜说：“孩子，你干吗站在门口？快睡觉去，整夜陪我，这么醒着，你也会吃不消的，会病倒的。我若病了，还全仗你照料。夜里不休息一会儿，哪成啊？纳利纳，你也去吧，回你自己屋里睡觉。”

纳利纳克希去隔壁房间睡觉。格姆娜在克谢姆卡莉脚旁坐下，用手揉捶她的腿脚。

克谢姆卡莉说：“前世你准是我的母亲，孩子。要不，无缘无故的，我怎么突然得到了你？瞧我的坏脾气，就是容不了外人侍候我，可是你现在揉我脚，我心里直觉得舒心极了。真有些奇怪，我仿佛已认识了你很久，丝毫不觉得生疏。现在你得听我的吩咐，放心地去睡觉！纳利纳就在隔壁屋子里，他从来不让别人来服侍他妈。我说破了嘴，他就是不听。不过，他有个本领，即使整宿整宿不睡，脸上总不挂苦相，因为他遇事从不心烦，而我恰恰相反。孩子，现在你准暗自发笑，以为我一谈起我儿子的事，我的嘴就闭不上了。是啊，身边就这么一个儿子，当妈的能不挂心、不心痛吗！再说，天下有几位母亲能拥有像纳利纳克希这样的乖儿子？说实在的，我经常寻思，纳利纳仿佛就是我父亲，他为我操了那么多的心，难道待我年老了，也能给他同样多的回报吗？瞧，我提起儿子，又唠叨没个完。现在不说了，去吧，你睡觉去吧。你再待下去，我也睡不着，嘴不会歇着的。老人都有这个毛病，只要身边有人，他就会唠叨个没完没了。孩子，睡觉去吧！”

从第二天起，格姆娜包揽了全部的家务活儿，纳利纳克希在东过道的一个角隅，辟出一席之地，铺上大理石地面，做为自己的修身养性之所，每日中午，他总要在此盘腿而坐，入定养性。

这天早晨，纳利纳克希跨进那间屋子，惊奇地发现，屋里的所有物件都擦洗得干干净净，那一只铜香炉也擦得金光铮亮，小书柜里的几本书上的灰尘已被掸去，码得井井有序。小小的养身室，擦拭得几乎一尘不染，在穿过敞开的小室门扉的晨光照射下，小室愈发显得圣洁明净。纳利纳克希沐浴完毕归来，见到室内清洁明亮，心里不胜惊喜。

早晨，格姆娜捧着盛满恒河水的水罐，走到克谢姆卡莉的床前。

克谢姆卡莉见她已沐浴完毕，便说道："怎么回事，孩子，你独自一人去恒河沐浴？今天天亮醒来，我心里就嘀咕，我正病着，谁陪伴你去恒河沐浴呢？不过，孩子，你年轻，就你独自一人前往——"

格姆娜打断她的话说："不用操心，妈妈，我娘家不放心，昨晚一个用人来这儿看我，他陪伴我一块去的。"

克谢姆卡莉说："是呀，或许你大叔放心不下，派用人来陪你。也好，你把他留下吧！也能帮你干些活。他在哪儿？去叫他进来。"

格姆娜把乌迈希领到她面前，一进屋内，乌迈希便朝克谢姆卡莉，深深一鞠躬。

老太太问道："你叫什么名字？"

"我叫乌迈希。"他说话时满脸带笑。

克谢姆卡莉微笑着问："啊哟，乌迈希，你这条印花围裤是谁给的？"

乌迈希指着格姆娜，说："是姐姐给的。"

克谢姆卡莉把视线转向格姆娜，笑着说："我还以为，或许在新婚燕尔时，你丈母娘给的呢！"

乌迈希很快博得了克谢姆卡莉的欢心，便给留下来了。

在乌迈希的帮助下，不消一会儿工夫，格姆娜就干完了一天的家务活。然后，她亲自去打扫纳利纳克希的起居室，把他的被褥拿去晒太阳，把屋内的家什打扫干净，整理好，把扔在角落里的纳利纳克希的脏衣脏裤洗净、晾干、熨平，搭在衣架上。那些已擦得明净锃亮的家什，她把它们翻来覆去，看了又看，似乎还嫌不干净，再想擦洗一遍。床头边有一壁柜，她把它打开，里面除了一双木屐别无他物。她急忙拿起木屐，贴近自己的额头，然后又像孩子似的把它搂在怀里，用衣襟擦净上面的尘土。

傍晚，格姆娜坐在克谢姆卡莉的脚边，正在揉她脚、捶她腿，此时，海敏丽妮手捧鲜花出现在他们面前，伏身触脚，向老太太行礼请安。

克谢姆卡莉从床上坐起来，说："海敏，过来，请坐！安纳达老爷龙体无恙？"

海敏丽妮答道："正因为他不舒服，我陪伴着，没有抽暇看望您。今天，他好多了。"

克谢姆卡莉指着格姆娜说："孩子，你瞧，我小时候，母亲仙逝了。没料到过了这么多年，她重新投胎为人，照料着我。我那位母亲叫赫莉帕米妮，转世后称做赫莉达茜！不过，说真活，海敏，你见过像她那样的美人儿吗？"

格姆娜羞怯得垂下头。她在海敏丽妮面前颇觉局促不安。

海敏丽妮又问克谢姆卡莉："妈妈，您身体如何？"

克谢姆卡莉说："瞧，孩子，像我这一大把年纪的人，还有什么身体健康不健康？能活着就满足了。不过，我这副老骨头也蒙骗不了多少日子了，见阎王是屈指可待了。现在，既然你已提起话头，那我就率直说了。好久日子以来我一直想与你说，可总逮不住机会。昨晚，我又发病，就下决心不能再拖延下去。我说，孩子，我年轻时，谁若跟我提起婚嫁之事，我肯定会臊羞得不知往哪儿钻入地下。如今你们受了高等教育，读了不少书，年龄也大多了，我应该可以直截了当地跟你们谈论婚事。所以，现在我就直说，请你别笑话我，别见怪。孩子，告诉我，那天你父亲对我说的亲事，也跟你提起过吗？"

海敏丽妮低头看着地面，答道："是的，提过了。"

克谢姆卡莉接着说："显然你不同意这门亲事？若要同意，安纳达老爷准会马上跑来通报我。你可能认为，纳利纳克希是位禁欲者，夜以继日都在自我修炼，哪能跟这种不食人间烟火的人结成伉俪！孩子是我的，我当然有些偏爱，但不会瞎夸奖他。从外表看，他好像是不可能有感情的、不懂得爱情的，可这恰恰是你的错觉。我抚养他长大，他的一切我全然清楚，你可以充分相信我的话。他绝对懂得爱，但他生怕自己有过分的爱，常常不得不压抑住自己。如果谁揭开这禁欲的盖子，你就会发现他有一颗温柔多情的心。我可以毫不夸张地说，很难找到另一颗与之匹配的心。海敏，我的孩子，你已不是小孩了，受过高等教育，又心悦口服地倾听纳利纳克希的话。倘若我能使你成为纳利纳家的一员，我死也瞑目了。不然，我敢断定，我闭上眼睛，他决不会再娶妻子了。到那时，可想而知他会处于何等境地！一定孤身一人，漂泊终生。你说说，孩子，我晓得你十分敬重他，但究竟什么原因使你不中意，不能做出抉择呢？”

海敏丽妮低垂着头，说：“妈妈，如果您认为我合适做他的妻室，我没有不满意的。”

听了这句话，克谢姆卡莉把海敏丽妮拉到自己身边，亲吻她的额头，再也没有就此问题多说什么。

“赫莉达茜，把这些花拿——”说着，老太太朝脚边望去，却不见赫莉达茜的人影！谁也不知道她什么时候已悄然离去。

经过上述谈话，海敏丽妮在克谢姆卡莉面前，显得局促不安，克谢姆卡莉也有些尴尬且略显倦意。

海敏丽妮说：“妈妈，今日我得早点回去，说不准爸爸何时又感觉不舒服了。”她起身向克谢姆卡莉行礼告辞。

克谢姆卡莉把手放在她的额上，以示祝福，说：“好吧，孩子，有空闲就过来。”

海敏丽妮一走，克谢姆卡莉马上派人把纳利纳克希叫来，他一进屋，她就嚷道：“纳利纳，我实在不能再等了！”

纳利纳克希诧异地问道：“什么事，妈妈？”

克谢姆卡莉说：“今天我跟海敏明说了，她欣然同意。我不想再听你说什么了，我每况愈下的身体，你也瞧见了。你不成家，我的心不会安定的。半夜醒来，辗转反侧，想着你的事，怎么也合不上眼。”

纳利纳克希安慰地说：“好吧，妈妈！您放心地睡吧。您怎么吩咐我就怎么办，决不打折扣，您尽管放心。”

说毕，纳利纳克希出外办事去了，克谢姆卡莉喊道：“赫莉达茜！”

格姆娜从隔壁房间走了过来。此时，太阳已落山，昏暗中已看不清赫莉达茜的脸。

克谢姆卡莉吩咐道：“孩子，给这些花浇上水。然后把它们分插在各房间。”说完，她抽出一朵玫瑰，其余的都交给格姆娜。

格姆娜摘出一些花放入盘中，陈设在纳利纳克希的静养斋的坐垫之前，再把一些花束插入花瓶，放在他房内的床头柜上，剩下的花都撒在置于壁柜内的那双木屐上。正当她捧起鲜花，伏身向木屐行触额礼时，两行热泪不由自主地顺着她的面颊簌簌而下。她惨然想到，现在除了这双木屐，世上已没有别的东西属于她了，连替丈夫揉脚的权利也被剥夺！

突然，门外传来脚步声。格姆娜急忙直起身，迅速关上柜门。她回头一瞧，发现竟是纳利纳克希！她看到已无路可逃，羞得恨不得能立即融入这黄昏的幽暗之中。

纳利纳克希见格姆娜在房里，便反身退了出去。

格姆娜趁机毫不迟疑地快步退出，躲入另一房间。纳利纳克希这才返回房内。他感到纳闷，姑娘打开柜门干什么？为什么一见到他，她便慌忙地关上？于是，他开启柜门，发现木屐上撒满鲜花。他关上柜门，走到窗前，对着天空凝思良久。此时，黄昏已带走它最后一抹余晖，夜色渐渐变得浓重起来。

五十六

自海敏丽妮向老太太表示了同纳利纳克希结婚的意愿，她整个身心沉浸在幸福的幻想之中，她心想："这桩婚事真是天赐良缘，定会给我带来莫大的幸福。"她一遍遍对自己说："旧的婚约已破除，它对我不存在约束。笼罩在我生活天空的乌云消散殆尽，我自由了，从以往接二连三的困扰中获得了彻底的解脱。我可不必为逝去的事悔恨终身了。"她感到从彻底摒弃过去中获得了巨大欢乐。此时此刻，海敏丽妮的心境是那么的宁静、安谧。一个人结束了自己生活中的一章，随之而来的宁和使她感到无比轻松，犹如哭丧的人经焚尸场焚化后，从广漠的世界摆脱了人世纷扰的千钧重负，觉得像游戏般的轻松。

回到家中，海敏丽妮突发奇想："我母亲若活着，我一定向她倾诉自己的愉快心声，让她也高兴高兴。可我现在怎么把这一切说给父亲听呢。”

安纳达老爷近来身心交瘁，越来越支撑不住人间的纷扰，今日便早早入寝了。

海敏丽妮进了自己的卧室，在书桌前坐下，取出一本日记本，抒写心中的无限感触：“我落入了死亡的陷阱，已与尘缘断绝。我断然没想到，老天会把我从这万念俱灰的痛苦中解放出来，给予我新的生命。今天，我俯伏在它脚前，千叩万谢，我愿意承担起生活坦途的新的职责。我想，老天赐予我远非所配的殊运，但我更祈求上帝给予我保护他终身的力量。我深信不疑，他若同我这一卑微生命相结合，会使我内心充实且完善。愿我能将对这一完善所抱有的全部奢望，无一遗漏地回赠给他，这是我此刻向老天唯一的祈求。”

海敏丽妮抒发了自己的感触，合上了日记本，独自走进花园。在缀满星斗的穹宇下，碎石铺砌的小径上，于静谧的略带寒意的夜色中，徘徊良久。深夜，广袤无垠的夜空，谛听她心灵的如泣如诉，谛听她对安宁的无言的祈祷。

翌日午后，安纳达老爷正要带海敏丽妮去纳利纳克希家时，忽见一辆马车，停在他家大门口。从车夫座上跳下来的纳利纳克希家仆向门里禀报说：“老太太来了。”

安纳达老爷赶忙紧走几步，赶到门口迎接老太太。克谢姆卡莉一见到老人，便立即下了车，双方作揖施礼，安纳达老爷说：“今天幸运之神降临于寒舍！”

克谢姆卡莉说：“今天我为您女儿祝福来了。”她边说边朝里走。安纳达老爷恭恭敬敬地把她让进客厅，请她在沙发上就座，然后说：“您稍坐一会，我就去叫唤海敏丽妮。”

海敏丽妮正收拾完毕，准备随同父亲外出——她听到“老太太来了”的禀告声，便立即从闺房来到客厅，向克谢姆卡莉施礼请安。

克谢姆卡莉祝福她说：“孩子，愿你婚姻美满，长命百岁！来，伸出你的手，让我看看！”说着，她把一对重甸甸的金手镯，戴到了海敏丽妮的手腕上。粗大的手镯戴在海敏丽妮纤细的手腕上，愈发显得宽松。

戴上手镯，海敏丽妮再次向老太太鞠躬致谢。克谢姆卡莉双手捧着海敏丽妮的脸蛋，亲了亲海敏的额头。这一番祝福和抚爱，顿时使海敏丽妮心怀充盈了庄严且甜美的情感，这种情感几乎要外溢出来。

克谢姆卡莉用对儿媳父亲的称谓，叫着安纳达老爷说："亲家，明儿你们父女俩一定到我府宅坐坐。"

次日早晨，安纳达老爷按照贝拿勒斯的习惯，同海敏丽妮在花园里喝早茶。他那带着病容的脸上，因一夜的愉悦增添了几分光润鲜亮的气色。他不时瞅一眼海敏，见她脸上闪烁着宁和的光彩，不禁想到："今天她已先逝的母亲仿佛显灵，让其女沐浴在她吉祥如意的祝福中，仿佛遥落在彼岸的泪珠，衬照出女儿脸上幸福的光彩，那光彩温柔且庄严。唯有安纳达老爷眉宇间的淡淡哀愁，略为冲淡了女儿的过度兴奋。

安纳达老爷今天总念叨着："现在该去克谢姆卡莉家了，该做准备收拾出发，去晚了不好。"

海敏丽妮一次次对父亲说："现在时间还充裕，刚过八点钟。"

安纳达老爷执拗地说："梳妆收拾，颇费时间，宁可早去，也别晚到。"

正在这时，一辆驮着行李箱的出租马车，停靠在大门口。海敏丽妮情不自禁地说："哥哥回来了！"她急忙奔向大门口。

约庚德拉笑着下了马车，招呼妹妹说："怎么样？海敏，好吗？"

海敏丽妮问道："马车棚里还有谁？"

约庚德拉笑着说："快过年了，我给父亲带来了一份弥足珍贵的礼物！"

这时，从马车上下来了一个人，原来是罗梅锡！海敏丽妮朝罗梅锡瞅了一眼，即刻转身就走。

约庚德拉在她身后喊道："海敏，别走！回来，听我说！"但这声声呼唤并没有灌进海敏丽妮的耳朵。她依然急步朝里走去，好像身后有个魔鬼在追赶她似的。

罗梅锡霎时愣住了，他拿不定主意：是转身上车呢，还是跟在她后面进门。他进退维谷。

约庚德拉说："罗梅锡，过来，爸正坐在外面。"他挽着罗梅锡的胳膊，把他带到父亲身边。

安纳达老爷远远望见罗梅锡，也呆住了，他简直不相信自己的眼睛。他搔着自己的头皮，寻思："这紧要关头又要出岔子了！"

罗梅锡向安纳达老爷躬身施礼。

安纳达老爷指了指椅子让他就座，说："约庚，你来得正是时候，好极了。我正想给你打电报。"

约庚德拉问："什么事情？"

安纳达老爷不顾罗梅锡在旁，直截了当地说："海敏已许配给纳利纳克希。昨天他母亲已来为海敏祝福过了。"

约庚德拉不满地说："好啊！现在木已成舟！你们事先就不跟我商量一下？"

安纳达老爷说："约庚，谁都摸不透你心里想什么！你也许还记得，我当初对纳利纳克希一无所知时，你却偏偏急于要与他攀亲？"

约庚德拉不以为然，说："是的，那是当时的需要。现在我把话挑明，也不算晚！我有许多话要讲，请你们耐心听完，然后你们从长计议，怎么办妥当，就怎么办。"

安纳达老爷不耐烦地说："以后有空我们再洗耳恭听，现在我没有时间，马上就要出门。"

约庚德拉问道："到哪里去？"

安纳达老爷说："纳利纳克希的母亲邀请我和海敏去她家做客。你们在这里——"

约庚德拉打断话茬儿，说："不，不。不必为我们操心。我和罗梅锡可以到饭馆去用膳。傍晚前你们总能回来吧？到时候我们再来。"

安纳达老爷无法对罗梅锡先生说上一句客套话，甚至连看他一眼都难以做到。

罗梅锡也始终不敢开口，直到离去时，才说了一句道别的话。

五十七

克谢姆卡莉回到家里，对格姆娜说："孩子，今天我邀请了海敏和她父亲明儿来我家用膳。告诉我，你准备什么佳肴？要让我亲家吃得满意，也要让海敏不觉得我家的饭菜不合她的胃口。你说我的话对不对，孩子？当然，对像你这样的高手做烹调，我一百个放心，不会丢我面子的。我儿子对饮食从来不说一个坏字，昨日他还夸你做的饭莱好吃哩。不过，今儿你的气色似乎不太好。怎么了，孩子？哪儿不舒服？"

格姆娜暗淡的脸上，勉强露出一丝微笑，说："没有，我很好，妈妈！"

克谢姆卡莉摇着头说："你准有什么心事藏而不露。看来，你心情不佳。常与家人一起住惯了，想家是自然的，这有什么不好说呢？孩子，别把我当外人，我可把你当作是自己的女儿。在这个家里，有什么事情让你不称心的，或许你渴望见见自己家的亲戚？你若不全盘托出，心中的疙瘩能冰释吗？"

格姆娜慌忙说："不，妈妈，我拥有伺候您的机会，就足够了，其他什么我都不敢奢想。"

克谢姆卡莉没有留意她这句话的深意，继续说："若不是我那种无端猜想，你也可去你大叔家住些日子，哪天回来都成。"

格姆娜急了，说："不，妈妈，只要我一日留在您身边，我决不会想念别的人。倘若我在您家里做事，有什么差池，您尽管惩罚我，就是千万别让我离开您！"

克谢姆卡莉抚摩着格姆娜的脸说："所以我说嘛，孩子，前世你准是我的母亲！要不，咱们乍一见面，怎么就再也不愿分离呢！孩子，该去睡觉了，别熬夜了。整天忙着干活，没看见你坐下歇一会儿。别那样没命地干，要累坏身体的。”

格姆娜回到自己的寝室，关上门，吹灭烛火，在黑暗里坐在地板上。她久久地沉思着，最后她终于悟出个道理：“命中注定，上帝摆布我要失去他的，而我还在苦苦等待，这怎么行呢？我必须做好精神准备，舍弃一切，割断与他的关系。唯有服务这一个机会，不管怎样我决不应放弃。我祈求上帝保佑，但愿我能高高兴兴地去做，决不分心，决不左顾右盼。倘若我不能以满足的心情去接受历尽苦难艰辛所得到的东西，反而耿耿于怀，整日愁眉苦脸，我真的将会丧失一切，一无所获。”

于是，她一次次下决心：“从现在起，我在自己心里，将不再为痛苦留下一寸地盘，不再垂头丧气，不再存有不切实际的奢望，不再为明明得不到的东西而唉声叹气。一切已成过去，我要做的只是服务，心甘情愿的服务。不想别的，不想，永远也不想别的。”

然后，她去上床休息。但在床上她辗转反侧，折腾了好一阵子。实在困极了，她才睡着。半夜，她醒过好几回，每回睁开眼，她嘴里都念念有声：“我什么都不想，不想，不想。”

早晨起床后，她盘腿席地而坐，双手合十，专心致志地唱喏道：“我为您服务终身，什么都不想，不想，永远也不想别的！”

她匆匆梳洗完毕，换上粗布衣衫，走进纳利纳克希的静养斋，用衣襟把地面旮旮旯旯拂拭得干净明亮，放好坐垫，然后匆匆去恒河沐浴。

近来，经纳利纳克希多次规劝，克谢姆卡莉才放弃了日出前必去恒河沐浴的习惯。因此，今天陪伴格姆娜去沐浴的差使，便落到了乌迈希的头上，他不得不在寒冷的冬日里起个大早。

浴罢归来，格姆娜笑容满面地向正要去恒河沐浴的克谢姆卡莉施礼请安。

克谢姆卡莉一见格姆娜便说：“你为什么这么早就去沐浴，孩子？你应该等着我，跟我一道去恒河该多好！”

格姆娜说：“妈妈，今天没法儿等您，家里有许多事要做！昨晚买回来的蔬菜要收拾洗净，还缺什么，我得派乌迈希去市场跑一趟。”

克谢姆卡莉说：“你想得十分周全，孩子！亲家一到，就能吃上美味佳肴了。”

这时，纳利纳克希从自己屋里出来。一见到他，格姆娜顾不上头发还是湿漉漉的，便拉上面纱蒙上，匆匆回屋了。

纳利纳克希说：“妈妈，今日，您别去沐浴了！您昨日刚退一点烧，身体还没有完全康复！”

克谢姆卡莉说：“纳利纳，你这个医生也太多事。若要永葆青春长生不老，必须去恒河晨浴，这是个浅显的道理。你现在要出门？记着早点回来，别晚了。”

纳利纳克希问道：“妈妈，为什么？”

克谢姆卡莉说：“昨儿我忘了告诉你，安纳达老爷今儿要来我家，为你祝福。”

纳利纳克希纳闷地说：“为我祝福？他怎么突然对我青睐起来？我几乎天天都与他照面。”

克谢姆卡莉说：“昨天我去他家，为海敏祝福，一对金手镯作为定亲聘礼。今天该轮到安纳达老爷来对你祝福。就是这么回事，好啦，你早去早归。他们今日在我家用膳。”说完，老太太仍坚持去恒河沐浴了。

纳利纳克希低着头，若有所思，步出了大门。

五十八

海敏丽妮飞快地躲开罗梅锡，来到了自己的闺房，关上门，一头扑在床上。随着慌乱的心情稍稍平静，一种羞愧感又袭上心头，她想道：“我为什么不能落落大方地与罗梅锡先生相见呢？我愈不希望这样，就愈发出丑。上回最意外的事发生，我也没有这么窘迫，而如今我总是六神无主、别别扭扭，究竟是怎么回事？我简直不敢相信自己控制感情的能力了。往后遇事不能那样冲动，那样不自信！”

于是，她强迫自己下床，开门出屋，挺身出去再和罗梅锡先生相见，她暗暗告诫自己说：“我绝对不能再逃跑开去，一定要控制住自己的感情。”

忽然，她不知又想起了什么，重又回屋，打开一个小盒，取出克谢姆卡莉给她的那副金镯，戴到手腕上，她这时像佩带武器上战场似的，昂首挺胸，大步朝花园走去。

安纳达老爷一见到海敏丽妮，笑着问道：“海敏，你到哪里去了？”

海敏却问道：“罗梅锡先生不在了？哥哥也不在这儿？”

安纳达老爷答道：“不在了，他俩都走了。”

海敏丽妮顿时松了一口气，但她最终没有经历自我考验，这种考验有待于来日的机缘了。

安纳达老爷说：“现在咱们该走了吧。”

海敏丽妮满口应付着说：“是的，爸。我洗漱一下就来。您派人去叫车吧。”

海敏丽妮突然一反常态，对这样的践约表现得分外急切，这一举止不仅使安纳达老爷不觉得安慰，反而心中疑团顿生。

海敏丽妮匆匆洗漱完毕，换好衣衫，走到外面，说：“爸爸，车来了吗？”

安纳达老爷若有所思地答道：“还没有。”

海敏丽妮便独自走进花园来往踱步。安纳达老爷则坐在廊下椅子上，用手搔着头皮。

十点半光景，安纳达老爷一行已抵达纳利纳克希府邸。纳利纳克希外出行医还没有回来，克谢姆卡莉只得亲自招待。她仔细地询问了安纳达老爷的健康状况，又聊了不少家常。其间，她不时瞅一眼海敏丽妮，但在她脸上却见不到丝毫兴奋或欢快情绪的迹象。即将来临的大喜之事，为什么没有在她脸上投下晨曦般的灿烂的霞光？却见她目光暗淡，心神不宁，似有某种忧虑。

怎么回事？这使极其敏感的克谢姆卡莉好似当头挨了一棒，心情恰如愁云般沉重起来。她想："对任何一位姑娘来说，能找到我的纳利纳克希做丈夫，实是一种福分；而这位有教养的现代女子，大概觉得我的纳利纳克希配不上她。否则为什么她脸上愁云满布呢？究竟什么原因造成这一尴尬的局面呢？或许就是我自己造成的。老了，不知道办事需有耐心。想得急，办得过急，要儿子娶一个年龄大一些的姑娘，又没有很好地去了解她的性情脾气。但是，嘿！我哪有时间从长计议，与她多多相处，多多了解呢？我了结尘世俗务的警钟早已响过，我有事就得赶紧办，岁月不饶人啊！"

克谢姆卡莉嘴上与安纳达老爷聊着天，心里却捻捻转儿似的胡思乱想，她甚至觉得很难把谈话再这样继续下去了。于是，她对安纳达老爷说："我觉得，婚姻是大事，万万不可过于匆忙。孩子们也已成年了，就让他们自己去做主吧，怎么合适就怎么办。我们过分强求操办就不妥了。海敏心里是怎么想的，我不清楚，但纳利纳克希我还是了解的，他至今还没有拿定主意，不十分热心。"

这些话克谢姆卡莉是特意说给海敏丽妮听的。既然姑娘你显出三心二意，不十分乐意的样子，她也不愿客人得出这样的印象：她儿子听说要与海敏丽妮结婚，乐得手舞足蹈了。

其实今天，海敏丽妮在早晨外出串门时，原决心强作欢笑，显出格外兴奋的样子去赴约，但结果却适得其反。她那欢快的兴奋，瞬息间转为沉重的悲愁。几分钟之前，海敏丽妮跨进纳利纳克希府邸的大门，一种突如其来的疑虑袭上心头，百般难以排遣。在即将踏上人生新的旅途时，她突然发现展现在她的眼前的，将是一条曲折崎岖的山区小路。在两位老人冗长的问候寒暄之际，海敏丽妮这种自我困惑，对缺乏忠贞的自责，不时在她心田里涌动着。此时，克谢姆卡莉以某种暗示方式，欲意收回两家结亲的提议，使海敏丽妮的内心产生了两种截然不同的情感反应：一方面，她希望能当场确定这门亲事，尽快解决自己的婚姻问题，从而使自己摆脱目前这种提心吊胆的脆弱状态；另一方面，婚约的被暗示取消，使她松了口气，一种轻松感油然而生。

克谢姆卡莉说完上面那段话，用眼注视着海敏丽妮。她发现，海敏丽妮的脸上，似乎至此才出现了安详温和的表情。霎那间，她打从内心丧失了对海敏丽妮的好感，止不住产生一种怨恨情绪。她暗自思量：“我又不是在廉价出售我的纳利纳！”今天，纳利纳迟迟未归，她对此反而高兴。

克谢姆卡莉看着海敏丽妮说：“瞧纳利纳的好记性！明知家有客来，该归心似箭，可到现在仍不见他的影儿，何况今天事又不多！平时只要我有点不舒服，他宁可放弃一切工作，也要留在我身边，而今天有什么天大的事，碍着他的归心呢？”

说完，她借故向客人告退片刻，去厨房看看饭菜准备好了没有。她打算把海敏丽妮交给格姆娜去招待，自己可单独与安纳达老爷谈谈。

克谢姆卡莉走进厨房，见一切都已准备妥当，饭菜正放在温火上煨着。格姆娜静静地坐在一个角落里出神。克谢姆卡莉贸然而至，使格姆娜吓了一跳，随即，她不好意思地，带着惶惑的微笑，站起来迎了上去。

克谢姆卡莉说：“哎，我还以为你正忙着呢！想不到一切都准备周全了！”

格姆娜说：“是的，妈妈，饭菜全做好了。”

克谢姆卡莉假惺惺地说：“那你还闷闷不乐地坐在这儿干什么？安纳达老爷是个上了岁数的人，有什么不好见他的呢？海敏也跟着来了，你可以请她到你闺房，俩人可亲昵地叙谈叙谈。我老了，干吗让她陪着我活受罪？”

克谢姆卡莉因海敏丽妮冷漠的缘故，心情不悦，故见了格姆娜表示出加倍的疼爱。

格姆娜自觉形秽，说：“妈妈，我跟她有什么话可投机的，她满腹经纶学问，我什么也不懂，是个乡巴佬。”

克谢姆卡莉不以为然地说：“这有什么关系？孩子，你比谁都不差！不管对方受过多少教育，卖弄什么学问，可在你面前什么都不是。上过学的女孩子也许都可成为道貌岸然的学者，但是像你这样惹人疼爱的漂亮女孩子有几个？孩子，快走吧！对，我要亲手打扮你，我让你穿上最漂亮的衣服。走，先到我屋里，挑几件最适合你穿的服饰。”

今天，克谢姆卡莉准备从各方面杀杀海敏丽妮的傲气，至少在容貌上，她会使海敏丽妮已渐凋谢的美在受过不多教育的女孩子的鲜花般的娇艳面前黯然失色，受到嘲弄。

克谢姆卡莉根本不容格姆娜的异议，灵巧且熟练地替她穿衣打扮。她让格姆娜裹上一身浅红色的丝绸纱丽，给格姆娜梳成最时尚的发型。装扮后，她左右前后端详了好一会儿，连她自己也为格姆娜的美丽而倾倒。最后，她在格姆娜的脸蛋上亲了亲，高兴地说：“太美了，真有点皇家气派！”

梳妆打扮时，格姆娜不止一次地说：“妈，时间不短了，海敏他们正等着您哩。”

克谢姆卡莉毫不理会，说：“不管他们，今天我非把你打扮得至美至善不可。”

克谢姆卡莉领着格姆娜边走边说：“走，别害羞，孩子！那些上过大学的美人儿，若要见到你那副倾国倾城的美姿，准会妒忌你的。在众人面前，你完全可以自信地昂首而立。”她把格姆娜强拽到客厅，见纳利纳克希正在和客人攀谈。

格姆娜见此情景立即止步，转身欲往回跑，但克谢姆卡莉却死死地拉住了她。

克谢姆卡莉说：“孩子，有什么可害羞的，别那样！这儿全都是自己人。”

格姆娜天生的丽质、自然流露的羞怯和盛装衬托出的绝伦的风姿，使克谢姆卡莉感到无比骄傲。她希望在座众人能为之惊愕。一个为儿子而骄傲的母亲今天觉察到：海敏丽妮明显表露出对纳利纳克希完全不以为然的鄙视神情。她为之大为恼火。若通过格姆娜的无与伦比的美，当着儿子的面打掉海敏丽妮的傲气，那定会使老太太异常快活，出口恶气。

众人见到格姆娜如此仪容，确实万分惊叹。那天，海敏丽妮与格姆娜初次见面，格姆娜身穿通常便服，也未浓妆艳抹；她露出一副不敢见人的寒碜相，拘谨地坐在一个角落里——海敏丽妮还没仔细地端详她的面容，她已经一溜烟跑掉了。今天，海敏丽妮见到神采奕奕的格姆娜，心中震颤得目瞪口呆。须臾，海敏丽妮马上离座，抓住格姆娜的手，让她坐到自己身旁。

克谢姆卡莉见状就意识到，自己取得了胜利，喜不自禁；在座的人都暗自叹服，如花似玉的容貌胜似天仙美女。

克谢姆卡莉对格姆娜说："孩子，你带海敏去你闺房，陪她聊一会儿，我来招待他们入席。"

格姆娜心里惶惑不安，思量着："谁知道海敏对自己持何看法！"海敏即将嫁过来，成为这家的女主人，因而格姆娜无法忽视她的看法。这个家的女主人地位原是属于她格姆娜的，但现在，她把这个念头置之脑后，她决心任何情况下，都不能让妒忌在自己心灵里占据一席之地。她眼下没有任何希求，没有任何奢望。

她与海敏丽妮并肩走着，两腿颤抖得厉害。

海敏丽妮轻声细语地对格姆娜说："你的情况，我已从妈妈那里听说了，听后我心里异常难受。你就把我认作你的亲姐姐吧，妹妹！你有姐妹吗？"

听到海敏丽妮充满爱怜的温和话语，格姆娜感到莫大的慰藉。她说："我没有亲姐妹，只有一个叔伯姐姐。"

海敏丽妮依然用温和的语调，说："我也没有亲姐妹！我自幼丧失了母亲。多少年来，无论是高兴的时候，还是痛苦的日子，我总幻想：'我没有了母亲，若有个可以向她倾诉心里话的姐妹该多好！'从小我就不得不把什么事情都装在心里，渐渐成了习惯，任何体己话也不对别人诉说。别人还以为我生性孤傲。妹妹，你别那么看我。对别人，我的心早已成了哑巴。"

格姆娜心头的一切疑虑顿时冰释。她说："姐姐，你会喜欢我吗？你还不十分了解我，我可是个无知无识的人。”

海敏丽妮笑着说：“待你完全了解我，你就会发现，我也是个愚蠢无知的人。我啃过书本，但不谙人情世故，又什么都不会做。倘若有朝一日，我果真成为这个家庭的一员，那么你永远也别离开我。我一想到这个家的重担要全部落在我一人肩上，我怕得不寒而栗。”

格姆娜像孩子似的天真，说：“什么事都交给我做，我从小就做惯了。我一点也不发怵，我们姐妹俩一块把家务料理好。只要你让他过得快活，我尽力把你们俩伺候好。”

海敏丽妮突然好奇地问：“噢，妹妹，你自然没有看清你丈夫的容貌，但你现在是否还惦记他？”

格姆娜含糊其辞地回答：“姐姐，我有段时间，真不知道想念丈夫的滋味。自我进了大叔家门，和堂姐夏希很要好。我亲眼目睹，她伺候丈夫别说有多周到了，看到他俩的恩爱情景，猛醒了我对丈夫的惦记。你可以说我没能看清丈夫的模样，可我的心对他的虔诚，是无法用言语形容的。上帝没有使我这颗虔诚的心落空，它终于结出了果实，如今我的丈夫清晰地显现在我的心幕上。他虽没有认我为他的妻室，而我已经把他视作自己的丈夫，获得了他。”

听了格姆娜这席矢志虔诚的话语，海敏丽妮不由得被感动了。沉默了片刻，海敏丽妮说：“妹妹，我完全理解你的话！如此虔诚的求取是真实存在的。贪婪的索取都是空幻的，不会持久的，最终将会消失的。”

海敏丽妮这几句话，很难说格姆娜是否完全理解。她对海敏丽妮凝视良久后，才说：“姐姐，你说的一定正确。我不让任何痛苦往心里去，所以我十分快活。我已经得到的，就是我的全部财富，我已心满意足了。”

海敏丽妮挽着格姆娜的手，说：“我的老师曾说过，当命运和利益完全相等时，才是真实的财富。换句话说，一个人到了忘怀得失时，他实际已真有所得。如果我也能像你一样，从义无反顾的自我奉献中，获得那么丰富的回报，我也知足了。”

听了这席话，格姆娜颇为诧异，说：“姐姐，你这话是什么意思？你已处处顺心遂意，什么都不缺，你竟还有不遂心意的事？”

海敏丽妮说：“上帝保佑，我能幸运地获得我应该得到的；超过了限度，所获得的反而是一种沉重的负担，一种难忍的痛苦。妹妹！从我嘴里听到这些话，你也许会惊异，连我自己也有同样的感觉；但这正是上帝给我的启示。你不晓得，妹妹，近来我的心情甭说有多么沉重！今天遇到你这一知己，我轻松多了。我获得了一股力量，所以才胡言乱语地说了那么多，不然我很少开口。妹妹，我也弄不明白，你怎么把我的心底话，全引了出来。”

五十九

从克谢姆卡莉家回来，海敏丽妮在客厅的大书桌上见到一封信。信封上的字迹，她一看就知道是罗梅锡的，海敏丽妮的心，不禁怦怦跳动。她带着突突狂跳的心，拿着信，径直走进自己的卧室。她从里面插上门闩，开始阅读这封厚厚的信。

信中，罗梅锡把有关格姆娜的事情，原原本本、从头到尾叙述了一遍。在信的结尾处，他写道：“神曾恩赐我们结合的良缘，如今却被凡尘俗世所拆散。现在，你的心已属他人，我对此毫无怨言，但你也不能全归罪于我。虽我一日也没有像对妻子那般对待格姆娜，但我应该向你承认，她渐渐地赢得了我的心。今日我无法确切地知道，我的心境处在何种状态之中。如果你没有把我抛弃，那么我还可以在你心灵的殿堂里，获得一席庇护之地。在这种希冀的催促下，我揣着一颗忐忑不安的心去找你。但今晨见你时，我清晰地看出，你憎恨我，不愿见我。我又从别处获悉，你已同意与他人缔结良缘，一切悲痛疑惑，不由涌上心头！

“我深感，时至今日，我依然忘不了格姆娜。然而忘怀与否，除对我之外，谁都不会为此悲伤；退一步说，我又为什么由此而悲伤呢？我的心既然接受了两位姑娘，要忘却她们实非易事，我将会终身怀念她们，这或是我生涯里的最大福分！

“今晨匆匆一面，我遭到了闪电般的打击。回到寓所，我禁不住呼号：‘我是无辜的！’但此时我的心海已经平静无波了，我将以坦然的心情，高高兴兴地远离去。今临别书言，愿你赐予的宽恕、造物主恩泽的祝福，洗刷我心灵的伤悲，仅此足矣！愿你俩幸福如意。请勿迁怒于我，扪心自问，实也无可迁怒的理由。”

安纳达老爷正坐在椅子上看书。他突然抬头，惊疑地看着海敏丽妮：“海敏，看来，你今天身体不舒服？”

海敏丽妮说：“没有不舒服的感觉。罗梅锡寄来了一封信，喏，请您拿去看看，阅后请奉还给我。”海敏丽妮把信交给了她父亲，便悄然离去。

安纳达老爷戴上眼镜，把信从头到尾读了两遍，然后叫仆人把信还给海敏丽妮，他自己却坐在原地寻思着。最后，他得出聊以自慰的结论：“从某种视角看，这也不算是坏事。纳利纳克希的人品，与罗梅锡相比，远胜一筹。罗梅锡自动退出、不搅和的举止，成全了双方，这是明智之举。”

正当他殚思竭虑琢磨此事，用人把纳利纳克希突然带到他面前。安纳达老爷一见他突然而至，不无惊讶。数个钟头前，他们还促膝相聚，热情叙谈良久。刚从那儿回来，他又有什么急事，不得不登门拜访？最后，老人猜想：“准是海敏赢得了他的心，他追慕她而来。”想到这里，老人不禁窃喜。

安纳达老爷正盘算，如何给他与海敏单独会面的机会，欲借故起身离开，不料纳利纳克希开门见山，说明来意：“安纳达先生，我妈妈已对您提出我与您千金的婚事，可在这件婚事获得更多的进展之前，我想告诉您一些必须说清楚的事情。”

安纳达老爷应附着说：“对，对，你应该对我说说。”

“您也许不知道，我已经结过一次婚！”

“我知道，但那——”

“真没想到那是一次令人惊异的结合，您准了解了全部情况！

您可能认为她已经死了，难道这是确定无疑的吗？什么都无法作准。我相信她至今仍活在世上。”

安纳达老爷说：“上帝保佑，愿您的话是真的。海敏，海敏！”

“什么事？爸！”海敏丽妮边应声边走了进来。

安纳达老爷说：“罗梅锡先生给你的信里有一处……”

海敏丽妮立即把信交给纳利纳克希，说：“他应该读信的全部内容。”说完，她便匆匆离开了他们。

纳利纳克希从头到尾读完了信，犹如晴天霹雳的惊愕，几乎使他丧失了说话的能力。他呆若木鸡地坐在那里，缄默无语。

安纳达老爷打破了沉闷，说：“如此惨痛的事故，在这世上是罕见的。让您看信，恐怕伤了您的心，我们也是不得已而为之。若隐瞒它，那是不公正的。”

纳利纳克希又木然地坐了半晌，之后他才起身向安纳达老爷告辞。离去时，他望见海敏丽妮正站在屋北的敞廊边，他的心为之震颤。他思量，这位木然伫立的女子像一尊雕塑，透着永恒的安详，可她的内心世界又会是多么不平静呢？此时此刻她有着什么样的内心活动，无法确切探知。她是否需要纳利纳克希和她叙谈叙谈，他没有勇气去问她，他也难以获得她的回答。纳利纳克希那颗悲凉的心在思索着：“我能否给她某些慰藉呢？但是人与人之间隔着多少难以逾越的屏障！人的心灵啊，原是多么可怕的孤寂！”

纳利纳克希想稍稍侧着身子，从敞廊前穿过，欲登车离去。他以为，海敏丽妮也许会拦住他，问些什么。但当他走到敞廊跟前，发现海敏丽妮已不知去向了。“心与心的沟通，真是件难事，人与人之间的关系真是太复杂了！”——纳利纳克希感叹着，心情沉重地登车离去。

纳利纳克希走后不久，约庚德拉跨进门槛。

安纳达老爷问他：“怎么是你独自一个？”

约庚德拉诧异地问：“您还希望有谁？”

安纳达老爷说：“怎么，罗梅锡没有跟着你？”

约庚德拉不无揶揄地说："难道那天的盛情款待对他来说还不够吗？他除了投入贝拿勒斯的恒河获得解脱之外，还会有什么别的不测，我就不得而知了。从昨日起到现在，已不知他的去向，只在桌上留下一张纸条，上面写着：'我已外出，你的罗梅锡。'我可受不了这套诗情画意的文字游戏。我得马上动身赴任，我的中学校长职务，比这里的把戏好得多，一切都简单明了，直截了当，决不会遇上那种无头无尾的公案！"

安纳达老爷略显着急地说："海敏怎么办？我们可得拿出主意——"

约庚德拉不耐烦地说："我还有什么锦囊妙计，你们为什么又要把我卷进去呢？我曾一次次提出建议，你们总举棋不定，最终加以否定。这套把戏已玩得我兴味索然。现在别再拖我下水了，我不适合做那种我理解不了的事情。海敏突然变得令人难以捉摸，她出奇的思维，真把我的脑子弄糊涂了。我坐明天早班车走，途中我还得在邦基布尔停留一下，办点事。"说完，他就匆匆离去。

安纳达老爷脑子里空空如也，呆呆地坐在那里，用手抚摩着自己的额头，一筹莫展。家庭的再次混乱，使他觉得这个世界充满了不解之谜。

六十

过了数日，夏希穆基和恰格尔瓦尔蒂来纳利纳克希家做客。

夏希与格姆娜在边角的那间厢房唧唧咕咕，说着悄悄话，恰格尔瓦尔蒂则与克谢姆卡莉聊天。

恰格尔瓦尔蒂说："我的度假期结束了，明天就得返回加齐布尔。赫莉达茜若给你们增添不安、麻烦，或者是——"

克谢姆卡莉打断他的话，说："恰格尔瓦尔蒂先生，您怎么说这番话？难道您想制造某种借口，把孩子骗回去？"

"请别误解，请您别把我看成是那种把给出去的礼物再索回的人！我的意思是说，倘若您觉得不方便，或是——”

“这可不是您的真心话。您心里十分明白：把像赫莉达茜那样擅长家务的女孩子留在身旁，谁都不会不放心的，然而——”

“行了，行了，请别再说了，我算被您看透了。别的倒没什么，我略施小计，想从您嘴里听到几声夸奖孩子的话！不过，我担忧的是，纳利纳克希可别产生多疑：家里这位不速之客是从哪儿冒出来的！我的孩子生性孤傲，她如果感知纳利纳克希对她有所鄙视或是冷遇，她就很难忍耐得住。”

“神灵在上，我的纳利纳克希还没有这个天性，没学会耍心眼的本领！”

“您的话使我宽心多了。不过，您瞧，我疼爱赫莉达茜胜过于自己的生命，所以我对她总不放心。她倘若还留在您家里，我希望，纳利纳克希能像对待自己的亲人一般疼爱她，不光是不会厌恶或鄙视。要不，她的心情痛快不了。她毕竟是个活生生的人，不是摆设的家什。要是他对她既无所谓鄙视，也无所谓喜欢，他们俩就这么点关系，那我就要——”

“恰格尔瓦尔蒂先生，您不必多虑。在纳利纳身上有着天生的优良品德。他虽然嘴上不说，但心里总牵挂着别人的痛苦与欢乐。不管方便还是不方便，对于赫莉达茜在这儿的地位，他肯定考虑过。她喜欢什么，想要什么，怎样才能让她生活得快活，这一切他心里都盘算着。只因他不挂在嘴上，我们就不易觉察而已。”

“听您这番话，我一百个放心了。不过在我离开圣城之前，我还想跟纳利纳克希先生细细详谈一下，想奉上几句不同寻常的规劝。在这世上，能对一位弱女子负起全部责任的男子，真是凤毛鳞角。上帝若是赋予纳利纳克希先生注重现实的男子气概，那他决不会假惺惺地把赫莉达茜拒之千里之外，而很自然地把她看作是自己的真正亲人，这就是我对上帝的祈求。”

恰格尔瓦尔蒂对纳利纳克希的充分信任，深深地打动了作为母亲的克谢姆卡莉的心。

她说："您担心我不让赫莉达茜在纳利纳面前过多露面，请您别作无端猜测。我很了解我儿子，您尽可以信任他，用不着担心。"

恰格尔瓦尔蒂说："那样的话，我把心里话对你直说了。听闻有位姑娘要与纳利纳克希先生成亲，她的年龄也许不小了，又受过我们一般人没有受过的教育。所以我思忖着，也许我们的赫莉达茜……"

克谢姆卡莉说："究竟前景怎样，我也不太清楚！应该慎重，三思而行，不能草率从事。不过，我正打算放弃这门亲事。"

恰格尔瓦尔蒂说："退亲了？"

"没有定亲，怎谈得上退亲。当时提亲是我的主意，是我坚持的。可纳利纳克希并不愿意，我也不再催逼他了。水不到渠不成，强扭的瓜儿不甜嘛。在我闭眼之前，能否见到儿媳，只有天知道。"

"别这么说，不是还有我们这伙热心肠的人吗？不收到谢礼，不吃上喜糖，我们是不会被轻易打发掉的！"

"您的话令我高兴，恰格尔瓦尔蒂先生！我心里异常苦恼，纳利纳已到了这样的岁数，他为了我，没有赶早办事。正因为如此，我才东跑西颠，没有作通盘考虑就急于定下这门亲事。但现在我不作指望了，放弃了这门亲事。您若是能操心安排，那简直是雪中送炭了。不过，您得抓紧，我的日子屈指可数了。"

"您这丧气话谁会信啊！您得活着，亲眼饱览过门的儿媳。什么样的儿媳符合您的心意，我全然明白。当然年龄太小不好，您希冀的儿媳，年龄适中、能敬重您、问候您、擅长料理家务，不然，我们也看不顺眼的。这件事您不用操心了。老天爷开恩，一切都会就绪的。现在请您允许我去跟赫莉达茜交代几句，让她明白该如何做人，如何做事。同时让夏希来拜见您，自从见到您之后，她总是唠叨您，几乎快疯了。"

克谢姆卡莉忙道："不，你们三人一块坐坐聊聊，我也正好有点事情要办。"

恰格尔瓦尔蒂笑着说："世上有像您这样通情达理的仁慈的人，正是我们的造化。我相信，那个'事情'很快就会有眉目，我真希望您这会儿就去准备糖果，款待那个幸运的、为纳利纳找到妻子的婆罗门。”

恰格尔瓦尔蒂来到夏希和格姆娜的身边，发现格姆娜两眼泪汪汪的。他挨着夏希坐了下来，怔怔地望着格姆娜。

夏希说：“爸爸，我刚才劝说格姆娜：现在时机已成熟，已是瓜熟蒂落的时刻，该把一切真情实况，向纳利纳克希先生讲明。就为这句规劝的话，您的赫莉达茜小傻瓜竟然跟我争吵起来！”

格姆娜急忙说：“不，姐姐，我求你别再提这事。这断然不行的。”

夏希说：“瞧你这死脑瓜！你这儿一声不吭，他那儿就要跟海敏丽妮结婚了！自拜堂第二天至今，你受了多少苦，差点把命都送掉。在这节骨眼上，你若要再走错一步，就会痛苦一辈子！”

格姆娜说：“姐姐，我的过去那些事没法跟人说。我一张口，还不把我羞死。我对眼下处境已很知足了，已没有任何苦恼。若要这些事张扬出去，我哪儿再有脸见人？怎能再在这个家待下去？那我今后还怎么活呢？”

夏希穆基无言以对。但就这样眼巴巴地瞧着纳利纳克希与海敏丽妮结婚，夏希觉得根本不可想象。

恰格尔瓦尔蒂说：“你们谈论的那门亲事，准能成吗？”

夏希振振有词地说：“您说什么，爸爸！纳利纳克希先生的母亲亲自登门，为海敏祝福过了！”

恰格尔瓦尔蒂说：“这一祝福已经被神灵的祝福挡住了。格姆娜，我的孩子，这会儿你什么也不用担心，神灵会庇护你的。”

格姆娜一时被弄懵了，圆睁着大眼睛，望着大叔。

大叔又说：“他不跟海敏丽妮结婚了，这桩亲事已经告吹。纳利纳克希不愿意，他母亲也醒悟了。”

夏希穆基一听这话，惊喜万分，说：“大难不死，还得个金娃娃！好悬啊！昨儿我听后差点没背过气，一整夜没合眼。对了，格姆娜，你寻思寻思，你就这么样在这个家里待一辈子？啥时把事情原委全盘托出？”

恰格尔瓦尔蒂说："别着急嘛，孩子，不可莽撞！一旦时机成熟，就会水到渠成，一切都会顺理成章的。"

格姆娜说："我对眼下拥有的一切已经十分满足了，我不想再有变化。可别弄巧成拙，为使更幸福反倒丧失现有的一切！大叔，我恳求您什么也别跟人说，只求他们容我在这家中拥有一席之地，就足够了。你们忘了我吧，别再为我操心了。我这会儿已经再快活不过了。"说着说着，成串的泪珠，从她的眼眶里，簌簌地滚落下来。

恰格尔瓦尔蒂急忙劝慰，说："这是怎么了，孩子，干吗哭呀？你所说的我完全理解，难道我们企望搅乱你的宁静吗？哪能这样做！我们不至于蠢到如此地步，从中作梗，使造物正在操纵的事情搞糟。不会的，你不用担心。我活了这么多年，难道还没学会遇事不乱、临场不慌的本事吗？"

正在这时，乌迈希带着平时的笑容闯进来了。

大叔问："噢，乌迈希，有事吗？"

乌迈希说："罗梅锡先生在楼下，正在探听纳利纳克希大夫。"

格姆娜的脸色刹那间刷白了。大叔急忙起身说："别怕，孩子，我会处理周全的。"

恰格尔瓦尔蒂来到楼下，握着罗梅锡的手，说："和我到街上走一趟，我有事要跟你说。"

罗梅锡突然看到恰格尔瓦尔蒂出现在面前，不无诧异地说："您在这儿，大叔！"

恰格尔瓦尔蒂说："我是为您的事而来的。已经和纳利纳克希大夫见过面，也有了好结果。来，别耽误时间，说正经事。"

大叔把罗梅锡带出一段路程，说："罗梅锡先生，您怎么会来找纳利纳克希大夫？"

罗梅锡说："我是特意来拜访纳利纳克希大夫，我决定要把格姆娜的事详细地对他说清楚。我有个感觉，格姆娜至今仍然活在世上。"

恰格尔瓦尔蒂说："倘若格姆娜真还活着，而且纳利纳克希还见到了她，那么纳利纳克希大夫从你嘴里听到有关格姆娜那段经历，会有何感想，会有什么好处吗？他还有个老妈妈，她知道了这一切，格姆娜的日子会好过吗？”

罗梅锡书生气十足地说：“我不知道我这样做，会在客观上对他们产生什么后果。但是，纳利纳克希应该知道，格姆娜是清白无辜的。纵然格姆娜已经不在人世，纳利纳克希先生也应该对她的英灵敬重。”

恰格尔瓦尔蒂说：“我理解不了你们年轻人的这套新潮思想。如果格姆娜已经死了，有必要拿她的英灵去烦恼纳利纳克希先生嘛，他有必要对做过一夜夫妻的女人的情况无休止地牵肠挂肚吗？您瞧，我就暂住在那边的那幢白色宅院里，您若明早能驾临敝舍，我会把一切情况都对你说个一清二楚。但眼前，请您别去拜访纳利纳克希大夫，这是我的一点儿小请求。”

罗梅锡沉吟了一下，说：“好吧。”便告辞走了。

大叔回来对格姆娜说：“孩子，明晨你得去我那儿一趟，你亲自向罗梅锡讲清目前的一切情况。”

格姆娜低着头，一语不发站在那里。

大叔继续说：“我认为这样安排是合适的。我敢断定，不这样就会前功尽弃，办不成事。我弄不明白，当今时髦的年轻人不理会我们老年人的责任。孩子，不要再羞怯了，决不应该让别人夺去你的权利，这是你的责任，别人是没法取代的。我们也无法顶替的。”

格姆娜依然沉默无语。

大叔又开导说：“孩子，我们已经为你披荆斩棘开了路，现在你必须快刀斩乱麻，铲除脚下残存的杂草荆棘，不能有丝毫犹豫了。”

这时，格姆娜听到有人走动的脚步声，她不由抬眼朝门口望去，纳利纳克希已站在门口，双方的视线不期而遇。今天，纳利纳克希没有像往常那样迅速把视线移开。虽说他落在格姆娜的脸上的视线只有几秒钟，但这短暂的一瞥，不知已从她脸上摄取了什么。他显然没有拒绝对方投来的目光，不像往日，他自觉地躲开自己认为不该看的东西。

接着，他看了一眼夏希，便欲转身离去。而大叔立刻叫住了他，说："纳利纳克希先生，请留步。我们一向把你当作自家人，不要见外。这是我女儿夏希穆基，您曾给她女儿瞧过病。"

夏希向纳利纳克希作揖施礼。

纳利纳克希边还礼边说："您的女儿现在康复了吗？"

夏希答道："她已经康复了，多谢了。"

恰格尔瓦尔蒂说："您从来不赐予我机会好好与您畅谈一阵。现在您既然来了，请稍坐一会儿。"

大叔请纳利纳克希坐下，回头一望，格姆娜已经不见了。她万分兴奋地带着纳利纳克希那短暂的一瞥躲回到自己的闺房，好让自己那颗因狂喜而慌乱跳动的心，平静下来。

这时，克谢姆卡莉上楼，说："恰格尔瓦尔蒂先生，现在请你们下楼，将就着吃顿便饭。"

恰格尔瓦尔蒂风趣地说："当您说有点事情要办，我就一直坐等那顿'将就'了。"

用完饭，恰格尔瓦尔蒂又到客厅，对纳利纳克希和其母亲说："请稍坐，我去一会儿就回。"

说完他起身离开客厅。不一会儿，他牵着格姆娜的手，把她带到纳利纳克希和克谢姆卡莉面前，跟在他们后面的是夏希穆基。

恰格尔瓦尔蒂启口说："纳利纳克希先生，请您别把我的赫莉达茜当作外人，没什么不好意思的。我把这个不幸的可怜孩子托付给你们，务必请你们把她当作自家人看待。我再没有别的请求，只盼望她能拥有服侍你们的权利，尽心伺候你们。请你们放心，她决不会耍小聪明，施小计，干出不当之事的。"

格姆娜羞红了脸，低垂着头，默默无语站在那里。

克谢姆卡莉说："恰格尔瓦尔蒂先生，您丝毫不用担忧，赫莉达茜待在我这儿，会胜过我家的亲闺女。丝毫不会让她受累受屈，倒是她自告奋勇，掌管了整个家。库房琐事至今仍由我掌管，现在我落得清静，索性连这个也不管了。家里的用人也不把我当成一家之主，真不明白我会渐渐失落到这种地步。连我掌管的一些钥匙，也被她连哄带蒙地夺了过去。现在您说，恰格尔瓦尔蒂先生，为您酷似强盗的姑娘还要求什么？您是布下了陷阱，作一次天大的劫案，想把她抢回去？”

恰格尔瓦尔蒂说：“就算我再有劫掠的念头，难道您以为她会心甘情愿离开这个家？您这是多虑了。你们已经把她降服了，今天在这世上除了你们，她已六亲不认！她经历了那么多的磨难，跨进你们家门槛，才算找寻到了一个立命安身之地，过着平稳的日子。愿上帝保佑她，永远安宁，愿你们永远喜欢她，我就这点祈求。”说到这里，恰格尔瓦尔蒂止不住热泪盈眶。

纳利纳克希一言不发，坐在那里，静静听着恰格尔瓦尔蒂回肠荡气的倾诉。

客人离座，纳利纳克希才站起身，踱步回到自己的卧室。这时，冬日的晚霞已把整个卧室染成一片紫绛色，宛如新婚的洞房。艳丽的红光，渗进了纳利纳克希身上的每一个细胞，他的内心世界也俨然变得色彩斑斓。

今天早晨，纳利纳克希的一位贝拿勒斯的朋友，送来了一小篮玫瑰花。克谢姆卡莉把它交给了格姆娜去陈设摆布。格姆娜把玫瑰花插在花瓶里，摆放在纳利纳克希的卧室里。当纳利纳克希步入房门，那玫瑰花的馨香扑鼻而来。瑰丽的霞光与满室的花香在静谧中交相融汇，令纳利纳克希心醉神迷。时至今日，纳利纳克希一直过着严于律己的清心寡欲的生活，沉湎于学术探求的宁静肃穆的氛围之中。而今天四周的一切，突然变得如此活跃，天际似有七色音符旋绕的乐曲，正四处荡漾，耳边似听闻到回荡在宇宙的舞步节拍，脚铃叮当，简直让人不可思议！

纳利纳克希从沉思中转身，从窗边退回，朝室内四周巡睨了一下。他发现，他的床头壁龛中也放着许多玫瑰花，那朵朵鲜花，宛如谁的眼睛，正含笑相迎，似带着无言的自我倾诉，温柔地叩击着他的心扉！他从中拾起一朵玫瑰花。那朵玫瑰花呈现淡淡的金黄色，虽含苞待放，已关不住它那浓郁的馨香。他拿着它，便觉得有人似乎触摸过它，手的余温还滞留在上面，顿时他的全身像振荡着的琴弦一样颤抖着。纳利纳克希不禁用嘴柔柔地亲吻着它，用自己的眼睛轻轻地抚摩着它。

这时，落日的余晖照得落暮的天空一派通明，一会儿，晚霞消失了。纳利纳克希离开卧室前再次走到床边，掀开床罩，把手里的玫瑰放在枕头上。他正欲离去，忽然发现床后藏着一人，蜷缩成一团蹲在地上。用纱丽蒙着脸，羞怯得急欲寻一地洞自容。唉，在这世上，再没有比格姆娜更为羞涩胆怯的人了！

原来，数分钟之前，格姆娜把玫瑰花放入壁龛，整理好纳利纳克希的床铺，刚要退出屋，忽闻纳利纳克希的脚步声，情急之下，她匆忙躲到床的后面。现在，她跑也跑不脱，躲也躲不了。今天，她像一个贼似的被当场逮住，天下再无比这更羞耻的了！

为让格姆娜尽快摆脱这一尴尬的处境，纳利纳克希本想很快离开房，但当他举步走到门口，忽然犹豫地站住。他站着思索了片刻，才转身，慢慢地走到格姆娜的身旁，温柔地说："你站起来，你不必在我面前害羞，也用不着躲避我。"

六十一

次日清晨，格姆娜去大叔住的寓所。格姆娜趁身旁无人，一把搂住了夏希。

夏希托着她的下巴摇了摇，说："怎么了，妹妹，今天什么事让你这么高兴？"

格姆娜说："我也不知道什么缘故。姐姐，不过，我感觉压在我身上的重负，仿佛一夜之间全卸下了。"

夏希不解地说："你得坦白告诉我怎么回事。昨天我们一块待到很晚，也没有发现喜从天降的兆头，今天喜事临门了？"

格姆娜说："说起来也没有特别的事，不过我感觉，我已得到了他。老天爷对我动了恻隐之心。”

夏希说：“苍天是会这样做的！但什么也别瞒着我。”

格姆娜说：“我没有什么可隐瞒的，姐姐。可是，我不知道该怎么说。当黑夜褪去，黎明即至，我起床后感觉我的生活变得充实起来，我往后的日子将充满甜蜜阳光。心里一高兴，手中的家务活也干得轻快。我眼下没有过分的奢求，只担忧别再出什么岔子，发生意想不到的灾祸。我简直不敢相信，老天爷降下了仁慈的甘露，将使我过上滋润的日子。”

夏希说：“噢哟，傻丫头。我敢断定，你时来运转，命运再也不会捉弄你了。凡你应享受的权利，你会连本带利地收回，懂不？”

格姆娜说：“不不，姐姐，别这么说。该我得到的他都给予我了。我从不报怨造物主，现在我什么都不缺。”

这时，大叔走了进来，说：“孩子，你出来一会儿。罗梅锡先生来了。”

刚才，大叔已跟罗梅锡先生谈了一阵。他对罗梅锡说：“您与格姆娜之间的关系，我已十分清楚。现在我劝您完全放弃与格姆娜的交往，重新开始您的生活，您有着无量前途。格姆娜若要有什么结子未解开，那请您把它留给造物主，不要再插手。”

罗梅锡说：“在我和格姆娜断绝关系之前，我得把事情的始末，详细地告诉纳利纳克希先生，不然，我无法解脱良心的不安，不容我去开始新生活。现在我似乎不必要再提格姆娜之事，但尽管不必要，我还是要把情况如实说清楚，否则，我是难以问心无愧的！”

大叔说：“很好，你且先坐一会儿，我马上就回。”

罗梅锡转过身，面对窗户坐下。用呆滞的目光望着窗外的人流。少顷，他听到有人走来的脚步声，这才回过神，抬头望去，一个女子已站在屋里，以额触地，向他行叩首礼。而当她抬起头，罗梅锡再按捺不住了，他猛地从椅子上跳将起来，情不自禁地喊道：“格姆娜！”

格姆娜不置一词，一动不动地站在那里。

大叔说："罗梅锡先生，今日苍天已经驱散了笼罩在格姆娜四周的迷雾，把她的痛苦变幻成幸福。您曾在她最危难的时候伸出手保护过她，又为了她蒙受了沉重的不幸。现在该是你们分手的时候了。格姆娜顾念您施以救助之恩，不忍心不说一句道谢就与您分手。她现在来向您道别，希望得到您的祝福。"

罗梅锡半晌不语，站在那儿，然后使劲清了清壅塞的嗓子，说："愿你幸福，格姆娜！倘若我有意或无意犯有差池和罪过，都求你原谅吧。"

格姆娜一句话也说不出，只是靠墙支撑着站立在那儿。

半晌，罗梅锡又说："倘若你需要跟谁说什么，有什么误会需要我去解释，你尽管吩咐！"

格姆娜双手合十说："我唯一的请求，是请你别把我的事，告诉别人半个字。"

罗梅锡说："好长一段时间内，我没有对谁透露过你的事，即使在极为混乱，招来无尽折磨的那些日子，我也依然保持沉默。但是，直到几天之前，我相信你已经摆脱人世纷扰之苦时，我才把你的事说了出去，也只限于一个家庭。我想，这不仅无损于你，也许还有助于你。大叔也许全然知晓，我说的那个家庭就是安纳达老爷，她的女儿——"

大叔说："对，对，海敏丽妮！他们全然知道格姆娜的事吗？"

罗梅锡说："是的。如果还需要向他们说明什么的话，我可以效劳。不过，作为我本人，再也没有去打扰别人的打算。我在生活中已失去了许多宝贵时间，也蒙受了不少损失，现在我只求解脱，还我自由。今天我终于还清了全部旧账，摆脱了羁绊，我可以踏上新生活之途。"

大叔紧紧握住罗梅锡的手，亲切地说："不，罗梅锡先生，您已无须再代劳什么了。您曾忍辱负重，如今已卸下了重担。愿您生活得自由自在，幸福美满，这是我心底的祝福。"

临走时，罗梅锡朝格姆娜深情地看了一眼说："我走了，格姆娜！"

格姆娜依旧一言不发，只是再次向他深深鞠了一躬。

罗梅锡走上大街，像一个梦游者边走边想："我终于见到了格姆娜，很好。没有这次会面，这个生活插曲，很难收场得恰到好处。我虽然无法清楚，格姆娜是带着什么样的想法离开加齐布尔的。但有一点十分明了，她现在已经完全不需要我了。而我所需要做的，也只是带走我的生活。现在，我的生活已整个属于我自己，我将远离尘世纷扰，不再瞻前顾后，我已没有必要再回顾那些不堪回首的往事了。"

六十二

格姆娜回到家里，发现安纳达老爷由海敏丽妮陪着，正与克谢姆卡莉谈话。

看见格姆娜归来，克谢姆卡莉就大声叫着："你回来的正是时候。去吧，孩子，带海敏去你屋里聊聊。我请安纳达老爷品茶。"

刚跨进房里，海敏丽妮立即搂住格姆娜的脖子，叫道："格姆娜！"

格姆娜不无惊异地说："您怎么知道我叫格姆娜？"

海敏丽妮说："有人给我讲了你的全部经历。听完后我毫不怀疑，断定你就是格姆娜。至于什么原因，我也说不清。"

格姆娜说："姐姐，我不愿意让别人知道我的真实姓名。这个名字让我吃尽了苦头，这个名字变成我的一种耻辱。"

海敏丽妮说："但是，妹妹，你将仗着这个名字，获得你自己应得的权利。"

格姆娜摇了摇头说："不不，我没有什么可以依仗的，也没有任何权利。我根本不想依仗什么，收回什么权利。"

海敏丽妮说："但是你怎么能永远不让你丈夫认你呢？难道你不想把自己的一切——不管体面的抑或难堪的，都和盘在他面前托出吗？难道你还想对他隐瞒下去？"

格姆娜顿时面如土色，无言以对。她不知所措，怔怔地瞅着海敏丽妮。她慢慢地坐到凉席上说：“苍天知道，我没有犯过任何罪，却要我蒙受这种羞辱！不是我的罪，却为什么让我遭难呢？我怎么能把这些纠葛不清的离奇荒唐的事情对他讲清楚呢？”

海敏丽妮握住了格姆娜的手，说：“还说不上遭难，应该说你快脱离苦海了。倘若你还要对你丈夫隐瞒的话，你还得在这种不切实际的自我束缚中苦苦挣扎。快拿出勇气，冲破这种束缚。神灵将赐福于你。”

格姆娜说：“姐姐，我始终担心，可别把我已获得的东西也丢掉。因此我总是前怕虎后怕狼，没有勇气讲明自己的真实情况。不过，我理解你所说的。命中注定该怎样就怎样吧，我再不应对他隐瞒，应该让他知道我的一切。”说罢，她双臂交抱着，低头沉吟。

海敏丽妮不无怜悯地说：“难道你想别人替你去说？”

格姆娜使劲地摇了摇头说：“不不，不要别人替我去说！我的事情由我亲自去告诉他。姐姐！用不着别人，我自己会说的。”

海敏丽妮说：“这就对了。我是否还能见到你，我心中无数。我告诉你，我们将马上离开这儿。”

格姆娜问：“到哪里去？”

海敏丽妮说：“去加尔各答。现在我们要走了，妹妹！别忘了我这个姐姐。”

格姆娜抓住她的手，说：“给我写信吗？”

海敏丽妮毫不犹豫地说：“写。”

格姆娜说：“你还得不断教诲我什么时候做什么，你的信会给我力量的。”

海敏丽妮微笑着说：“你在这里将会得到比我更强的出主意的人！别为这事操心！”

今天，格姆娜发自内心对海敏产生了一种酸楚的感觉。她发现，海敏丽妮看似平静的脸上显露的那种悲戚神情，既让格姆娜伤感落泪，又使她感受到一种不易亲近的疏远，使人无法袒露胸怀，也不好意思再搜寻她深藏心底的事儿。

今天，海敏丽妮知悉了格姆娜的全部心思，但她却对自己的事情不吐一字，守口如瓶，把自我本真隐藏在肃穆的沉默中，只留给人一种犹如黄昏过后的绵绵长夜那般的忧郁与绝望的感觉。

今天，格姆娜即使从早到晚埋头于家务，海敏丽妮那种温和中带有哀伤的眼神，依然不时地困扰着她的心灵。格姆娜对海敏丽妮的经历，没有更多的了解，她仅仅知晓海敏丽妮与纳利纳克希订婚又悔约的事情。

今天，海敏丽妮从自家的花园里，摘了一篮子花，送给格姆娜。傍晚，格姆娜沐浴后，便坐下拿这些鲜花编织花环。这时，克谢姆卡莉来到她身边坐下，长长叹了口气，说："孩子，今天，海敏向我行触脚礼告别时，我意识到我无法对她说什么，心里说不出是什么滋味。不管怎么说，她是个好姑娘。我真希望她能成为我的儿媳，若要是这样，我会很高兴的。但业已发生的变化，我委实管不了。我那个儿子，谁也犟不过他。他为什么在节骨眼上犯倔，只有他自己心中有数！"

其实，这门亲事最后取消，是老太太自己决定的，她现在却又不愿承认。

这时，她忽然听到门外有脚步声，便喊道："纳利纳，有话跟你说！"

格姆娜急忙把兜着的花和花环掩在怀里，拉上面纱。

纳利纳克希走进屋，克谢姆卡莉说："海敏与她爸刚来过，你见到他们了吗？"

纳利纳克希说："见过了，我刚把他们送上车。"

克谢姆卡莉说："孩子，像海敏丽妮那样气质的姑娘是不多见的。你说是吗？"那语气似乎在透露纳利纳克希一向反对似的！

而纳利纳克希听了妈的话，只是站在那里一个劲傻笑，未置可否。

克谢姆卡莉说："你还能笑呢！我定了这门亲，又送了彩礼，可你仿佛没事似的，犯你那种倔脾气！这会儿，你对毁婚难道一点也不后悔？"

纳利纳克希朝格姆娜瞅了一眼，发现她正用热切的眼光，注视着他。当双方的视线碰到一起时，格姆娜羞得几乎失去了知觉。

纳利纳克希说：“妈妈，你儿子有那么好吗？你为他订亲，他就一定会感动？谁会对像我这样死板的人一见钟情呢？”

听他这么说，格姆娜把低垂的双眼重新抬了起来，发现纳利纳克希正用带着戏谑的眼神盯着她。这一回，格姆娜简直无地自容，企图夺门而逃，要不准会晕厥过去的。

克谢姆卡莉救了场，对儿子说：“去，去！别再瞎说啦，你尽惹人生气。”

众人散去后，格姆娜独自留在屋里，把海敏丽妮送来的花束串编成一个大花环，把它挂在花枝上，洒上水，送到纳利纳克希的静养斋放置。格姆娜不时寻思，即使离别时，海敏丽妮依然送来整篮鲜花。这既使她感动又使她心酸，不禁热泪潸下。

之后，她回到自己房内，久久揣摩着纳利纳克希刚才与她对视的那种眼神，不知它在向她倾吐什么。纳利纳克希对她是怎么想的？也许他已探知了格姆娜心中的奥秘。先前，她不曾在纳利纳克希面前露过面、袒露过自己的心迹，倒也相安无事。可现在，她每天都让他看到自己，迫使自己露出一种狼狈不堪的窘相，这仿佛是对她先前总设法躲避的一种惩罚！

格姆娜寻思：“他一定在暗里说我：‘天晓得母亲从哪儿把这个赫莉达茜带回家的。这种不知羞耻的姑娘，我从来未见过！’这样的想法哪怕在他脑海里一瞬闪现，也够我羞死了。”

夜里，格姆娜躺在床上，双手合十暗暗发誓：“不管怎样，明儿我必须把自己的一切情况，向他通通讲清。然后是怎样结果，我全认了。”

次日清晨，格姆娜起床后，照例去恒河沐浴。她每天沐浴回来，总用带回的恒河圣水，先把纳利纳克希的养性斋洒扫干净，然后才干其他的活儿。今天，她按惯例，为完成第一桩任务步入养性斋，却发现纳利纳克希今天早已在屋里盘脚坐着。

这种情况以往从未出现过。格姆娜只好带着未能实现的沉重遗憾，慢慢往回走。走不多远，忽又站住，沉思良久。

然后，她又缓缓踱回养性斋，坐在了门口。她究竟为什么如此失魂落魄，走火着魔，连她自己也不明个中缘故。她坐了好长时光，对周围的一切视而不见，时间也仿佛在她意识里停止转动了。

忽然间，她发现，纳利纳克希走出养性斋，站在了她面前。

格姆娜猛地站起身，又立即跪下，俯身用头触到纳利纳克希的脚，向他请安敬礼。她那一头湿漉漉的长发，垂落在纳利纳克希周围的地上。她施过礼，站起身，却又似一尊石雕，呆呆地直立在纳利纳面前。她丝毫也没有觉察到，遮掩她面孔的面纱，早已滑落下来；也似乎没有看见，纳利纳克希正目不转睛地凝视她。那时，她已失去对外界的感觉，仅仅在内在知觉的朦胧闪光的引导下，以无畏坚定的口吻说："我是格姆娜！"

她说这句千钧话语的声音，仿佛惊破了她的专注，把她的凝滞意识从心灵拉回到现实中来。她低下头，浑身颤抖，既没有力量挪动一步，又难以自持、继续站在这里；好像她的全部力量和整个生命，都已随"我是格姆娜"的这句话的倾诉，倒在纳利纳克希的双脚上；而此刻，她竟想不出任何办法，掩饰自己的羞怯，似乎她的一切，全凭纳利纳克希的怜悯了。

纳利纳克希缓缓地把她的手放到唇边，喃喃地说："我知道你是我的格姆娜！来，随我进屋！"

他把她领进养性斋，把由她亲手编串的那个花环套在她的脖子上。

纳利纳克希亲昵地说："来，让我们一起向最高神致敬。"于是，他俩并肩齐膝，跪在大理石地板上，向最高神磕头鞠躬致意，那时，透过窗户的缕缕曙光轻抚着他们的全身，为他们祝福。

之后，格姆娜又怀着无比虔诚，再次向纳利纳克希行触脚礼。当她这次站起身，已不再有那难以忍受的羞怯的困扰了。不仅有如释重负的欢乐，而且还有类似神明所具有的永恒安详，把她的存在，伴随着灿烂高洁的晨曦，带进了现实世界。困袭全身的虔诚充盈了她的心灵，她发自内心向最高神祈求，让整个世界沐浴在神圣的晨光之中了。

不知何时，她已热泪盈眶，大颗大颗晶莹的泪珠顺着她的面颊滴落下来，她竟然毫无觉察。她不想止住簌簌而下的泪水，她好像有意让自己在孤苦零丁的生活中所受的一切痛苦凝聚成乌云，化作泪水倾泻出来。

纳利纳克希沉默无语，只用右手拨开滑落在她前额上的湿发，然后朝屋外走去。

格姆娜似乎还没完成自己的虔诚膜拜，她还要让起伏的心潮一泻无余。所以，她走进纳利纳克希的斋室，把套在自己脖子上的花环取下，放在他的木屐上，以额触之，然后，又恭恭敬敬地放回原处。

此后，她就像伺奉神明一样，专心致志地干了一整日家务，一件件活计，都好似一首首幸福的乐曲，在空中回荡；好像长了一对对翅膀，飞向天际，送上一段段祷词。

克谢姆卡莉对她叫嚷："孩子，你这是干什么呀？难道你想在一天之内，把整个家洗刷一新吗？"

傍晓，干完了一天的家务歇息时，她没有像往常那样做针线活儿，而是默默无语地坐在自己房内的地板上，一动未动。

这时，纳利纳克希拎着一小篮茉莉花，走进房里，对格姆娜说："格姆娜，你把这些花洒上水，让它保持新鲜。今晚，你我一块去向母亲致意。"

格姆娜低垂着头说："我的全部情况，你还没全然了解！"

纳利纳克希说："你无须多说，我已全知道了。"

格姆娜用手掩着脸说："母亲难道——"她无法再说下去。

纳利纳克希掰开她掩着脸的手，凝视着她的脸说："一生里，妈妈已经宽恕过许多人的罪过。对于无罪的你，她更会宽恕的。"

图书在版编目（CIP）数据

沉船／（印）泰戈尔著；彬仁译．—上海：上海三联书店，2015.5
ISBN 978-7-5426-5140-2

Ⅰ．①沉… Ⅱ．①泰… ②彬… Ⅲ．①长篇小说－印度－现代 Ⅳ．①I351.45

中国版本图书馆CIP数据核字（2015）第057635号

沉　船

著　　者／〔印度〕泰戈尔
译　　者／彬　仁
总 策 划／贺鹏飞
策　　划／乌尔沁　赵延召
责任编辑／陈启甸　顾文剑
特约编辑／梁清波
装帧设计／Metis 灵动视线 TEL:010-85983452
监　　制／吴　昊
出版发行／上海三联书店
（201199）中国上海市都市路4855号2座10楼
http://www.sjpc1932.com
印　　刷／北京鑫海达印刷有限公司
版　　次／2015年5月第1版
印　　次／2015年5月第1次印刷
开　　本／640×960　1/16
字　　数／187千字
印　　张／17.75

ISBN 978-7-5426-5140-2/I·1010

定　价：29.80元

世界名著名译文库

柳鸣九主编

第一辑

司汤达集　罗新璋编选

01 红与黑　罗新璋译

02 帕尔马修道院　郝运译

03 意大利遗事　李健吾译

04 阿尔芒丝　李玉民 刘阳译

莫泊桑集　柳鸣九编选

01 羊脂球——莫泊桑短篇小说选　柳鸣九译

02 漂亮朋友　李玉民译

03 一生 皮埃尔与让　李玉民 谭华译

左拉集　柳鸣九编选

01 娜娜　罗国林译

02 小酒店　王了一译

03 戴蕾斯·拉甘　毕修勺译

04 磨坊之役——左拉中短篇小说选　郝运 王振孙译

大仲马集　吴岳添编选

01 三个火枪手　李玉民译

02 二十年后　罗国林译

03 基督山伯爵　李玉民 陈筱卿译

04 黑郁金香　郝运译

霍夫曼集　陈恕林编选

01 雄猫穆尔的生活观暨乐队指挥克赖斯勒的传记片段　陈恕林译

02 斯居戴里小姐——霍夫曼中短篇小说选　陈恕林 宁瑛等译

第二辑

屠格涅夫集 王守仁编选

01 猎人笔记 张耳译

02 父与子 张铁夫 王英佳译

03 贵族之家 刘若译

04 烟 王金陵译

05 阿霞——屠格涅夫中篇小说选 安静 臧乐安译

奥斯丁集 朱虹编选

01 傲慢与偏见 孙致礼译

02 理智与情感 孙致礼译

03 爱玛 孙致礼译

04 沙地屯 常立 车振华译

福楼拜集 谭立德编选

01 包法利夫人 李健吾译

02 圣安东尼受试探 李平沤 李白萍译

03 一颗简单的心——福楼拜中短篇小说选 李健吾 郎维忠 胡宗泰译

茨威格集 韩耀成编选

01 一个陌生女人的来信——茨威格中篇小说选 韩耀成等译

02 一颗心的沦亡——茨威格短篇小说选 韩耀成等译

德莱塞集 董衡巽 郑土生编选

01 嘉莉妹妹 许汝祉译

02 天才 主万 西海译

03 美国的悲剧 许汝祉译

第三辑

托尔斯泰集　钱善行编选

01 战争与和平　草婴译

02 安娜·卡列尼娜　草婴译

03 复活　草婴译

04 三死——托尔斯泰中短篇小说选　臧仲伦 张耳 靳戈译

卢梭集　谭立德编选

01 忏悔录　陈筱卿译

02 新爱洛伊丝　陈筱卿译

03 漫步遐想录　徐继曾译

狄更斯集　殷企平编选

01 大卫·科波菲尔　董秋斯译

02 双城记　张玲 张扬译

03 艰难时世　陈才宇译

04 远大前程　徐式谷 姚锦镕 尉洪池译

05 雾都孤儿　方华文译

06 圣诞故事集　吴钧陶 裘因 陈漪译

07 匹克威克外传　莫雅平译

08 老古玩店　古绪满 夏力力译

09 董贝父子　王僴中译

10 狄更斯演讲集　殷企平 丁建民 徐伟彬译

劳伦斯集　冯季庆编选

01 恋爱中的女人　冯季庆译

02 虹（修订版）　黑马 石磊译

03 儿子与情人　方华文译

04 查泰莱夫人的情人　杨恒达 杨婷译

05 骑马出走的女人——劳伦斯中短篇小说选　文美惠 黑马等译

莎士比亚集　方平 朱尚刚编选

01 莎士比亚悲剧选　朱生豪译

02 莎士比亚喜剧选　朱生豪译

03 莎士比亚历史剧选　朱生豪 吴兴华 方平译

第四辑

陀思妥耶夫斯基集　钱中文 曾思艺编选

01 罪与罚　曾思艺译

02 白痴　臧仲伦译

03 群魔　臧仲伦译

04 卡拉马佐夫兄弟　徐振亚 冯增义译

05 被侮辱与被损害的　李霞 赵春梅译 谷羽审校

06 少年　臧仲伦译

07 地下室手记——陀思妥耶夫斯基中篇小说选　臧仲伦 曾思艺等译

泰戈尔集　倪培耕编选

01 吉檀迦利——泰戈尔诗选　冰心 石真等译

02 饥饿的石头——泰戈尔中短篇小说选　倪培耕 石真译

03 沉船　彬仁译

04 纠缠　倪培耕译

05 生活的回忆——泰戈尔散文选　冰心 倪培耕等译

06 花钏女——泰戈尔戏剧选　倪培耕 石真 刘安武译

契诃夫集　李辉凡编选

01 套中人——契诃夫短篇小说选　李辉凡译

02 樱桃园——契诃夫戏剧选　焦菊隐译

巴尔扎克集　柳鸣九编选

01 欧也妮·葛朗台　罗国林译

02 高老头　许渊冲译

03 贝姨　许钧译

04 邦斯舅舅　许钧译

05 农民　陈占元译

06 三十岁的女人　沈志明译

07 幽谷百合　李玉民译

08 夏倍上校——巴尔扎克中短篇小说选　罗新璋 陈占元 金志平 王晓峰译

哈代集　朱炯强编选

01 还乡　王之光译

02 无名的裘德　方华文译

03 卡斯特桥市长　郭国良 沈正明 刘澹娟译

04 苔丝　吴笛译

05 西波利村探险记——哈代中短篇小说选　朱炯强等译